Emil Strauß:
Freund Hein
Roman

Deutscher
Taschenbuch
Verlag

dtv

Ungekürzte Ausgabe
Dezember 1987
Deutscher Taschenbuch Verlag GmbH & Co. KG,
München
Die vorliegende Ausgabe wurde herausgegeben
von Jürgen Schweier

ISBN 3-921829-17-8
Umschlaggestaltung: Celestino Piatti
Gesamtherstellung: C. H. Beck'sche Buchdruckerei,
Nördlingen
Printed in Germany · ISBN 3-423-10830-4

Meinen Eltern

am fünfzehnten November 1900

Quid tibi prodest, dulciter aliis canere,
si te ipse non audis? *Petrarca*

Denn selbstvergessen, allzubereit, den Wunsch
der Götter zu erfüllen, ergreift zu gern,
was sterblich ist und einmal offenen
Auges auf eigenem Pfade wandelt,
ins All zurück die kürzeste Bahn *Hölderlin*

Erstes Kapitel

Als Heiner an einem kalten Winterabend wie ein geduldiger Passagier ohne viele Umstände, wenn auch einen halben Monat zu früh, in diese Welt gekommen war, nahm ihn sein herbeigerufener Vater, nicht ohne die Hände zuvor noch an den braunen Ofenkacheln gewärmt zu haben, behutsam auf, um den erfreulichen Erstling zu mustern; da öffneten sich zwei große blaue Augen und sahen ihn ernst und starr, unnachgiebig wie die Wahrheit an, so daß er sagte:

„Der Bub blickt einen durch und durch: der muß mir Staatsanwalt werden!"

Nun schloß der Kleine die Augen, tat den zahnlosen Mund auf, verzog das Gesichtchen zu unglaublich vielen Falten und versuchte langsam und zaghaft, aber mit rasch zunehmender Sicherheit seine Stimme.

„Damit meint er dich, Frau Mutter; er scheint hungrig zu sein von der Reise", sagte der Vater und beugte sich über sie, betrachtete ihr müdes Gesicht, über das ein Lächeln zog, und küßte sie sanft.

Die Väter wünschen gewöhnlich, aus ihren Söhnen etwas Besseres zu machen, als sie selbst sind; es zeugte also von nicht geringer Ehrlichkeit dieses Vaters, der mit der Zeit ein gesuchter Rechtsanwalt geworden war — daß er aus seinem Sohne gern einen Staatsanwalt gemacht hätte.

Der Kleine wuchs heran, lernte durch Gichter, Flecken, Scharlach, Keuchhusten, Löcher im Kopf und in den Hosen die Süßigkeit des Daseins beizeiten nach ihrer Zusammensetzung würdigen, und das erste Wort seines Vaters, wenn er abgearbeitet aus der Strafkammer heimkam, war manchmal nicht: „Guten Tag!", sondern unsicher, bang und hastig: „Was macht er?" Dieses persönliche Fürwort „er" genügte ihm jedoch für seinen Sohn nur in Tagen, da er ihn auch mit seinen Gedanken kaum anzufassen wagte und dem rohen, rauhen Geschicke mit jedem Wort und jeder Bewegung ein Beispiel der Zartheit und Rücksicht zu geben bemüht war; sonst, im gedeihlicheren Behagen des Lebens, nannte er schon das Wickelkind nur den Staatsanwalt oder, wenn die Zeit fehlte, das ganze unmelodische Wort auszusprechen, einfach Walt, während die Mutter von dem Taufnamen Heinrich nur so weit abging, daß sie an der stadtüblich gedehnten, dreisilbigen Aussprache die letzte Silbe sparte und Heiner sagte. Das Kind hörte einstweilen mit gleicher Freude auf beide Namen, schluckte die vielen Arzneien seiner ersten Jahre je nach ihrem Wohlgeschmack mit Lust oder Überwindung hinunter und gedieh trotzdem zu einem hübschen, runden, flinken Bürschlein empor. Im Spiele mit anderen Kindern war er keiner von den lautesten, aber ebensowenig ein Duckmäuser und zeigte nur die eine auffallende Eigenheit, daß er nie, auch nur zum Spaß, einem anderen etwas wegnahm oder wegnehmen ließ, woraus der Vater denn wieder den geborenen Staatsanwalt erkannte, während die Mutter schüchtern abwehrend sagte:

„Ach nein! Er hat halt ein gutes Herz!" denn sie hatte von der Menschen Händeln und Niederträchtigkeiten, die ihr Gatte aus Strafkammer und Sprechstunde heimbrachte, bald übergenug bekommen und einen heimlichen Zorn auf die Juristen gefaßt, als ob diese ganz allein daran schuld wären. Zu freiem, ernstem Widerspruch gegen den Eheherrn, den sie als starken und klugen Mann wie einen Halbgott liebte und verehrte, war diese weiche, zärtliche und anlehnungsbedürftige Frau nicht geschaffen: selbst der geheime Trotz, in dem sie seinem Wunsche den ihrigen entgegenstellte, beschwerte ihr manchmal das Gewissen. Sie war eine jener seltenen Mütter, die ganz ehrlich das am liebsten sehen, was ihre Kinder sich selbst wählen und suchen, sofern es nur nichts Bösartiges ist, und die, wenn nicht aus reifer Erkenntnis, dann in der unbefangenen Demut ihres überall Wunder schauenden Herzens so ein neues, aufschießendes Leben nach seinem eigenen, noch unverständlichen Sinne sich dehnen und formen lassen.

War Heiner auch immer freundlich bereit, mit seinem jüngeren Schwesterchen oder den Nachbarskindern zu spielen, so war er doch am liebsten allein hinten in dem großen, mit einer hohen Mauer umgebenen Garten. Da saß er dann in einem dichten Gebüsch und konnte nicht müde werden, auf die vielen Stimmen zu lauschen, die mit dem goldenen Sonnenlicht in sein grünes Kämmerchen hineindrangen. Das Zwitschern und Singen der Rotkehlchen und Finken, die Flötentöne der Amseln von den hohen Bäumen herab, das Murmeln und Plätschern des Springbrunnens im Goldfischbassin, benachbartes Klavier- und Geigenspiel und Sang, die oft so wohlklingenden fernen Rufe: „Kaafet Sie a Hoppli" oder „Kaafet Sie a Brombeer!" der durch die Straßen ziehenden Verkäuferinnen, die wogenden Glockenklänge hoch in den Lüften und was da sonst noch tönen mochte, gedämpft, wirr durcheinander wie die lichtdurchspielten grünen Zweige, das umfloß und tränkte ihn mit einem süßen Wohlsein, so daß er bald unbewußt anfing mitzusingen, wortlos oder in Worten, die kein Mensch verstanden hätte. Auch dem Winde hörte er gerne zu, und wenn er vorn an dem großen Sandhaufen spielte, dann baute er wohl mit hineingesteckten Zweigen einen großen Wald, stellte die Tierchen seiner Arche Noah hinein, holte vom Ofen im guten Zimmer den zierlichen Blasebalg und ließ durch den schlanken Wald ein Winden und Stürmen gehen, das er mit kunstreichem Säuseln, Pfeifen und Heulen begleitete und manchmal durch den Schrei eines geängstigten Tieres unterbrach.

Häufig lag er am Rande des kleinen Goldfischweihers und neigte den Kopf übers Wasser, um dem Fallen des Springbrunnens zu lauschen, das hier so ganz anders klang als in der Ferne. Dabei ging es ihm einmal sonderbar: wie er so dalag, das Ohr und die rosige Wange dicht über der zitternden Wasserfläche, in die seine schwarzbraunen Löckchen eben hineintauchten, und horchte und mit den weit offenen blauen Augen über die Bäume weg den klaren Himmel anstrahlte, da kam unversehens der große, dicke Goldfisch, den sie, weil er nur ganz spärliche goldene Flecken auf dem weißen Leibe trug, den Urgroßvater nannten, und schnappte mit seinem nassen Maule nach des Knaben Ohr, so daß dieser erschreckt emporfuhr, das Übergewicht bekam und ins Wasser fiel. Das Becken war nicht tief, er erhob sich sofort wieder und stieg heraus. Als er nun aber das Wasser an sich hinabfließen sah, dachte er, so triefend könne er doch nicht durch den Hof und die gewichste Treppe hinaufpatschen, und zog schnell entschlossen das nasse Zeug nicht ohne Mühe vom Leibe; doch jetzt kam die Macht der Gewohnheit über ihn, und wie er des Abends vor dem Schlafengehen, nachdem er als der Größere zuerst am ganzen Leibe kalt abgewaschen war, nackt im großen Schlafzimmer herumsprang und in einer ihm sonst fremden Ausgelassenheit jauchzte und trompetete, auch wohl dem Schwesterchen, das nun droben auf dem Waschkissen saß und unter allerhand Widersprüchen das Wasser über sich ergehen ließ, die kleinen schauderigen Schreie nachmachte — so rannte er nun laut singend und jubelnd die vielverschlungenen Wege des Gartens hin und her, bis er endlich die Mutter, die der ungewohnte Lärm hergezogen hatte, überrascht und lachend an der Gartentüre stehen sah: da stürmte er quer durch das hochgewachsene Gras, das ihm fast bis zur Schulter ging, in ihre Arme.

Als er dann anfing, sich auch gern auf Straßen und Plätzen herumzutreiben, da brauchte man, wenn man ihn suchte, nur zu bedenken, wo Musik oder ähnliches zu hören sein könnte, und man fand ihn vor der Kaserne unter dem Saal, wo die Kapelle probte, oder vor einer Schule, in der gesungen wurde, in einer Kirche, wo die Orgel zu einer Trauung spielte, oder am Theater — er kannte bald alle Gelegenheiten, etwas zu hören.

Zur Parade auf dem Schloßplatz stellte er sich regelmäßig ein; aber hier lernte er auch Vorsicht im Genuß. Gleich bei einem der ersten Male, als er entweder aus Scheu oder in unbewußtem Distanzhalten entfernt von der Kapelle unter den Bäumen stehenblieb, schob sich ein anderer Bub, der ihn erst ein paarmal zögernd, doch absichtsvoll betrachtet hatte, nach und nach zu ihm hin und sagte plötzlich:

„Du! Weißt was? — Komm, wir halten auch!" Dabei zeigte er mit dem langen Kinn, denn die Hände steckten fest in den Hosentaschen, auf den Kreis der Militärmusiker, in dem einige Knaben standen und Notenblätter hielten. Heiner musterte den anderen vom Kopf bis zu den Füßen, und da diese in schönen Glanzlederrohrstiefeln standen und seine Stimme seltsam tief war, widerstand er nicht und fragte:

„Ja — darf man?"

„Ha ja darf man! Die dort tun's ja auch."

„Das sind halt Soldatenbuben; die dürfen."

„Sind keine Soldatenbuben! Schau': der mit dem Struwelkopf und dem blauen Gummistrumpfbändel — und dem Loch im Strumpf, siehst ihn? Der gehört dem Kaufmann Klein drin im Zirkel; die haben den Spezereiladen, den großen; wir kaufen aber nichts dort: sie sind nicht riell. Also! — Komm!"

Heiner war noch nicht überzeugt und sagte: „Ha, geh doch allein! Ich steh' gut da."

„Ich mag nicht allein; mach', komm doch mit! Ich sag' dir dann auch was; gelt? Was Arges! Komm!"

„Was denn?"

„Ja — du wärst gescheit! Das sag ich dir nachher. Meinst: was Arges! Gerad' von dem dort mit seinem lotterigen blauen Strumpfbändel; aber darfst's nicht weitersagen! Komm jetzt! Sie fangen sonst wieder an."

Nun sträubte sich Heiner nicht mehr, sie liefen hin, traten schüchtern in den Kreis der Musiker und bekamen jeder ein Notenblatt mit gestreckten Armen emporzuhalten. Nicht lange, so klopfte der Kapellmeister mit dem Taktstöckchen auf einen Uniformknopf, und es ward still: Heiner horchte in freudiger Aufregung; als nun aber alle Instrumente auf einen Schlag mit einem schmetternden Marsch losbrachen, da zuckte er wie von einem rohen Hiebe zusammen, ließ das Blatt fallen, hielt sich die Ohren zu, drängte sich zitternd aus dem Kreise hinaus, rannte und rannte und kam leichenblaß, am ganzen Leibe bebend, zu Hause bei der Mutter an.

Und noch öfter mußte er frühzeitig fühlen, daß Wonne und Schmerz auf demselben Weg aus derselben Tiefe kommen. Einst nahm ihn der Vater mit auf den Bahnhof, um die Großmutter abzuholen; wartend gingen sie auf dem Bahnsteig hin und her: da stieß neben ihnen eine abfahrende Lokomotive den Pfiff aus, das Bübchen taumelte und hing schweißbedeckt an der Hand des Vaters.

Diese ungewöhnliche Empfindlichkeit des Gehörs machte die Eltern zwar aufmerksam, erschien ihnen aber, zumal da sie sich nur bei ganz seltenen Zufällen so heftig äußerte, weder bedeutsam noch bedenklich: „So etwas verwächst sich", hieß es; „es ist halt ein zartes Kind, aber zarte Kinder werden oft uralt! Kaiser Wilhelm war auch so ein Sorgenkind."

Auffallender war, daß Heiner, der sonst, wie gemeinhin gutartige Kinder, die man nicht mit überflüssigen Befehlen und Verboten plagt, den Wünschen und Weisungen der Eltern unbedingt gehorchte, oft alles vergaß, wenn ihn eine Musik lockte, sich weit verlief und an kein Heimgehen dachte. Eines Sommerabends kam er auch nicht zu seiner Zeit nach Hause, man wartete, man schickte bei allen Bekannten herum, durchsuchte die halbe Stadt und fand ihn nicht: endlich, als es schon Nacht war und der Vater immer noch die Straßen ablief, schellte es, und vor dem Haustor stand ein Bauer mit dem schlafenden Buben auf dem Arme. Um Feierabendzeit war er einigen Burschen gefolgt, deren einer den rüstigen Heimweg aufs Dorf mit den Klängen der Mundharmonika begleitete; im Schritt zogen sie aus der Stadt hinaus und die breite Waldstraße dahin, Heiner hintennach. Es war still und feierlich, die Wipfel glühten in der Abendsonne, die sich, wo sie eine Lücke fand, auch tiefer, wie auf verbotenen Wegen, in das Geheimnis des Waldes einschlich, die hohen, dünnen, flüsternden Orgeltöne der Mundharmonika klangen so heimlich und aufreizend, süß und wehmütig, die Stimmen der Vögel, die klar und hell einfielen, sangen befremdend wie aus einer fernen anderen Welt herein und riefen verloren hintennach, Heiner folgte, so schnell ihn die kleinen Füße trugen, mußte wohl stillehalten vor Schluchzen und Seligkeit, hörte das Spiel leiser und ferner ziehen und rannte wieder, um es nicht zu verlieren. Aber der Atem versagte ihm, er blieb weiter und weiter zurück, die Burschen marschierten unaufhaltsam fort dem goldenen Tor entgegen, das vorn aus dem Wald ins freie Land führte, und er kam nicht weiter. Auf der Straße legte er sich nieder und sah die Burschen kleiner und kleiner werden und lauschte auf die verschwimmenden, zitternden Klänge, sah die schwarzen Gestalten hinaustreten in den vollen, goldenen Abendschein der Felder und hörte nun plötzlich nichts mehr, wiewohl er die Augen schloß und den Atem hielt — nichts mehr, und dann das Surren der Telegraphenstange drüben und ein paar Drosseln von fernen Bäumen herab. Er stand auf und schaute die Straße entlang nach dem goldlichtdurchflossenen Bogentor des Waldes, wo seine Wonne verschwunden war — kehrte sich endlich um, und der Gedanke an die Heimkehr überfiel ihn; aber er taumelte. Da dachte er sich ein wenig auszuruhen und Atem zu schöpfen und setzte sich an den Fuß der Telegraphenstange. Bald hörte er nicht mehr seinen hastigen Herzschlag noch das bebende Ziehen seines Atems noch das an- und abschwellende Summen und Singen in der Stange, sondern wieder den hurtigen Takt des Harmonikaspielers, die schwirrenden, klagenden Töne der ruhelosen Weisen und schlief in Entzückung ein.

Dann wurde er geschüttelt und wieder geschüttelt und begriff nicht, wer ihn da im dunkeln Wald auf dem Arm habe und immer wieder fragte: „Büble, wie heißt? Wem gehörst?" gab schlaftrunken Antwort und schlief an der Schulter des Bauern, der ihn heimtrug, sofort wieder ein.

Damals war Heinrich schon Abc-Schütz und wanderte stolz mit einem großen Pelzranzen, in dem Tafel und Griffelrohr klapperten und aus dem an langen Bändeln Schwämmchen und Wischlappen heraushingen, zur Schule. Aus dem Tauschen und Fuggern mit harten und Speckgriffeln, mit Feuerbohnen und Marbeln, Uniformknöpfen und französischen Epauletten, Hasenläufen und Springern aus Hühnerknochen, mit Holdermännchen und Tanzknöpfen machte er sich nicht ungewöhnlich viel, das Leitseilstricken gar tat es ihm so wenig an, daß er die ganze Propferstricket mit einem großen Knaul herrlicher, rotgeflammter Wolle schon zehn Minuten, nachdem er sie für eine Jahrmarktsuhr mit drehbaren Zeigern eingetauscht hatte, seinem Banknachbar schenkte; als dagegen einmal ein älterer Schüler, ein Viertkläßler, kam und in seinem Gesangbuch nach eingestreuten Kalenderholzschnitten und ähnlichen Bildern stechen ließ, gegen einen Kreuzer viermal, da bettelte Heiner dem Vater und der Mutter ein paar Kreuzer ab, durchwühlte seine Spielschublade nach Tauschwaren, fand auch glücklich einen alten entwerteten Batzen, ein paar Räucherkerzchen, eine Chassepotkugel, einen vergessenen, nur halbausgelutschten Stumpen Süßholz, ein Mäuschen aus Papiermasse, dessen Laufwerk nicht mehr ging, und sparte sogar sein eisernes Kreuz und den vergoldeten Friedenskreuzer nicht; für diese allein durfte er achtmal stechen. Eine Woche hindurch war er nun nach der Schule stets auf dem obersten Treppenabsatz zu finden, wo er seinen Schatz am ungestörtesten genießen konnte. Durch das große, mit einem Kranze kleiner bunter Scheiben eingefaßte Fenster kam die schräge Nachmittagssonne, und in die farbigen Scheine, die sie auf die gelbe, gewichste Treppe warf, hielt Heiner seine Bilder, bald in den roten, bald in den gelben, bald in den blauen, und sang ihnen seine Lieder und Kinderreime vor oder auch den Inhalt eines Bildes selbst in unbeholfenen Worten und Weisen, wie Kinder tun.

Obschon ihn sein ehrgeiziger Vater frühzeitig in die Schule getan hatte, kam er doch ohne Mühe gut vorwärts und erledigte seine Aufgaben als etwas Selbstverständliches, ohne dazu angehalten werden zu müssen. Was ihn in der Schule aber wirklich fesselte und reizte, das war die Geige, auf der der Lehrer den Gesang begleitete; sie war seine Freundin, für sein Leben gern hätte er sie einmal nur berührt und gestreichelt; aber sie hing hoch am Türpfosten. Zu ihr wandte sich sein Auge, sobald er von Buch und Tafel aufsah, manchmal lauschte er gespannt, ob sie nicht tönte, und wollte nicht begreifen, wie sie fast den ganzen Tag still und stumm dahängen konnte. Daß zu Hause in dem schwarzen Särgchen unter Vaters Bett eine Geige begraben sei, wußte er längst; da der Vater aber, als der Knabe zum erstenmal danach fragte, kurz verweigert hatte, sie ihm zu zeigen, so hatte er nie mehr davon zu sprechen gewagt und sie fast vergessen: nun, seit er täglich des Lehrers Geige hörte und sehnsüchtig beobachtete, trieb ihn die Neugier oft in der Eltern Schlafzimmer. Er kroch unter das niedrige Bett, legte die heiße Wange an das kühle, schwarze Holz und horchte erwartungsvoll, ob es drin nicht tönen wollte, klopfte zaghaft mit dem Zeigefinger an, um das Geheimnis aufzuwecken, und wagte schließlich auch, aber nur ganz sachte, daran zu rütteln: da gab es drin ein summendes Surren, hastig drückte er wieder das Ohr an das Holz und lauschte freudig. Immer kam nur dieses selbige schwache Dröhnen, und wenn es ihn auch beglückte, überhaupt eine Antwort hervorlocken zu können, so stimmte es ihn doch wehmütig und zu mitleidigem Träumen von der armen lebendig begrabenen Geige, die niemals in der Sonne glänzen und singen durfte. Die Madlene hatte ihm draußen am Wasserstein einmal von einem Bauern aus ihrem Ort erzählt, den man für tot begraben, nach einigen Tagen aber wieder ausgegraben hatte, weil man in der Tasche seines Rockes einen vermißten Schuldschein vermutete: da war der Sargdeckel ganz verkratzt, der Tote hatte sich umgedreht, in das Handgelenk gebissen und den Mund voll von Hobelspänen. Gegen den hatte es die Geige ja noch gut, sie lebte immer noch und konnte sogar noch ein wenig vor sich hinsummen. Einmal aber, als wieder sein Ohr auf dem Deckel lag und dem Surren lauschte, knallte es drinnen, und er fühlte auf der Wange durch das Holz hindurch einen kurzen, harten Schlag, so daß er entsetzt auffuhr, den Kopf übel an das Bett stieß und keinen Atem bekam vor Herzklopfen, das vernehmlich durch die Stille pochte. Gelähmt harrte er einige Augenblicke lang auf das Schauerliche, das nun kommen müßte, und hastete, als es ausblieb, doppelt verstört unter dem Bett hervor, hinaus auf den Hausgang und, da es hier so nachmittäglich still war, die Stiege hinab und in den Garten, wo er sich nach unstetem Hin- und Herlaufen endlich ins Gras legte und zur Ruhe kam.

Damals fing er auch an, das Klavier zu belagern. Es wurde selten benutzt. Nur an Sonn- und Feiertagen, wenn sie gerade einmal mit den Kindern allein im Hause, manchmal auch Mittwoch abends, wenn der Vater zur Kegelbahn gegangen war, holte die Mutter ihre Noten hervor und spielte, was sie vor Jahren in der Stunde gelernt hatte, wieder einmal durch, beliebte altmodische Potpourris, Variationen und Phantasien aus halbverklungenen Opern, aus „Norma“, „Zampa“, „Montecchi und Capuletti“ und anderen von Rossini, Cherubini, Donizetti und Bellini. Es war weniger ein musikalisches Bedürfnis als eine kleine Erinnerungsfeier, so, wie man in stillen Stunden ein Stammbuch durchblättert oder in alten Briefen liest: sie sah sich dann in dem hellen Eckzimmer des fernen Elternhauses am hellpolierten, hochbeinigen Spinett sitzen, hörte den Hahn durch die Nachmittagsstille krähen und den Fidele von seinem sonnigen Platz am Fenster auf- und heulend zur Tür springen, sah wohl auch den guten, alten kratzbürstigen Lehrer mit der Dose in der Hand neben sich sitzen und spielte immer noch etwas schülerhaft befangen, wennschon durch die lange Bekanntschaft mit den Stücken und durch ihr Träumen ein wenig gelöster, mit einer gedämpften, verschämten Innigkeit und Freudigkeit. War ihr etwas fehlerlos gelungen, so dachte sie, nun würde der Lehrer gewiß zufrieden sein und ihr lobend mit der Dose auf die Schulter klopfen: „So ist's recht, Resle, so hab' ich's gern!“, denn es war ihre Art, bei allem, was sie tat, an andere zu denken, anderen eine Freude machen zu wollen, gleichviel, ob sie es merkten oder nicht. Vor ihrem Mann hatte sie sich nur im Anfange der Brautzeit einige Male hören lassen; nachdem sie aber bei Konzerten und anderen Gelegenheiten erfahren hatte, daß er viel musikalisches Verständnis besaß und sehr scharf urteilte, vermied sie es scheu, ihre bescheidene Kunst zu zeigen. Er verlangte ja auch nicht danach und dachte wohl, sie hätte wie die meisten Frauen ihr Klavierspiel allmählich in Verstoß geraten lassen. Daß nun aber Heinerle sich diese Stunden merkte und, wenn er vermutete, sie möchte vielleicht spielen, sich nie drunten herumtrieb, sondern still und geduldig im Wohnzimmer wartete oder des Abends, wenn er längst im Bette lag und schlafen sollte, leise in seinem langen Bettkittel zur Tür hereinschlüpfte, das freute sie innig und gab ihr das süße Gefühl eines neuen Wertes, für das sie dem Kleinen herzlich dankbar war. Und war ein Stück zu Ende und sah sie ihn nun in der fernsten Ecke des Zimmers auf dem großen Fußkissen sitzen und mit weit offenen Augen zu ihr herschauen, dann konnte sie wohl mit plötzlicher Heftigkeit auf ihn zustürzen, ihn küssen und wieder küssen, liebkosen und ans Herz drücken, mit ihm spielen und tollen, als wäre sie selbst noch ein Kind, bis er bettelte: „Mutterle, noch was!" Dem widerstand sie nie und ward dann oft mit Schrecken gewahr, wie schnell die Zeit verflogen und wieviel dem Kind am Schlafe abgebrochen war.

Eines Abends aber kletterte er auf ihren Schoß und bat: „Zeig's mir auch!"

Da faßte sie, wie sie schon manchmal getan, seinen Zeigefinger und tippte die Melodie: „Hopp, hopp, hopp, Pferdchen, lauf Galopp!" Heiner jedoch sagte:

„Nicht so! Richtig mit allen Fingern!" Sie lehnte sich lachend zurück, schloß ihn zärtlich in die Arme, herzte ihn, patschte ihm auf seinen Speck und rief aus:

„Schatz, das kannst du ja noch nicht! Dazu sind deine Händlein ja noch viel, viel zu klein!"

Er ließ aber nicht ab, zu betteln, und lernte wirklich noch an diesem Abend das Liedchen gleichhändig spielen.

Am andern Tag ließ er sich, um den Vater zu überraschen, schon vor Tisch von der Mutter das Klavier aufmachen, und während die Eltern nach dem Essen beim Kaffee saßen, erklang plötzlich aus dem Nebenzimmer das Klavier: der Vater horchte auf, sah die glücklich lächelnde Mutter an, fragte:

„Der Walt?" und setzte langsam kopfnickend hinzu: „Es liegt einmal im Blut und wäre fast wunderbar, wenn es sich nicht regte!" Einige Augenblicke schaute er in ernstem Nachdenken vor sich hin, und es zog wie ein Trotz über sein Gesicht, so daß ihn die Frau verwundert anblickte; dann aber trat er leise unter die Tür und sah vorn auf dem hohen Klavierstuhl das kleine Männchen vor dem riesigen Instrumente sitzen. Nicht die Drolligkeit, nur die Verwegenheit dieses Bildes regte ihn an, und erst nach einer Pause konnte er ausrufen:

„Ja, bist du es denn, Walt?! Ich denke, wer kann denn so schön spielen? Die Mutter sitzt doch neben mir! Ist denn Besuch im Hause? Walt, du bist ja ein Tausendsasa! Wann hast du denn das gelernt, du Röhrle? So hinter meinem Rücken!"

Das Büblein flog vom Stuhle herab und dem Vater, der ihm die Arme entgegenbreitete, an den Hals. Der Vater drückte ihn an sich, küßte den dunklen Lockenkopf und sagte nur:

„Mein Walt, mein Walt!" indem er wieder nach dem Platz am Klavier blickte und blitzschnell die Lebensbilder überdachte, die sich ihm gleich vorhin beim ersten Hören aufgedrängt hatten. Dann trug er ihn ins Eßzimmer zur Mutter und sprach:

„Ja, Frau, was fangen wir jetzt an mit diesem Schlingel? Ich denke, wir verkaufen ihn an die Zigeuner; die zahlen gut für so einen geschickten Buben. Willst du, Walt, zu den Zigeunern? Oder zu den Dudelsackpfeifern, denen du gestern den ganzen Nachmittag nachgestrolcht bist? Willst nicht?"

Heiner schüttelte den Kopf, drückte ihn an des Vaters Brust und sagte:

„Oh — du verkaufst mich ja doch nicht!"

„Warum denn nicht? Wenn mir einer recht viel für dich gibt, vielleicht gar ein Goldstück —?"

„Weil du dann keinen Buben mehr hättest, darum!"

„Oh, dann bestell' ich mir wieder einen beim Storch."

„Dann tät' ich's halt dem Storch sagen, er soll dir keinen mehr bringen — wenn du sie doch wieder verkaufst. Dann hast du's!"

„Nu, Mutter, dann wollen wir ihn noch einmal behalten."

Nun faßte der Kleine den Vater um den Hals:

„Vater, ich will dir was ins Ohr sagen."

„Darf es die Mutter nicht hören?"

„Ha — ich sag' es nicht ganz leise."

„Nun also heraus mit dem Geheimnis!"

„Vaterle", fragte Heiner ihn ins Ohr, „krieg ich jetzt Klavierstunde?"

Der Vater schwieg einen Augenblick, denn er wollte das Kind nicht durch ein kurzes Verbot, das es nicht verstand, schmerzlich abschrecken, dann sagte er:

„Ja — wenn deine Hände groß genug sind; komm einmal ans Klavier!"

Sie traten alle drei hinein an das Instrument, er setzte sich und nahm den Knaben auf den Schoß.

„Diese acht Tasten", erklärte er, sie abzählend, „nennt man eine Oktave, und die muß man, wenn man spielen will, greifen können; denn eine Oktave ist fast in jedem Stück zu greifen. Paß einmal auf!" Er spielte das Lied „Jetzt gang i ans Brünnele" mit Oktavgriffen in der Begleitung. „Oder etwas anderes!", und er spielte noch ein

Volkslied, „und das sind nur ganz kinderleichte Stückchen. Nun spanne du einmal!"

Heiner spreizte sein Händchen, erreichte aber nur die sechste Taste und drückte dabei auch noch die zwischenliegenden nieder. „Es geht nicht!" sagte er und riß an seinen Fingern.

„Dann müssen wir eben noch warten; nicht wahr Mutter?" sagte der Vater, und die Frau stimmte bei, indem sie dem Kleinen die Wange tätschelte:

„Ich hab' es ihm gestern schon gesagt, als er ‚Hopp, hopp, hopp' lernen wollte."

„Dauert es noch arg lange?" fragte der Kleine wehmütig, indem er an seinen Fingern zerrte.

„Du mußt dich eben recht strecken und wachsen, mein Sohn; recht viel im Freien sein, laufen, turnen, auf Bäume klettern, dich mit anderen Buben herumschlagen, damit du groß und stark wirst. Und einstweilen hast du ja ein Instrument im Halse, kannst singen, soviel du willst. Bitte die Mutter, die kann dich Lieder genug lehren. — Und nun wollen wir wieder zu unserem Kaffee, ehe er kalt wird!"

Dann, als sie allein waren, verständigte er sich mit seiner Frau darüber, daß sie, ohne unmittelbar zu wehren, den Knaben doch möglichst von der Musik abhalten sollte, da er keinen verträumten Musikanten, sondern einen lebensklaren, tatkräftigen Mann aus ihm erziehen wollte.

Die Mutter tat, wie er wünschte, und ließ ihr Klavierspiel, das sie in der letzten Zeit dem Sohn zuliebe häufiger betrieben hatte, allmählich wieder seltener werden, freilich weniger aus jenem Grunde, als um dem Knaben den einstweiligen Verzicht auf seinen Wunsch nicht gar zu oft schmerzlich zu Gemüte zu führen. Dagegen setzte sie sich regelmäßig gegen Abend mit den Kindern in den Hof oder Garten, in der kalten Zeit vor Licht an den Ofen und sang mit ihnen. Und als ihr Liedervorrat zu Ende ging, saß sie manchmal unter Tag, während Heiner in der Schule war, am Klavier und übte halbvergessene oder neue Lieder ein.

Der Knabe bemühte sich in der nächsten Zeit ganz ehrlich, nach des Vaters Anweisung zu wachsen und stärker zu werden, suchte mehr als bisher die Gesellschaft der Schulkameraden, spielte eifrig „Räuber" und „Indianer", beteiligte sich an allen Straßenhändeln und Klassenfehden, brachte Beulen und blaue Augen, blutige Nasen und zerrissene Kleider heim und schien eine gute Weile so tapfer auf dem Weg, ein richtiger Gassenbub zu werden, daß sein Vater freudig seine liebsten Hoffnungen ergrünen sah — dann brach er plötzlich wieder mit dem streitbaren Leben, das ihm doch nicht von Herzen kam, und war nur noch in der Marbelspielzeit unermüdlich auf Plätzen und Spielhöfen, weil man beim Marbelspiel die Entfernungen der Kugeln mit der Spanne abmessen muß; wie er denn auch die Gewohnheit annahm, an der Pult- oder Tischkante, wo er gerade saß, fortwährend seine Spanne abzumessen und zu recken, ja, schließlich jedes Möbelstück, jede Türen- und Staffelbreite, jeden Kellerfensterladen, an dem er vorbeiging, spannenweise zu messen. Die Oktave, die Oktave ging ihm nicht aus dem Sinn.

Zweites Kapitel

Für sein nun wieder aufkommendes Herumstreifen aber fand er bald unerwartete Gesellschaft.

Eines schönen Nachmittags nach der Schule lag er im Garten auf dem Rasen und sang endlos, aus Leibeskräften, das epidemische Lied:

„Ich bin der kleine Postillion —"

und als er gerade wieder einmal von vorn anfangen wollte, rief eine spöttische Stimme von der Gartenmauer herab:

„Du! Kannst du denn nichts anderes?"

Er setzte sich aufrecht und sah ein großes, starkes Mädchen seines Alters oben sitzen, die Beine schlenkern, die bis übers Knie aus einem ungewöhnlich kurzen blauen Röckchen hervorlangten, und das aufgegangene blaue Zopfband unordentlich in den dicken blonden Zopf hineinflechten. Er kannte sie nicht; aber am Tage vorher waren im Nebenhaus neue Bewohner eingezogen.

„Mehr wie du kann ich!" rief er gereizt hinauf.

„Pf—!" gab sie zur Antwort, verzog spöttisch den Mund und sah geringschätzig mit ihren herrischen, blauen Augen auf ihn herab; „wie heißt du denn, ‚Büble'?"

Ihr Ton und ihre Gebärde empörten ihn, aber da ihm ihr Äußeres wohlgefiel, erwiderte er noch ziemlich ruhig:

„Heinrich heiß' ich."

Sie lachte hell auf und sang leiernd:

„Der Heiner, der Heiner
Mit seine krumme Beiner!"

„Wenn du nur so gerade hast wie ich!" rief er. „Wie heißt denn du, ‚Mädele'?"

„Helene!"

„Lene —?" wiederholte er mitleidig. „Lene heißt ja unsere Näherin, und die stinkt immer nach Backsteinkäs!"

Darauf streckte ihm das Mädchen die Zunge heraus.

„Hast du so Durst", fragte er, „daß dir die Zunge heraushängt wie einem alten Droschkengaul?"

„Nein!" schrie sie mit flammenden Augen. „Dir streck' ich sie heraus, du wüster Brigant!"

„Wart nur, ich komme!" drohte er hinauf. „Du sagst mir noch einmal ‚Brigant' und streckst mir die Zunge heraus!"

„Brigant! Brigant! Brigant!" rief sie; er aber rannte in die Ecke, wo ein riesiger alter Maulbeerbaum sich über die Mauer in den Nachbargarten hinüberneigte, klomm mit Hilfe der niedrigen Äste empor und lief auf seine Feindin zu. Als diese ihn so unerschrocken herankommen sah, ward ihr doch ein wenig bang, sie ließ sich von der Mauer hinab und fing erst in der Sicherheit ihres Gartens wieder an und sang, ihm eine Gecksnase machend:

„Der Heiner, der Heiner,
Mit seine krumme Beiner!
Hat gockelrote Strümpf' an!
Hat gockelrote Strümpf' an!
Gecks!"

„Du machst nimmer lang ‚Gecks'!" rief er, ließ sich auch hinab und verfolgte sie, während sie rief:

„Ich schrei! Das ist unser Garten! Ich schrei!"

Aber da hatte er sie schon, rang mit ihr, die zwar wohl

so stark, doch nicht so gewandt wie er war, warf sie auf den Rücken ins Gras, kniete auf sie, hielt ihr die Hände fest und sah sie atemholend an. Noch nie war ihm ein so freches Mädchen begegnet.

„Merkst du was?" rief er, während sie sich mit geschlossenen Augen in stummer Wut wehrte. „Jetzt könnte ich dich herhauen, wie ich wollte!" Er schüttelte sie. „Aber ein Mädel hau' ich nicht, das wäre mir zu wenig! Geh jetzt nur hinein und schrei und hol deinen Vater oder Hausknecht! Ich bleibe ruhig stehen und warte." Er ließ sie los und trat zurück; sie blieb noch einen Augenblick liegen, ohne ihn anzusehen, und weinte vor Wut und Beschämung, dann rannte sie davon. Er wartete eine Weile und fürchtete, ohne Prügel nicht aus dem Garten zu kommen; als aber niemand erschien, kletterte er befriedigt auf die Mauer hinauf und blieb hier noch eine Zeitlang triumphierend sitzen, ehe er in den väterlichen Garten zurückkehrte.

Am anderen Tage nach der Schule ging er wieder in den Garten, und nachdem er einen Augenblick unschlüssig gewesen, sang er den „Kleinen Postillion". Als er am Ende war, machte er eine Pause, da er Helene unterdes auf die Mauer hatte klettern hören; doch schaute er nicht hinauf. Nach einer Weile rief sie kleinlaut:

„Du! — Heinrich!"

Er sah zu ihr hinauf, ohne zu antworten; schlank und groß in ihrem nur zum Knie reichenden blauen Kleide stand sie oben, die Sonne gleißte in einer fliegenden Strähne ihres gelben Haares und hob ihre ganze Erscheinung licht ab vom dichten Grün der Obstbaumkronen hinter ihr. Sie schien ihm ganz anders als andere Mädchen, ihm war so wohl, sie wiederzusehen: er hätte ihr gleich schenken mögen, was er hatte.

„Bist du immer noch bös?" fragte sie endlich.

„Ah bah!" sagte er gutmütig.

„Darf ich zu dir hinunterkommen?"

„Freilich darfst du!"

Sie setzte sich, drehte sich, so daß sie auf dem Bauche lag, und wollte sich eben hinablassen, da rief es von fern:

„Helene! Helene!"

Sie sah kurz auf, lachte trotzig und ließ sich nun vollends abgleiten; etwas befangen ging sie auf den Gegner vom vorigen Tage zu.

„Du, es ruft dir doch jemand!" mahnte Heiner.

„Meinetwegen! Die kann lange rufen!"

„Wer ruft dir denn?"

„Meine Mama."

„Deine Mama?" rief er und sah sie erschrocken an. „Und da gehst du nicht?"

„Wenn ich nur müßt'! Ich bin ihr ja gerade durchgebrannt. Jetzt soll ich schon wieder hinhocken und schreiben —? Ja morrle!"

Er war entsetzt: so eine Sprache hatte er bis jetzt nur bei Gassenbuben gehört.

„Ja — aber — folgst du denn deiner Mutter nicht?" stotterte er.

„Folgst denn du?" fragte sie geringschätzig.

„Freilich!"

„Pf — so ein Mammenkindle!"

Da wurde Heiner zornig und rückte ihr auf den Leib.

„Sag' das noch einmal!"

Das Mädchen sah ihn trotzig an, trat aber zurück und sagte:

„Sie ruft ja gar nicht mehr!"

„Geh und frag, ob du zu mir darfst!" schrie er aufgeregt. „Sonst spiel' ich nicht mit dir!"

„Sie ruft ja aber gar nicht mehr!" antwortete sie mit trotzig blitzenden Augen und stampfte mit dem Fuß.

Da wandte sich Heiner mit dem Worte „Adieu!" um und ging rasch aus dem Garten; sie folgte ihm und faßte ihn am Arm:

„Bleib doch! — Ich gehe einfach mit dir!"

Er riß sich los und lief schneller, sie ihm nach, faßte ihn wieder mit beiden Händen und sagte:

„Sie ruft ja doch aber gar nicht mehr! Sie hat es ja schon lange wieder vergessen! Sie denkt doch gar nicht mehr daran! Sei doch nicht so einfältig!"

Endlich drehte er sich um und sprach mit zuckendem Munde:

„Geh und frag, ob du mit mir spielen darfst, sonst will ich nichts von dir wissen, gar nichts!" Das Wasser trat ihm in die Augen.

Sie sah ihn erstaunt an, ließ langsam seinen Arm los, wurde rot, ging rückwärts und bat schüchtern mit weichem Ton:

„Aber — du bleibst dann? und wartest auf mich — und bist mir nicht böse — ? — Du — gelt!"

Er nickte ihr zu zwischen Weinen und Lachen; sie rannte davon, achtlos durch Beete und Rabatten, und kletterte behende am Spalier empor.

Der Knabe ging langsam in den Garten zurück, es lag ihm schwer auf dem Herzen, als hätte er selbst eine Unfolgsamkeit begangen; warum sollte er denn seiner Mutter nicht folgen! Beschämt setzte er sich in einen Busch und wartete, und erst, als Helene wieder mit dem Kopf über die Mauer kam, suchend umherschaute und nach ihm rief, trat er hervor.

„Darfst du? Hast du gefragt?" rief er ihr entgegen, die atemlos auf ihn zustürmte.

„Ja freilich!"

„Gewiß? Auf Ehr' und Seligkeit?" fragte er nochmals, wie er es von seinen Schulkameraden gelernt hatte.

„Auf Ehr' und Seligkeit!" beteuerte sie, die Hand aufs Herz legend. „Bist du mir jetzt nicht mehr böse? Gar nicht mehr?"

„Kein bißchen!" sagte er. „Aber ein unartiger Bündel

bist du und kannst dich schämen für ein paar Kreuzer!" setzte er altklug hinzu, „so eine ist mir in meinem Leben noch nicht vorgekommen!"

„Gelt, du bist mir doch noch böse! O sei's doch nicht!" bat sie zutunlich.

„Nein, kein kleinwinziges bißchen mehr; aber was wahr ist, muß man sagen!"

Damit war Frieden. Sie standen nun voreinander da und wußten nicht recht, was anfangen. Sie ergriff ihren Zopf und spielte mit dem unausgeflochtenen, buschigen Ende, er sah ihrer großen, schönen, schlanken Hand zu, um deren vierten Finger sich wie ein durchsichtiger Blutstreif ein rotes Achatringchen schlang, dann ergriff er die Hand, streckte ihr seine gespreizte Rechte entgegen und sagte:

„Spann' einmal!" Sie verglichen ihre Spannen, und die des Mädchens war, wie ihre ganze Gestalt, um einiges größer als die seinige.

„Ach, wenn ich so Hände hätte —!" seufzte er.

„Wozu denn?"

„Dann bekäm' ich Klavierstunde! Aber meine sind noch zu klein!"

„Möchtest du! Ich danke schön! Auch das noch! Jeden Tag eine Stunde sitzen und üben —"

„Oh, ich tät' es aber gern!" sagte er und sah immer noch ihre beneidenswerte Hand, deren durchsichtige weiße Haut neben dem roten Ringchen doppelt zart erschien. „Deine Hand ist viel weißer als meine!" dabei drehte er spielend das Ringlein um ihren Finger.

„Willst den Ring?" fragte sie freudig, „ich schenk' dir ihn." Sie zog ihn ab und faßte seine Hand; er aber machte eine Faust und sagte:

„Nein, das ist nichts für einen Buben."

„Ich schenke dir ihn aber! Da m u ß t du ihn nehmen!"

Er schüttelte den Kopf und öffnete die Faust nicht; da nahm sie den Ring in den Mund und bemühte sich mit beiden Händen, ihm die Faust aufzudrücken, die er ganz ruhig hinhielt.

„Hast du gemeint?" lachte er triumphierend. „Meine Faust bringt der Ambühler nicht auf, und der ist der Stärkste in unserer Klasse."

Da fuhr sie ihm unversehens unter beide Arme und kitzelte ihn, er wand sich, fiel krampfhaft lachend zu Boden und zog sie mit. Indem sie über ihren Erfolg aufjauchzte, glitt ihr das Ringchen aus dem Mund ins Gras, sie aber haschte, ohne dessen zu achten, nach seiner Hand; da er zu schlaff war, um eine rechte Faust zu machen, versuchte er, sich nun auch durch Kitzeln zu wehren, und es zeigte sich, daß sie es so wenig wie er ertragen konnte. Schließlich waren beide so matt und schwach, daß sie die Hände gar nicht mehr zu Angriff oder Verteidigung regen konnten, blieben einander gegenübersitzen und lachten oder kicherten stoßweise hinaus. Dann ließ sich Heiner, um auszuruhen, ins Gras zurücksinken, und Helene legte sich neben ihn, schlang ihren Arm um seinen Hals und drückte ihre Wange zärtlich an die seinige.

„Ah, das war lustig!" sagte sie, „ich bin ganz hin. Aber gelt, du nimmst jetzt den Ring? Ich möchte dir ihn so gern schenken!"

„Wo hast du ihn denn?"

„Fallen lassen."

„Au! wenn er nur nicht kaputt ist!" Sie sprangen auf, suchten im Gras, und Heiner fand ihn.

„Du hast ihn gefunden, jetzt gehört er dir!" rief sie.

„Nein!" entgegnete er, „es heißt:

Geschenkt, geschenkt — nimmer geben!
Gefunden, gefunden — wiedergeben!"

„Ich h a b' dir ihn aber doch geschenkt! Du bist ein ganz garstiger Kerl!"

„Es sieht dumm aus, wenn ein Bub einen Ring hat! Der

Lederle in meiner Klasse hat auch einen. Weißt du was? — Jetzt hättst du mir ihn geschenkt, und jetzt tät' ich dir ihn leihen zum Tragen; aber er tät' mir gehören, und du kannst ihn nicht mehr herschenken. Gelt?" Er schob ihr ihn wieder auf den Finger.

„Au ja! das ist fidel!" sagte sie befriedigt und schaute den Reif wie etwas ganz Neues an, „jetzt muß ich aber aufpassen, daß ich ihn nicht kaputt mache!"

So war die Freundschaft besiegelt, und das Mädchen kam täglich über die Mauer, um mit dem Knaben zu spielen, sich zu balgen, Geschichten zu erzählen, deren sie unzählige wußte, und zu singen, wofür sie eine sichere, gefügige Stimme und große Lust, aber einen dienstmagdmäßigen Geschmack mitbrachte, den sie sich jedoch unter Heiners Einfluß bald abgewöhnte. Da ihr kein Sitz hoch und luftig genug war, so erkletterten sie am liebsten den großen Maulbeerbaum in der Ecke, zwischen dessen Ästen ihnen der Bürodiener mit Brettern und Latten ein lustiges Plätzchen zurechtzimmern mußte.

Mit diesem Verkehr noch nicht zufrieden, verabredete Helene mit Heiner, daß sie immer vor dem Haustor aufeinander warten wollten, um zusammen zur Schule zu gehen, und gewöhnte sich, nachdem er einige Male, um nicht zu spät zu kommen, ohne sie gegangen war, ihre Unpünktlichkeit ab, so daß sie nun regelmäßig zuerst unten war; und oftmals konnte sie sich an dem Kreuzweg, wo er rechts, sie aber links zu gehen hatte, noch nicht von ihm trennen, begleitete ihn bis vor seine Seminarschule, um nun erst ihren weiten Weg in entgegengesetzter Richtung zu ihrem Institut anzutreten, und machte sich nichts daraus, für ihre Verspätung gezankt zu werden und in der Ecke stehen zu müssen.

Ging er in seiner freien Zeit einmal ohne sie fort, sich nach seiner Art herumzutreiben, so rannte sie zornig weinend, als habe sie ihn verloren, durch die Umgebung, kehrte in kurzen Zwischenräumen immer wieder zu seinem Elternhause zurück, um nachzusehen, ob er nicht da sei, und war nicht zu ermüden, bis sie ihn hatte. Anfangs versuchte sie dann wohl, ihn durch Vorwürfe, Schmollen und Trutzen von seinem Hang abzubringen; sobald sie aber inne ward, daß er nicht nachgab und keine Lust hatte, sich von ihr tyrannisieren zu lassen, machte sie gute Miene dazu und paßte ihm um so wachsamer auf. Fand sie ihn jedoch in Gesellschaft anderer Knaben, so fuhr sie in zügellosem Zorne darein, fing mit jenen Händel an, schlug sich herum, solange sie einen Arm regen konnte, und war glücklich, wenn sie es so weit brachte, daß Heiner ihr zu Hilfe kommen mußte und sie befreite. Mochte ihr Kleid dann noch so zerrissen, ihr Gesicht noch so zerschlagen und zerkratzt, ihr Haar noch so zerrauft sein, strahlend ergriff sie die Hand ihres Freundes und zog mit ihm ab; er aber mußte es sich manchmal gefallen lassen, daß die andern Buben hinterdrein höhnten:

„Heiner, Heiner, Mädleschmecker!
Mädleschmecker, Bändel dran!
Lauft den Mädlen hintennach!"

Selbst vor seinem Verkehr mit Eltern und Schwester wollte ihre Eifersucht nicht einhalten, und er, der an eine gleichmäßige Herzlichkeit in seinem Haus gewöhnt war, wurde eine Zeitlang verwirrt durch ihre ungestüme, ausschließende Freundschaft, unsicher und wußte sich nicht zu helfen; denn er konnte nur seinen Weg gehen.

So geschah es eines Tages, daß er mit seinem Schwesterchen im Hof spielte: für die große Wäsche, die am folgenden Tage stattfinden sollte, waren eben einige Zuber herausgerollt worden; einen kreisrunden hatte er durch beiderseits untergelegte Klötze gesichert, daß er nicht weiterrollen konnte, oben darüber einige wilde Rebenzweige gelegt, so daß sie noch reichlich über die offene Seite niederhingen, einen niedrigen Gartenfußschemel dareingestellt, und in diesem köstlichen Häuschen saß glücklich und zufrieden die kleine Stephanie, hatte ihre riesige Puppe Nulie — das J konnte sie noch nicht aussprechen — in den Armen, wiegte sie und sang:

„Eia, popeipa, schlag's Giggerle tot,
's legt mir kein' Eier und frißt mir mein Brot!"

Der Bruder aber stand dabei und blies auf dem grünen Blumengießkännchen unermüdlich die Begleitung.

Helene, die ihren Freund vergebens im Garten gesucht hatte, kam hinzu und wollte ihn fortziehen; er aber gab ihr ein Zeichen, das Spiel nicht zu stören. Da ging sie nach kurzem, unwilligem Warten hin, riß der Kleinen die Puppe aus den Händen und warf sie schadenfroh lachend in den Garten. Stephanie war erschreckt zusammengefahren und fing hilflos an zu weinen; Heiner sprang zornig auf und schrie:

„Helene, gib ihr die Puppe wieder!"

„Wenn ich nur müßt'!" gab sie lachend zur Antwort, „'s fällt mir nicht im Traum ein."

„Komm, Stephele!" sagte der Knabe nun und nahm die Kleine bei der Hand. „Komm! Mußt nicht weinen! Wir spielen droben und lassen das wüste Ding", und ging mit ihr ins Haus. Helene lief ihnen nach und sagte trotzig:

„Ich will mit."

„Ja holla!" sagte der Knabe, „ich bin dir ganz bös, ich will gar nichts mehr von dir wissen! Brauchst gar nicht mehr in meinen Garten zu kommen, wüstes Ding du, daß du's nur weißt!" ging zurück, stieß sie nach einem kleinen Kampf zum Hause hinaus, verriegelte die Tür und ging mit der Kleinen hinauf, ohne sich um das Schreien, Bitten und Toben der Ausgeschlossenen zu kümmern. Als diese die Türe nicht aufbrachte und ihr Schlagen gegen dieselbe mit Fäusten und Füßen keinen Erfolg hatte, warf sie sich auf die Erde, raufte sich das Haar, wälzte sich, heulte und schrie, als ob sie am Spieße stäke.

Heiners Mutter, die vorn im Haus war, jagte voll Schrecken und Angst die Haupttreppe hinab, fand das Mädchen immer noch blind weitertobend und schreiend, beugte sich besorgt nieder und ergriff es; da schrie es erst recht gell hinaus und wollte sich ungebärdig frei machen, denn es befürchtete wie zu Hause eine gehörige Tracht Prügel, und erst, als es die gütige Stimme hörte:

„Aber Kind, was fehlt dir denn?" da verstummte es plötzlich, starrte erschreckt und ungläubig die besorgte Frau an und nahm beschämt den Ellbogen vor das Gesicht. Frau Lindner setzte sich auf die Staffel nieder, schloß das Mädchen mütterlich an sich und wiederholte ihre Frage. Helene, die zwar ihr Gesicht immer noch nicht zeigte, sich aber plötzlich so wohl und zärtlich fühlte, daß sie die Fragende am liebsten umhalst und geküßt hätte und sich einstweilen schon zutraulich an sie andrückte, konnte vor heftigem Schluchzen nichts herausbringen als:

„Der — — Heiner — — "

„Der Heiner darf dir nichts tun; beruhige dich nur! Wo ist er denn?"

„Dro — droben."

„Komm, wir gehen zu ihm!" Sie nahm das Mädchen bei der Hand und stieg mit ihm, da die Tür zur hinteren Treppe noch immer verschlossen war, vorn hinauf: die Geschwister waren in ihrem Kinderzimmer, Stephanie schob eben mit großem Geräusch einen Stuhl zum Fenster, der Bruder saß an die Wand gelehnt auf dem Boden und sah mit verzogenem Gesicht, als habe er Kopfschmerzen, vor sich hin.

Als nun Heiner Helene keines Blickes würdigte, diese aber sich befangen zurückhielt, fragte die Mutter:

„Was hast du der Helene getan, Heiner?"

„Ich hab' ihr die Tür zugeschlossen; ich will nichts mehr von ihr."

„Warum denn?"

„Weil sie ein böses Ding ist."

„Böse Lene!" bekräftigte das Schwesterchen.

„Was hast du denn getan?" wandte sich die Mutter nun an Helene, und kleinlaut bekannte diese nach einigem Zögern, sie habe der Kleinen die Puppe genommen.

„Ja, warum denn? Es sind ja noch mehr Puppen da!"

„Der Heiner soll mit m i r spielen!"

„Aber Kind — wenn ich nun dem Heiner sage, er soll mit Stephele spielen —?"

Helene schaute weinerlich zu ihr auf und fragte:

„Hast du es zu ihm gesagt?"

„Ja, ich hab' es zu ihm gesagt."

Das Mädchen sagte nichts, nahm sein Zopfband in den Mund und schielte nur einige Male kurz und ängstlich empor: da nahm die Mutter ihren Kopf zwischen die Hände, schaute sie mit mildem Ernste an und fragte:

„Was sagst du nun?"

„Will's nimmer tun!" schluchzte sie.

„Und wenn ich es nicht zu ihm sage und er spielt von selbst mit seiner Schwester — willst du dann immer dem Stephele die Puppe wegnehmen?"

Im Widerstreben gegen die erwartete Antwort fing Helene an, heftig zu weinen; aber die Frau gab nicht nach und fragte, indem sie ihr sanft über das gelbe Haar strich:

„Nun? nun?"

Da rief die Weinende leidenschaftlich:

„Ich will's nicht mehr tun! Ich will's ganz gewiß nicht mehr tun!" klammerte sich an und barg den Kopf im Schoß der Frau, die ihr nun herzlich beruhigend zusprach, sie in die Arme schloß und ihr die Wange streichelte.

„Dich hab' ich lieb", sagte plötzlich Helene, richtete

sich auf, hob langsam ihre flache Hand an die Wange der Frau, fragte zaghaft:

„Darf ich?" und drückte sie sanft und zärtlich.

„Gewiß!" antwortete die Mutter, „und ich hab' dich auch lieb, wir alle haben dich lieb; aber du mußt auch lieb sein!" und küßte sie.

„Und gelt, der Heiner muß mir jetzt auch wieder gut sein!"

„Freilich! Geh nur zu ihm hin!"

Sie trat hin und sagte frei:

„Heinrich — wir wollen uns wieder gut sein!"

Dieser aber sah sie noch mit Unbehagen an und brummte:

„Erst gib dem Stephele wieder seine Nulie!"

„Nulie!" stimmte die Kleine mit wichtigem Stirnrunzeln ein.

Da rannte sie hinaus, polterte die Stiege hinab und war gleich wieder zurück, gab dem Kind seine Puppe und einen raschen Kuß und sagte zu dem Buben:

„Jetzt aber! gelt? Ich tu's ja nie mehr!"

„Also!" erwiderte er, ohne aufzuschauen, in so unfrohem, sachlichem Tone, daß Helene die schon freudig und zutunlich erhobenen Arme beschämt wieder sinken ließ und erst nach einer Weile zaghaft fragte:

„Wollen wir — wollen wir jetzt — Lieder singen, Heiner?"

Er blickte verwundert auf, konnte es aber nicht ertragen, daß dies große, heimlich bewunderte Mädchen so demütig und ängstlich wartend vor ihm stand, mit erglühendem Gesicht sprang er auf, legte den Arm um sie und zog sie hastig wie auf blinder Flucht davon.

Seitdem machte ihm Helene oftmals, wenn er ihren Wünschen rundweg widerstrebte oder ihr auswich, den Vorwurf, er sei ihr immer noch böse wegen Stepheles Puppe; er mochte ihr seine Freundschaft beteuern, wie er wollte. Er war ihr auch in der Tat nicht böse: er scheute sie in gewissem Grade.

Wohl, wenn er aus heimlichem Versteck belauschte, wie der lichte Mädchenkopf hinter der Mauer emportauchte, den Garten überschaute und im Singeton: „Hei—ner! Hei—ner!“ rief — wie sie still oben sitzenblieb in der Mittagssonne, fremdartig, blumenhaft, als habe die heiße, schläfrige Mittagsluft, die noch ihr Kleid und sonniges Haar regte, sie droben hingeweht und werde sie bald weiterwehen —, dann staunte der Knabe und war stolz auf sie und berauscht, als klänge fernherüber ein Flötenlied. Oder wenn sie träumerisch bei ihm im Grase saß und etwa im Plaudern mit ihrer aufgeregten Phantasie irgendeinen Einfall ausmalte, bis sie, was sie schilderte, selbst zu sehen glaubte; wenn sie wohl fragte:

„Was tätst du dir wünschen, Heiner — wenn jetzt das kleine Männle käme — aus dem Haselbusch dort heraus? Hast's nicht gesehen? Oh — ich hab' aber aufgepaßt, wie es hineingeschlichen ist! Einen langen, langen grauen Bart hat es und hat ihn über die Schulter geworfen gehabt, damit es nicht darauftritt, und wie ein Rauch ist der Bart hinter ihm drein! Siehst jetzt, wie es sich setzt auf den untersten Ast und wie es seinen Bart unterschiebt, damit man es nicht dran fangen kann? — O du! laß dich heimgeigen, wenn du das nicht siehst! — Aber weißt, ich krieg' ihn doch! Ich weiß, wie! Ich mach' ein Kränzle von Johanniskraut, das setz' ich ihm, wenn er im Einschlafen ist, von hinten auf den Kopf, dann muß er tun, was ich will. Aber jetzt sag' nur schnell, was wünschst du dir? Schau, wie er dumm herausglotzt mit seinen roten Augen! Pfui Kuckuck, so Augen! Wie rohes Fleisch! — Aber sag' doch, ehe er einschläft! — Oh — bist du! Dir gruselt's am Ende! Jetzt hätten wir ihn haben können, und nun ist's zu spät: gleich schläft er ein. Siehst du? Wie er nickt und nicht mehr kann! Gleich purzelt er jetzt! — Guck, wie er herunterpurzelt! Plumps! — Und jetzt kommt er unter dem Busch hervorgekugelt. — Siehst den grauen Ball? Das ist er! — Paß auf: wie er in die Sonne kommt, ist's aus! Siehst du —? Weg ist er!

Aus ist's und gar ist's,
Und schad' ist's, daß's wahr ist!

Was guckst du denn immer noch?"

„Er — er — sitzt noch dort!" flüsterte Heiner.

„Dummes Zeug! Hast ihn denn nicht verplatzen sehen?"

„Er sitzt aber wieder dort und macht Augen —! Wenn er aber kommt und was von uns will —? Ich kann keinen Schritt! Du?"

Nun sah ihn Helene auch wieder und starrte bang hin: „Soll ich rufen?" fragte sie zitternd und drängte sich an den Freund, „aber — dann wird er bös —!"

„Wie er guckt!" wisperte Heiner tonlos, „wie er guckt! Au! Wie zwei glühende Eisen! — Wenn er uns nur nichts damit tut! — Wenn wir was singen täten, vielleicht tät' er wieder einschlafen. Hab' ich Angst!"

„Ja, singen!" hauchte das Mädchen und besann sich bange und fing zitternd und tonlos an:

„Maria saß weinend im Garten,
Ihr Kindlein lag neben im Gras —"

Der Bub fiel gepreßt ein, und seltsam bedrückend und rührend tönten die bangen, mühsamen Stimmchen durch die sonnige Gartenstille. Nach einigen Versen wurde der Gesang herzhafter. Und als das Lied zu Ende war, da war das Männlein eingeschlafen und vom Aste gefallen und wie ein grauer Ball aus dem Haselstrauchschatten in die Sonne gerollt und vergangen wie eine Seifenblase. Helene ächzte auf, als sei sie vom Tode erwacht, und sank kraftlos ins Gras, Heiner tat desgleichen, und lange tönte nur ihr zuckender Herzschlag in ihrer gruseligen Ermattung.

Auch dies war dem Herzen des Knaben eine köstliche Wonne. Während er gebannt dasaß und schaute und sich nicht regen, kaum atmen konnte vor Entsetzen, rauschte durch seine Ohren in traumhaft strömender Flucht unbegreifliche Musik wie von riesigen Orchestern, fürchterlich, erbarmungslos rasend, ihn wie ein Blatt dahinwirbelnd auf ihrer Sturmesflut: aufschrie die Angst vor den Ungeheuern des rauschenden, finsteren Märchenwaldes, mit betörendem Liede flog das Vöglein von Baum zu Baum und verlockte immer tiefer hinein in den Graus, zu Mord und schreckenvoller Erlösung. Verzweiflung und Wonne marterten ihn, daß er fast verging. Doch ob sie ihn wie ein Alp drückten und lähmten, so schienen ihm die wunderbaren Klänge doch fern und unfaßbar wie ein Gewitter vorbeizujagen, in wilder Hast einander hetzend, tausendmal rascher, als sie gespielt werden konnten — so daß, wenn dann alles vorbei war und er aufatmend zu sich kam, langsam eine neue Erschöpfung in ihm aufquoll, als habe er Stunden und stundenlang Musik gehört —, und daß nun tausend abgerissene Klänge sich wirr und wild durch seinen Kopf drängten, und er schließlich vor Wehmut und vor Ohnmacht in Tränen ausbrach.

Woher kam diese Musik? — Daß der Sturm gewalttätig und allzu früh den Vorhang vom Geheimnis seiner Seele auf eine Sekunde hinweggerissen, daß zauberisch ein Gewitter die in Nacht schlummernden Gefilde und Gründe seines Innern mit flüchtigem Lichte beleuchtet habe, konnte das Kind nicht denken: alles, was es wach oder im Traume sah und hörte, lebte leibhaftig außer ihm, in Luft, Licht und Dunkel. Forschend blickte der Kleine auf zu den stillen Bäumen, an denen kaum einige Blätter zitterten, und in das Blau des Himmels: da war freilich Ruhe und Stille! Aber wie war es vorhin gewesen? Noch schwebten ja einzelne Wölkchen durch den hohen Raum, noch jetzt sah er ja ein Zittern und Fluten in der blauen

Luft und hörte ein zartes, fernes Klingen: er wußte es schon. Und am Abend setzte er sich zur Magd, als sie Stiefel wichste, auf die Staffel und ließ sich wieder einmal vom Mutisheer erzählen, das mit Sausen und Hörnerklang schrecklich durch die Lüfte zieht, von der unsichtbaren Kirche und ihrem Geläute und von verzauberten Stimmen im Winde.

Sein Drang und Verlangen aber, seine ungeduldige Sehnsucht nach Musik, schoß, durch so Wundersames genährt, nur um so kräftiger empor, hatte aber auch schon so frühzeitig etwas von der scharfen, brennenden Süße des Heimwehs.

Daß Helene von jener Geistermusik nie etwas hörte, ihn gar darob auslachte, störte ihn nicht, so sehr es ihn überraschte; sie war ja doch immer die erste, die solch einen Spuk, irgend etwas Unheimliches oder Absonderliches entdeckte, und hierfür bewunderte er sie auch mit weicherer Ergebenheit und Dankbarkeit. Es gab Stunden und Tage, da er ihr blind wie einer Zaubermacht in alle Wege gefolgt wäre; aber zur freudigen Ruhe und Sicherheit in seinem Gefühle, die dem Gedeihen seiner einfachen und empfindlichen Natur am nötigsten war, konnte es nicht kommen, da Helene bald wieder sein Herz durch irgendeine Roheit verschreckte und um so tiefer verwundete, als er mit seiner zarten Innigkeit ihr ganzes Leben und Weben wie sein eigenes empfand. Sie konnte, wenn sie die Goldfische im Schloßgartenteich fütterten, plötzlich mit einer Gerte in das zutraulich schwärmende Völkchen hineinschlagen und in Lust aufkreischen, wenn ein dumpfes, ledernes Klatschen bewies, daß sie getroffen hatte; sie konnte einem spielenden Kinde so lange mit Drohung und Ängstigung zusetzen, bis es in Jammer und Tränen zerging, um es dann, nachdem sie sich an seiner Furcht geweidet hatte, wieder zu trösten und liebkosen; sie sah wohl auf der Straße, wie ein stärkerer sich an einem schwächeren Knaben vergriff, warf zornig die Schulmappe weg, stürzte sich auf den Missetäter, schlug sich mit ihm herum, und wenn sie ihn zu Boden bekam, hieb sie mit so höhnischer und unersättlicher Wut auf ihn ein, wohin es ging, ohne sich um sein Blut oder Geschrei zu kümmern, daß Heiner selbst in Tränen und Entrüstung ihr an den Hals fahren und sie würgen mußte, bis ihr die Luft ausging und ihre Hände das Opfer losließen. Dann konnte er sie tagelang nicht sehen, ging scheu an ihr vorbei, verbarg sich vor ihr und auch vor den andern, schämte sich, als hätte er jene Roheit selbst begangen, und war so zerknirscht und verwirrt in seinem Herzen, daß ihn jedes liebe Wort seiner Eltern beschämte und schmerzte; dann wünschte er, sie möchte ihm seinen Groll mit Trotz erwidern und dieser Freundschaft ein Ende machen. Helene aber hielt sich still, spielte mit der kleinen Stephanie, saß bei der Mutter und ließ sich irgendein kleines Geschäft geben, Zwetschgen auszusteinen oder Wolle zu wickeln, wozu sie doch von ihrer eigenen Mutter weder durch gute Worte noch durch Schläge wäre zu bewegen gewesen — und eines Tages konnte Heiner ihren flehenden Blicken nicht mehr ausweichen und ihre Demut und schmerzliche Geduld nicht länger ertragen; er stand am andern Morgen sehr früh vor ihrem Haustor, wartete wieder auf sie, und wenn das Tor aufging, sie erstaunt darunter stehenblieb und ihn aus errötendem Gesicht mit beglückten und doch noch unsicheren Augen anstrahlte, sagte er rasch, indem er den Riemen des Ranzens unter der Achsel faßte und straff hielt:

„Wer zuerst am Eck ist —!" und sie rannten um die Wette noch ein gutes Stück weiter, bis sie ihn einholte, und gingen dann wieder einmal Hand in Hand ihres Weges.

An diesem Tage begab sich dann jedes von beiden, ganz als hätte das andere seinen Geburtstag, aller eigenen

Wünsche und Gelüste, war unermüdlich, die heimlichen Gedanken und Neigungen des andern zu erraten und unvermerkt zu befriedigen, und die tagelang angestaute Flut ihrer Freundschaft umschwoll sie nun so klar und köstlich und trug sie so leicht und selig, wie ein tiefer, reiner, sonniger See einen Schwimmer trägt und mit feierlicher Freude am Element und an der eigenen Bewegung erfüllt. Hatte aber das Mädchen am andern Morgen seine Unbefangenheit und laute Art zurückgewonnen, so wurde der Knabe wieder behutsam zurückhaltend: wie er kreischenden Lastwagen und knallenden Fuhrleuten aus dem Wege ging, so wich er jedem Reiz zu Aufregung und Streit aus, indem er der Freundin nachgab und zuliebe tat, was er nur irgend konnte, anderes aber still und bestimmt ohne weitere Worte abschlug, allerdings auch, indem er sich ihrem Verkehr wieder mehr entzog, seinen eigenen Verlockungen nachging und seine Unbefangenheit im Alleinsein suchte.

Drittes Kapitel

Eines Mittags kam er schneller als sonst nach Hause, sah geschwind nach dem Vater, der noch nicht auf seinem Zimmer war, warf den Schulranzen, daß es verdächtig in ihm krachte, in seinen Winkel, rannte aufgeregt davon und ging ins Gerichtsgebäude. Als er den Vater hier nicht fand, nahm er einen Umweg nach Hause zurück und traf nun auch den Gesuchten in Begleitung einiger Herren. Jetzt aber mußte das Bübchen, dahintrippelnd an der Hand des Vaters, der alle zehn Schritte im Gespräch stehenblieb und an drei Straßenecken längere Verabschiedungsaufenthalte nahm, noch eine harte Geduldsprobe bestehen: sein ununterbrochen sehnsüchtiges Hinaufspähen und Suchen der väterlichen Augen hatte keinen andern Erfolg, als daß der Vater ihm ab und zu aus der Unterredung heraus herzlich zunickte und die Hand drückte, ohne zu bemerken, daß das ganze Leben des Kindes in einer Frage zitterte, die es nur mit schmerzlichster Selbstbeherrschung noch hinter den Lippen hielt.

Einer der Herren, der auf absonderlich langen, dürren Schlenkerbeinen einen etwas gar zu kurzen Rumpf und den großen Kopf so tief eingezogen zwischen den Schultern trug, daß es aussah, als sei er fortwährend vor Ohrfeigen auf der Hut, nahm wenig und dann stets mit witzelnden Bemerkungen am Gespräche der andern teil, ließ seine Blicke lauernd durch die Menge gehen, blieb an den Ladenfenstern stets einen Schritt zurück, um sein Spiegelbild zu prüfen, und schenkte auch dem Kleinen einige Aufmerksamkeit, indem er ihn ab und zu mit Scherzfragen neckte.

„Wie heißt der letzte Buchstaben vom Abc?"

„Z!" sagte Heiner nicht ohne Geringschätzung einer so leichten Frage und ward desto mehr beschämt und verwirrt durch das lange, spöttische Lachen des Herrn, der ihn dann endlich belehrte, der letzte Buchstabe vom Abc sei C, zu seinem Ärger aber sehen mußte, daß es auf den Knaben keinen Eindruck mehr machte; denn dieser war unterdessen zu seinen eigenen Gedanken und seiner Ungeduld zurückgekehrt und hatte nun die Hand des Vaters auch mit seiner andern Hand gefaßt, als wollte er dadurch sein Recht auf denselben doppelt fühlbar und wirksam machen.

„Ißt du gerne Biskuit, du trefflicher Abc-Schütz?" fragte der witzige Herr wieder.

„Ja!" antwortete Heiner nebenhin.

Nach einer Pause fragte jener wieder:

„Ißt du auch gerne Zimtstern?"

„Ja — auch."

„Was ißt du denn lieber?"

„Was ich gerade habe!" erwiderte der Kleine mit Stirnrunzeln; die ewige Störung seiner lauernden Gedanken ärgerte ihn, als könnte er darüber den ersehnten Moment verpassen.

Der Herr zog nun aus der Rockschoßtasche eine Tüte, machte sie andächtig auf, steckte die schnüffelnde Nase hinein, sagte mit einem wohligen Seufzer: „Ah" und schielte auf den Knaben hinab; da dieser es jedoch tapfer überhörte, fuhr er fort:

„Aber Zuckermandeln — die magst du gewiß nicht!" nahm mit langen Fingern eine heraus, zeigte sie ihm und schob sie in den eigenen Mund.

Heiner, den diese Quälerei nun doch zu schmerzen und zu erzürnen anfing, nickte ihm kurz zu und sagte:

„Selber essen macht fett!"

Überrascht und ein wenig beschämt streckte jener nun die Tüte hin und forderte den Knaben auf zu nehmen, bekam aber die Antwort:

„Danke schön! Ich habe jetzt keinen Appetit." Und kam sich mit seiner verschmähten Tüte in der Hand etwas lächerlich vor, hätte den Buben gern gezwungen, wußte aber in Gegenwart des Vaters nicht, wie; so schob er sich eben selbst noch ein paar Süßigkeiten in den Mund, teils um die Tüte nicht auf die Abweisung hin einzustecken, teils um sich an Heiner zu rächen.

Dieser aber war durch die lange, mühsame Selbstbeherrschung, durch die Unterdrückung des dringenden Anliegens an den Vater und diese peinigende Neckerei obendrein so sehr gereizt, daß ihm die Augen voll Tränen standen und er ein herzhaftes Weinen fast nicht mehr zurückhalten konnte: ohne aufzuschauen fußelte er neben den behaglich dahinschreitenden Männern einher und atmete erlöst auf, als sie endlich an der letzten Straßenecke stillhielten. Hier streckte ihm jener Herr noch einmal die Tüte hin, damit er sich zum Nachtisch etwas mitnehme; der Kleine aber dankte stolz: er wolle sich keine pappigen Finger machen. Da zog erst ein Ärger über das Gesicht des Abgewiesenen, dann drückte er plötzlich dem Kinde die ganze Tüte in die Hand, klopfte ihm lächelnd die Wange und ging rasch den andern Herren nach.

Heiner hatte kaum Zeit zu danken, widmete auch dem Geschenk weiter keine Beachtung, sondern hub, indem er, den Kopf zärtlich an des Vaters Arm andrückend, emporschaute, ungesäumt an:

„Vater, der Fritz Merwein kriegt jetzt Klavierstunde, und der hat auch keine größere Hand als ich; nur ein ganz winzig klein wenig weiter spannt er als ich, es macht aber nichts aus. Vater, bekomm' ich jetzt auch? O gelt, Vater, bitte!"

„So so, der Fritz Merwein! Ja, wir können ja immerhin mal über den Fall reden, mein Sohn. Wie lange willst du denn täglich üben?"

„Soviel ich kann. Ich will gewiß fleißig sein."

„Und den armen Eltern den ganzen Tag die Ohren vollklimpern, daß sie es gerne besser hätten! Und die Schulaufgaben versäumen, hm?"

„Ich übe halt, wenn du fort bist und die Mutter im hintern Zimmer, da hört sie es nicht, und ich spiele ja auch nicht so laut, ich bin ja doch noch klein! Und die Schulaufgaben will ich gewiß nicht versäumen; du kannst mir's glauben, ganz gewiß nicht! O laß mich doch!"

Der Vater schloß die Haustür auf, an der sie eben ankamen, blieb unter ihr stehen und sagte:

„Wenn du uns mit der Überei nicht zu sehr plagen und das Lernen darüber nicht vergessen willst, gut, dann sollst du nun auch Unterricht bekommen."

Heiner kletterte am Vater jauchzend empor, schlang die Arme um seinen Hals und küßte ihn stürmisch. Ein Wort brachte er nicht hervor; aber sein Herz schlug so gewaltsam, daß der Vater es vernahm und über diese heftige Erregung besorgt sein Kind fest an sich schloß. Der Ernst dieser Leidenschaft, den er vorhin durch nüchterne Besprechung zurückgedrängt hatte, überkam ihn mit aller Strenge, und er hätte den Pulsschlägen eines Fieberkranken nicht mit mehr Bangen und zugleich gefaßtem Trotz gegen die Übermacht des Schicksals lauschen können als jetzt dem zuckenden Pochen in der Brust des beglückten Knaben, den er stumm die Treppe hinauftrug. Als er aufatmend vor der Glastür die Last absetzte, ging ihm durch den Kopf:

„Ein bißchen Seligkeit, nur ein Herzlein voll, und keiner von uns beiden ist dem bißchen recht gewachsen!"

Heiner rannte zur Küche, warf im Vorübereilen dem Schwesterchen die Tüte in den Schoß, rief der Mutter schon durch zwei Zimmer entgegen:

„Hurra! Ich kriege Stunde, Mutter! Mutter, ich kriege Klavierstunde!“ fiel ihr, die gerade ein Blech voll duftender Dampfnudeln aus dem Backofen zog, um den Hals, verküßte sie und machte sich nichts daraus, daß sie höchst unbequem vor dem Herd hockte und das heiße Blech in Händen hielt. Dann polterte er die Hintertreppe hinab, flog „Helene!“ rufend durch den Garten, erklomm die Mauer und jubelte auch der Freundin, die mit dem Trieler um den Hals im Garten erschien, die Neuigkeit zu, fand aber wenig Mitfreude.

„Klavierstunde — ?!“ rief sie in langgezogenen, bedauernden Tönen; „wie lang mußt du denn da üben jeden Tag?“

„Solang ich darf!“ entgegnete er mit unbewußter Schlagkraft.

„Auch noch gar!“ murrte sie und schnitt ein Gesicht; ehe sie aber weiterreden konnte, ertönte ein ärgerlicher Ruf nach ihr aus dem Hause.

„Au, ich muß eilen! Ich bin von der Suppe weggelaufen“, sagte sie — „sonst wird sie wild und gibt mir noch einen Teller voll und dann — dann setzt es immer Hiebe!“ Sie lief hinein.

Heiner sah sich um, es kam ihm alles ganz neu vor; er sprang von der Mauer, stellte sich mitten in den Rasen und sah wieder mit glänzenden Augen umher: bald war ihm, als staune ihn jeder Baum und Busch voll Freuden an, bald trieb es ihn, jedem Reis und Blatt und Steinchen etwas Besonderes anzutun, so drängte sein Herz hinaus und war doch so hilflos in seinem Jubel; endlich beugte er sich nieder, streichelte über das dichte Gras hin, und da sein Kopf dabei zu Boden hing, kam es ihn plötzlich an, daß er einen Purzelbaum schlug. Als er danach wieder aufrecht saß, jauchzte er heftig hinaus, sprang empor und stürmte ausgelassen jodelnd einige Male um den Rasenplatz herum; dabei sah er ein Ästchen auf dem Wege liegen, das setzte er wie eine Trompete an den Mund und marschierte nun, aus Leibeskräften und mit mehr Wollust als Anmut einen Marsch posaunend, im Takte hinaus, durch den Hof, die Treppe hinauf und stolz, ohne sich bei jemand aufzuhalten, unermüdlich weiter durch Küche, Kinderstube und Eßzimmer in das vordere Zimmer, wo das Klavier stand. Hier saß der Vater im Lehnstuhl und sah ihm über die Zeitung entgegen, darum stellte Heiner sein Trompeten ein und lief in dankbarer Zutunlichkeit zu ihm hin.

„Du möchtest wohl lieber Trompete lernen, Walt, oder Pauke?"

„Nein!" sagte dieser und hielt seinen Stecken hinter den Rücken.

„Muß es Klavier sein?" fragte der Vater weiterhin, „oder wärst du auch mit Geige zufrieden?"

„Geige —!?" hauchte der Kleine in neuem Entzücken und riß die Augen auf; Geige dünkte ihn noch viel herrlicher und wundersamer: „O Geige, Vater! Geige! Und krieg' ich deine?"

Der Vater lächelte sinnend, stand dann auf und sagte: „Meine Geige ist dir viel zu groß. Für so kleine Musikanten hat man halbe Geigen."

„Halbe Geigen —!?" wiederholte Heiner erstaunt, indem er sich den grauenhaften Anblick einer längs halbierten Geige vorstellte, „ja, kann man darauf noch spielen?"

Der Vater mußte lachen und sagte, indem er einen übertapezierten Wandschrank in der Ecke aufschloß: „Schwer ist es schon, Walt; wirst es bald merken!"

Heiner empfand einen Schmerz bei der fortwährenden Vorstellung des verstümmelten Instrumentes und sah wortlos, gespannt dem Vater zu, der einen glänzenden

Geigenkasten aus dem Schrank nahm, auf den Tisch stellte und sagte:

„Mach ihn einmal auf!"

Hastig langte der Knabe nach dem Schlüsselchen, das an einem goldgelben Zigarrenbändel vom Griff über den mahagoniroten Kasten herabhing, und steckte es, nicht ohne ein gelindes Grauen, ins Schloß; er hätte doch lieber eine ganze Geige gehabt oder Klavier gespielt! Er drehte, und mit einem fröhlichen Klang schnappte das Schloß zurück: Heiner schaute, da ihm plötzlich jenes Abenteuer mit der Geige unter dem Bett einfiel, unsicher den Vater an, und erst als dieser ihm zunickte, schlug er beherzt den Deckel zurück und fand in einem rotseidenen Foulard ein honigfarben leuchtendes Geigchen, das aber keinen ersichtlichen Mangel hatte; rasch nahm er es heraus, zu sehen, ob am Ende der Rücken fehlte, und sagte mit verwundertem Lachen: „Das ist aber doch eine ganze Geige! Hast du mich angeschmiert!" fuhr mit dem Finger über die Saiten, daß sie klangen, umarmte den Vater und bedankte sich mit vielen Küssen.

Nun erklärte ihm dieser, daß man die Geigen nach ihrer Größe halbe oder dreiviertel oder ganze Geigen nenne, stimmte das Instrument, ließ sich auch durch die ungeduldige Freude des Kindes verleiten, ihm eine Weise vorzuspielen, vergaß sich dabei trotz der unbequemen Kleinheit der Geige und spielte eifrig weiter, bis er die Worte hörte:

„Au, Vater, kannst du schön spielen!" Da brach er rasch ab.

Heiner stand da und staunte:

„Vater, warum spielst du denn nie, wenn du es doch so kannst?!"

„Lieber Walt, du wirst es bald selbst erfahren, daß man manches Schöne und Gute kann, was man doch unterlassen muß." Das sprach er ernst, mit einem unterdrückten Seufzen, küßte den Sohn auf die Stirn und schritt, während dieser mit der ganzen Herrlichkeit in die Küche lief, um sie der Mutter und den Mägden zu zeigen, nachdenklich hin und her.

Er hatte das Instrument schon seit geraumer Zeit im Schranke bereit; denn, so wenig erwünscht es ihm auch war, die althergeerbte Familienbegabung für Musik, die ihm selbst einst schwer zu schaffen gemacht hatte, bei seinem einzigen Söhnchen so früh und stark durchbrechen zu sehen, so hielt er es doch nicht für sein Recht, einer Fähigkeit desselben über die übliche Zeit hinaus die Entfaltung zu wehren, und in dem steten Bestreben, jede Erlaubnis, die er den Kindern gab, mochte sie ihm selbst leicht oder sauer werden, zu einer Freude oder Überraschung zu gestalten, war er beizeiten darauf bedacht gewesen, für eine gute Fiedel zu sorgen. Der Zufall kam ihm zu Hilfe und ließ ihn im Schaufensterkasten eines Juden unter allerhand trüber und muffiger Trödelware im Vorbeischreiten auch eine Violine erblicken, die zwar einen üblen Sprung und lotterigen Hals aufwies, ihm aber durch die schlanke Form und die zarte Wölbung des dünnen Holzes die Ahnung eines weichen, singenden Tones erweckte. Er holte sich sofort beim nächsten Musikalienhändler Saiten und einen Steg, trat dann bei dem Trödler ein, bezog das Instrument, brachte es auch sonst notdürftig in Schick und Halt und fand bei der Probe seine Erwartung durchaus nicht enttäuscht. Nachdem erst der Instrumentenmacher das Ding in der Kur gehabt hatte, war es so wohlgetan und klangvoll, daß seine Bestimmung zum Übungskratzkasten für Kinder bedauerlich erscheinen mußte. Der Vater kaufte noch ein besonders feines, wohlausgerüstetes Etui dazu und freute sich schon, so geduldig er ihn auch abwartete, auf den Augenblick, wo er Heiner damit überraschen würde; und von Zeit zu Zeit nahm er das Geigchen im stillen vor, um nachzusehen und eine etwa gesprungene Saite zu ersetzen, damit es auch recht in brauchbarer Pracht in des Knaben Hände käme. Ihn Violine statt Klavier lernen zu lassen, hatte er aber darum beschlossen, weil er ein wenig hoffte, die ungleich schwierigere, unerfreulichere und langweiligere Erlernung der Anfangsgründe des Geigenspiels würden den Eifer des Knaben, den er ja keineswegs anzustacheln gesonnen war, eher ermüden und lähmen; dachte er doch auch gerne, dieser übermäßige Musikdrang sei vielleicht nur eine krankhafte Erscheinung, entsprechend jener zarten, allgemeinen Empfindlichkeit, und würde sich mit ihr im kräftigeren Knabenalter allmählich verlieren.

Es kam anders.

Hatte Heiner zu wählen zwischen Orgel- und Chormusik in der Kirche und dem Murmeln und Klingen des Springbrunnens im Garten, so lief er freilich in die Kirche; aber solange er dem Springbrunnen lauschte, war sein Ohr und Herz gesättigt von dessen Klängen und vermißte nichts anderes. Solange ihm Klavier und Geige versagt waren, fand er sein Genügen an der Groschenblechflöte, der Mundharmonika oder einem kunstlos zubereiteten Stück dürren Schilfrohrs, und wie er dem lieblichen Geläute der Unken oder dem zarten, zwischen zwei Tönen in der Terz immerfort auf und ab summenden Harfenspiel eines Mückenschwarms in erfüllter Wonne und Andacht lauschte, so ward ihm auch jede, schon die niedrigste Stufe des Geigenspieles ein befriedigender Genuß. Der einfache Ton, den er mit seinem Bogen der Saite entlocken konnte, war ihm ein Wunder; ihn immer reiner, weicher und stärker fließen lassen zu können, war ihm ein Entzücken und Stolz, über dem ihn keine Ungeduld ankam, etwa auch bald eine Sonate spielen zu können. Wenn ihm sein Lehrer die Freude machte, ihm etwas vorzugeigen, da staunte er gewiß und dachte nachher: Wenn ich erst einmal so spielen kann! Aber daß er dies einmal können würde, war ihm nicht fraglich, und daß er es jetzt noch nicht konnte, natürlich und machte ihm keinen Kummer: er fing ja erst an und war noch so klein! Er war glücklich, wenn er zu Hause hinstehen und seinen Strich üben konnte, und doppelt glücklich, wenn gutes Wetter ihm erlaubte, nach seiner Übungsstunde noch auf dem Maulbeerbaum hinten im Garten weiterzuüben. Für seine Phantasie war eine Folge von Strichen auf der leeren A-Saite auch ein Konzert: der eine Ton klang weich, der andere kreischend, jeder hatte besondere Farbe und sagte etwas anderes, und alle schwebten und drängten zu dem Tone, der ihm noch so klar und kräftig im Ohre hallte, wie sein Lehrer ihn vorgespielt hatte. Dieser Zwang seines Gehörs brachte es dahin, daß er zum Beispiel schon früh seine Tonleiter mit jenem scharfen, knappen und festen, etwas hackenden Fingeraufsatz spielen konnte, der an den straffen Parademarsch der Soldaten erinnert und sonst von älteren, reiferen Schülern erst erzielt wird. War er ohnehin ein williger Sohn und Schüler, der ein Geheiß schlechtweg als Pflicht zu erfüllen gewohnt war, so befolgte er die beiläufigsten Winke seines Geigenlehrers mit Leidenschaft, machte sich nichts leicht oder bequem und quälte sich um Bogenführung, Geigenhaltung und Handstellung, so oft ihm auch der Arm schmerzhaft sinken mochte, mit schonungsloser Strenge. Der Lehrer war so überrascht von dieser alles bewältigenden Arbeitsfreude und Ausdauer, daß er eines Tages dem Vater des Knaben sagte: er sei überzeugt — wenn er dem Kleinen plausibel machte, daß ein richtiger Geiger eine Stunde lang auf einem Beine stehend müßte spielen können, so würde er es in der nächsten Stunde leisten.

Viertes Kapitel

Minder zufrieden mit diesem neuen Wesen war Helene: sie fühlte sofort die ganze Gefahr der Nebenbuhlerschaft und lief erst heftig Sturm, aber mehr aus der ihr eigenen Ungebärdigkeit heraus als in der Hoffnung auf wirklichen Erfolg; denn sie kannte ja den Gespielen nun doch schon genugsam, um zu wissen, daß sie ihr Teil an ihm nur genießen könnte, wenn sie ihm das seinige nicht verkümmerte, und so sah und hörte sie bald geduldig zu und rächte sich an Regentagen durch ihre ehrliche Schadenfreude darüber, daß die einfältige Geige nicht mit in den Garten genommen werden konnte, da die Laube glücklicherweise kein dichtes Dach hatte. An solchen Tagen tollte sie freilich mit doppelter Ausgelassenheit und ließ Hauseinfahrt, Treppe und Speicher von ihrem Lachen und Lärmen widerhallen; aber im ganzen wurde sie mit der Zeit doch fügsamer und stiller. Es war gleich bei jener ersten Begegnung eine Schwärmerei für Heiners Mutter in ihr aufgeflammt und nur noch kurze Zeit durch jene Scheu niedergehalten worden, die gemeinhin bei den Kindern gegen die Eltern anderer besteht und besonders stark, wenn die eigenen streng oder launisch sind, eine Scheu übrigens, die sich nicht vor den Menschen, sondern deren Elternschaft regt und manchmal auffallend plötzlich wirkt, wenn ein Kind erfährt, der, mit dem es eben arglos scherzte, sei der Vater eines Kameraden.

Die ersten zwei-, dreimal war sie befangen wieder abgezogen, wenn sie ihren Gespielen nicht zu Hause fand; denn ihrem Schulmädelhochmut war Stephanie viel zu klein, und daß ein Erwachsenes, ausgenommen etwa ein Dienstmädchen, sich mit ihr abzugeben Lust hätte, war sie nicht gewohnt: daher, als eines Tages Heiners Mutter sie fragte, ob sie nicht auf ihn warten wollte oder ob es ihr bei ihnen beiden nicht gefiele, wußte sie nicht, was antworten, stand da, drehte ihren Oberkörper hin und her, wurstelte ihre frische Schürze zusammen, daß sie alsbald aussah wie ein gedienter Staublumpen, und ließ den Kopf hängen, während die Augen allerdings bald nach der Fragenden, bald nach Stephele wie nach verbotenen Früchten hinschielten. Nachdem sie aber als unfehlbar herz- und lippenlösendes Zaubermittel ein Stück Gesälßbrot erhalten hatte, setzte sie sich zutraulich auf einen Schemel, ließ sich nach kurzem sogar zu dem verachteten Baby herab und fand, während sie zu Hause ihre feingeputzten Puppen kaum ansah, so viel Gefallen am Spiel mit denen Stepheles, wußte von ihnen, sowohl von der großen Nulie und ihrer wunden Nase als von dem eleganten, im Frack und Glanzstiefeln an der Wand lehnenden Peter, so viel Geschichten zu erzählen, daß sie den lange ausbleibenden Heiner ganz vergaß. Ein andermal folgte sie der Hausfrau, deren gütiges Gesicht und herzlich ruhiges Wesen in ihr ein seltsames Gefühl von Sicherheit und eine unbekannte, stille Zärtlichkeit erweckte; deren Kleid nur zu berühren ihr wohl tat; die sie immer gern geküßt und liebkost hätte, aber auf eine ganz besondere, sanfte Weise — dieser folgte sie auf ihren Wegen nach Küche, Keller und Speicher, ließ sich aufmerksam alles erklären und war stolz darauf, hier schon als ein großes Mädchen betrachtet zu werden, das geschickt genug ist, da und dort hilfreiche Hand anzulegen. Derart lebte sie sich, so unbändig sie im Spiel mit Heiner und gar auf der Gasse noch sein konnte, fügsam und behaglich im Hause ein, und während sie drüben einen bürokratischen Vater hatte, der seine Ruhe haben wollte und weder Zeit noch Laune für das Töchterlein erübrigte, und eine, zwar durchaus nicht dumme, aber unzufriedene und launische Mutter, von der sie bald verwöhnt, bald verprügelt, oftmals für etwas gestraft wurde, was ihr vor fünf Minuten erlaubt worden war — während sie also in ihrem Elternhause oft nicht wußte, wo sie hingehörte, wurde sie im Nachbarhause gehalten wie die eigenen Kinder und erfuhr keinen Unterschied. War sie wirklich einmal unzufrieden oder stiftete Unfrieden, so bekam sie nicht des Vaters Maroquinlatschen um die Ohren oder wurde in die Schwarzwäschekammer gesperrt, sondern man stellte ihr gelassen ihre Unart oder Dummheit vor, so daß sie sich schämte, in ihrem klugen Herzen die ihr widerfahrene Schonung doppelt tief empfand und sich künftig der Liebe und Güte, die ihr so wohl tat, ganz bewußt wertzumachen suchte. Diese gelinde Erziehung durch die Freundschaft drang allmählich tiefer ein und offenbarte sich auch in der Schule und daheim durch eine mädchenhaftere Haltung, so daß Helenes Mama, die anfangs zu der Bubenfreundschaft scheel gesehen, nun den Verkehr gern geschehen ließ und froh war, ihr Töchterchen wohl aufgehoben zu wissen; sie war keine Kinderfreundin und machte auch nie den Versuch, das kleine Völkchen in ihr Haus hinüberzuziehen.

Eines Tages im Spätherbst kam Helene erst, als es schon zunachtete, still in das dunkle Zimmer, wo die Mutter mit den beiden Kindern vor dem Ofen saß und sang, setzte sich still zu Heiner auf das große Fußkissen, schlang den Arm um ihn, sang aber nicht mit.

Plötzlich schluchzte sie laut auf; die andern unterbrachen den Gesang und fragten. Trostlos erzählte sie mit Mühe, ihr Papa sei versetzt worden, und sie müßten in einigen Wochen wegziehen. Sie habe gleich gesagt, sie wolle nicht mit, aber sie müßte. Der Papa habe ihr dafür eine Korallenkette und die Mama eine Puppenküche versprochen, daraus mache sie sich aber gar nichts, ihr sei alles verleidet. Dann ließ sie ihren Tränen freien Lauf.

„Ganz fort?!" sagte Heiner bekümmert, „und kommst nicht wieder?!" Und erfüllt von dem Gefühle, wie lieb er sie hatte und daß er sie nun nicht mehr sehen sollte, verstummte er, drängte sich zärtlich an sie hin, und bald weinte er auch; wie zwei nebeneinander wurzelnde Bäumchen vom Sturm, wurden ihre Körper vom Schluchzen geschüttelt und aneinandergestoßen und vermehrten so die gegenseitige Not und Schmerzen. Die kleine Stephanie fing an, laut zu schreien, und flüchtete in den Schoß der Mutter, die still dasaß und bedachte, wie es dem seltsamen Kinde, das sie so liebgewonnen und auf das sie so ersichtlich fördernd und beruhigend hatte einwirken dürfen, fernerhin wohl ergehen könnte: es schmerzte sie, das Mädchen zu verlieren, am meisten aber machte ihr Kummer, was jenes selbst nun verlieren mußte.

Der Wind sauste im Hof und verfing sich manchmal mit heftigen Stößen in dem Winkel des Hauses; durch das Zugloch der Ofentür, aus dem ein roter Schein in das dunkle Gemach herausflackerte, brauste die Luft mit hastigem Ungestüm hinein, die Flammen wehten und knisterten, ab und zu stob eine erhöhte Glut auf und warf eine sanfte Blitzhelle ins Zimmer.

Endlich erhob sich die Mutter, setzte ihre Kleine in den Lehnstuhl, ließ sich bei Helenen nieder, zog sie an sich, küßte sie und sprach ihr davon, wie lieb alle sie gewonnen hätten, wie weh ihnen der Verlust tue, wie sie sich aber freuen würden, wenn sie immer in den Ferien käme und immer als ein größeres, verständigeres Mädchen ankäme. So beruhigte sich die Weinende allmählich, besonders aber dadurch, daß sie an der Brust der geliebten Frau liegen und deren zärtliche Hände auf Kopf und Wangen fühlen durfte.

Als sie dann schon anfing, selbst von der Zukunft und

ihren Besuchen zu sprechen, zündete die Mutter Licht an, gab den Kindern Äpfel, in der Ofenkachel zu braten, und Kastanien, die sie in der glühenden Asche rösten durften. So stellte sich Ruhe und Behagen ein, das den erweichten Herzen um so süßer und heimeliger war.

Die paar Wochen vergingen rasch. Heiner rührte seine geliebte Violine nicht an, wenn die Freundin um den Weg war, und allesamt schienen darauf bedacht, ihr wie einem Kranken aufmerksam zu sein, nachzugeben und Freude zu bereiten, so daß Helene, gerührt, stolz, doch auch beschämt und verlegen, sich mit einer seltsamen Sachtheit und Ehrbarkeit bewegte, die nur in wenigen Momenten, wenn sie etwa an sonnigen Nachmittagen im aufgewehten, dürren Laube hausten, in um so mutwilligere Albernheit umschlug. Sie versprachen einander Briefe und Besuche, kramten allerhand Kostbarkeiten hervor, um einander zu beschenken, und tauschten schließlich sogar Schiefertafel, Federrohr und Fibel.

Eines Nachmittags, ehe Heiner zur Schule ging, nahmen sie Abschied. Aber erst als er in der Klasse saß und sie in die ausgeräumte Wohnung zu den Eltern zurückkam, wurden sie traurig.

Auf dem Heimweg von der Schule, allein durch die Dämmerung des grauen Herbsttages ziehend, an so manchem Straßeneck vorbei, wo sie ihn oft erwartet oder überfallen hatte, dachte er: Jetzt sitzt sie schon in der Eisenbahn auf dem braunen Polster und guckt heraus. Da kam eine Unlust über ihn, weiterzugehen, er drückte sich an den Straßenecken herum, bald nach der, bald nach jener Seite spähend, er starrte die Leute an, wie sie kamen und gingen, und hatte, wie sie sich entfernten, plötzlich einen ängstlichen Drang, ihnen nachzulaufen. Er stand an allerhand Kellerluken hin, ließ die Läden herab, wirbelte die Riegel herum, überlegte, ob er die Läden wieder aufmachen sollte, damit die Magd am anderen Morgen auch was sähe, tat es aber nicht; er fing schließlich wehmütig zu singen an und trottelte im Takte weiter. Da wurde er auch nach kurzem gewahr, daß ein anderer, unbekannter Junge, offenbar ein Volksschüler, auf dem Fahrdamm im Takte mitlief. Er blieb ärgerlich stehen, um jenen vorbeizulassen, hatte aber nur den Erfolg, daß der mitten auf der Straße auch anhielt und, mit den Händen in den Hosentaschen, sich heuchlerisch rings umschaute. Nun ging Heiner stramm weiter; als er aber den andern sofort wacker Schritt halten sah, ergrimmte er, fuhr auf ihn los, indem er den linken Ellenbogen wie einen Schild vor die Brust erhob und die rechte Faust ballte, und fragte forsch:

„Was willst?"

„Nix!" sagte sein Gegner höhnisch und setzte sich auch in Bereitschaft.

„Was hast du mir denn nachzulaufen?!" fragte er weiter und ließ den Ranzen von der Schulter gleiten.

„Ich kann laufen, wo ich mag! Das geht dich 'n Dreck an!" erwiderte der andere, verächtlich den Mund verziehend.

„Das geht's mich an!" knirschte Heiner und schlug ihm eins ins Gesicht.

Nun packten sie einander ohne langes Hinundherschieben, und es ging in stiller Wut ein Ringen los, bei dem nur das wechselnde Stampfen und Schlurfen der kleinen Füße, der keuchende Atem und ab und zu ein dumpfer Schlag hörbar wurde. Bald rissen sie einander zu Boden, wälzten sich hin und her, schlugen mit Händen und Füßen, und daß Heiner einmal oben blieb, war nur ein Zufall, aber er verdankte es seinem ursprünglicheren Zorn und seiner vom Üben gekräftigten Linken, daß er mit ihr die beiden Hände des Feindes festhalten, mit der Rechten aber ihn ganz unedelmütig traktieren konnte. Da erhob dieser plötzlich ein Jammergeschrei, so durchdringend und überzeugend, daß Heiner aus Angst, er möchte ihm einen ernsten Schaden zugefügt haben, losließ, worauf der andere blitzschnell emporsprang, ihm einen Fußtritt versetzte, davonrannte und aus sicherer Entfernung zu schimpfen und zu höhnen begann. Der Angeführte schaute ihm einen Moment geärgert nach, hatte aber keine Lust, ihn zu verfolgen; denn sein Zorn war verarbeitet und auch das mißmutige Unbehagen weggewischt. Er nahm also seinen Ranzen auf, ließ jenen schreien und trollte, obwohl ihn nach und nach verschiedene Stellen an Kopf, Armen und Beinen schmerzten, befriedigt und erleichterten Herzens heim.

Kaum war er zu Hause angelangt und hatte sich sein Vesperbrot geben lassen, da polterten wohlbekannte Schritte die Treppe empor, und ehe ihm noch recht zum Bewußtsein gekommen war, daß Helene ja doch schon weit weg sei, stürzte sie zur Tür herein, riß den blauen Schleier vom Gesicht und rief:

„Hurra, da bin ich wieder!" ergriff den Freund, wirbelte einige Male mit ihm herum, ließ sich dann auf einen Stuhl fallen, zog Kapuze und Mäntelchen ab und erzählte vergnügt, sie sei durchgebrannt.

Ihre Eltern hatten Plätze im Zug belegt und, da sie noch nach ihren vielen Gepäckstücken sehen wollten, ihre Tochter einem Bekannten, der mit seinen Kindern in einem andern Abteil saß, übergeben. Hier war ihr plötzlich der Eigensinn gekommen, sie hatte, als wollte sie zu ihren Eltern, den Wagen wieder verlassen, sich den Perron entlang geschlichen und hinter einer entfernten Tür gewartet, bis sie im letzten Augenblick die Eltern nach ihren Plätzen stürzen und den dummen Zug hatte in die Dämmerung hinausstampfen sehen. Nun saß sie wieder da, freute sich ihres Streiches und ließ sich Butterbrot und Birnen schmecken, als hätte sie den ganzen Tag gehungert. Als Heiners Mutter ihr zu Gemüte führen wollte, welcher

Schrecken und welche Sorge die Eltern befallen würde, sobald sie ihr Kind vermißten, da drängte sich Helene zwar sofort bekümmert zu ihr hin und bat und schmeichelte, sie möchte ihr doch nicht böse sein, ihre Untat selbst aber machte ihr nicht die geringste Beschwer; sie war zu lange gewohnt, die höhere Gewalt ihrer Eltern mit Trotz und List zu erwidern und über jeden Erfolg zu triumphieren.

„Und wenn nun nachher dein Vater kommt, um dich zu holen, wie mußt du dich schämen!" sprach Frau Lindner.

„Oh, er ist ja fortgefahren!"

„Er wird gewiß unterwegs einmal nach dir schauen und sofort umkehren!"

„Kann er das?"

„Ja gewiß!"

„Au! Das ist dumm!" sagte das Mädchen in einem Ton, als hätte es eine Unachtsamkeit begangen, fügte aber dann zum Troste hinzu:

„Wenn er kommt, so schlupf' ich einfach unters Bett, und die Kathl braucht ihm ja nicht zu sagen, daß ich da bin."

Heiner und seine Mutter staunten über diese unbefangene Verruchtheit, so wenig neu sie ihnen war. Aber es blieb nichts übrig, als die Entwicklung des Possens gelassen abzuwarten. Helene spielte in kurzem so arg- und harmlos, als hätte sie heute das beste Zeugnis aus der Schule heimgebracht, nur wurde sie nach all den Aufregungen des Tages bald schläfrig.

„Das ist jetzt doch noch das Schönste", rief sie aus, als die Mutter sie in Heiners Schlafzimmer führte, „daß ich bei euch schlafen darf! Das hab' ich mir schon lang gewünscht!"

Der Knabe, der aus Kameradschaft auch zu dieser etwas frühen Stunde schlafen ging, trat der Freundin, damit sie nicht ins Gastzimmer mußte, sein Bett ab und ließ sich auf dem Sofa betten, und als die Mutter mit den Kindern gebetet, ihnen die Decken untergeschoben und angedrückt, auch jedem noch einen Kuß gegeben hatte, da jauchzte Helene vor Behagen und Wonne, kam nun doch nicht zur Ruhe und hatte mit dem Freund und Schlafkumpan noch unendlich viel zu plaudern.

Nicht lange danach klingelte es an der Glastür, und die Hausfrau, die gerade über den Flur ging, öffnete. Helenes Vater stand atemlos da und stieß, ohne nur recht zu grüßen, barsch heraus:

„Helene da? Sofort soll sie runterkommen!"

„Oh —" erwiderte die Frau mit einem gedehnten, auf und ab steigenden Tone und erstaunten Blicke. „Ich bitte um ein wenig Geduld." Sie ging in die Stube und hieß das Mädchen den Herrn ins Empfangszimmer führen.

Als er eintrat, begrüßte sie ihn aus gemessener Entfernung:

„Ich habe die Ehre mit Herrn Mahler, nicht wahr?"

Er hatte unterdessen Zeit gehabt, seine Unart einzusehen, und begann, sich mit seiner Aufregung zu entschuldigen.

„O bitte!" wehrte sie ab, „ich begreife Ihre Aufgeregtheit sehr gut; da ich aber doch eigentlich unschuldig bin, fühlte ich das Recht, mich ihr zu entziehen. Ich bitte Sie, abzulegen, da Sie ja wohl sehr erhitzt sind und sich nachher verkühlen könnten, und nehmen Sie Platz."

Er tat beides willig und etwas befangen und war froh, daß sie ihm keine Zeit zum Reden ließ, sondern fortfuhr:

„Ihre Helene ist also, wie Sie vermuten, hier; Sie werden es mir nicht verargen, daß ich das Kind aufnahm und auch, als es vorhin müde und schläfrig wurde, zu Bett brachte."

„Ja, sie muß aber mit mir!" fuhr er heraus, setzte aber gefaßter hinzu: „Ich bin Ihnen natürlich sehr dankbar und muß nur unendlich bedauern, daß Ihnen der Fratz so viel Ungelegenheiten gemacht hat und nun gleich wieder machen wird. Ich kann ihr nicht helfen, sie muß sofort wieder mit."

„O weh, das wird ohne Kampf und Jammer nicht abgehen."

„Darauf kann ich doch keine Rücksicht nehmen, ich bitte Sie!"

„Vielleicht doch. Sie geben mir gewiß zu, daß es besser wäre, das Kind unmerklich zu zwingen, als mit rauher Gewalt, der es sich ja natürlich fügen muß, die in ihm aber zu dem Schmerz hin auch einen Trotz, wenn nicht Schlimmeres, zurücklassen wird."

„Ja — ob jetzt gleich oder erst morgen — zwingen werd' ich sie müssen, die Fuchtel!"

„Wann wollen Sie denn fahren? Doch erst mit dem Nachtzug? Gut! Sie werden das Kind doch nicht jetzt, ehe es recht warm geworden ist, aus dem Bett zerren und ins Wirtshaus schleifen wollen! Das wäre doch für Sie so schlimm wie für Helene und unnötig obendrein. Jetzt sind die Kinder wohl noch nicht einmal eingeschlafen; wenn Sie aber in zwei und einer halben Stunde mit einem Wagen kommen, gerade ehe der Zug geht, dann wird das müde Ding so fest schlafen, daß wir es ankleiden und hinuntertragen können, ohne daß es recht wach wird und begreift, was vorgeht. Ehe sie aufwacht, sind Sie an Ort und Stelle, und sie wird sich drein finden. Ich hoffe, so wird es auch Ihnen bequem sein."

„Gewiß! Und es ist ja sicherlich ein gelinderer Weg, wenn auch etwas umständlich. Sie geben sich sehr viel skrupulöse Mühe mit der nichtsnutzigen Ware, ich hätte kurzen Prozeß gemacht!" erwiderte er in dem etwas überlegenen, nachsichtigen Ton des Vorgesetzten und lächelte verbindlich, denn er war nun doch glücklich wieder in seine Würde hineingeschlüpft.

Die Frau aber war ihm immer noch gewachsen und sagte:

„Kurzen Prozeß?! Ich fürchte, es wäre Ihnen unter den Händen doch ein langer Prozeß geworden, wie das ja so üblich ist. Und was die skrupulöse Mühe anbetrifft, so ist sie mir eine Freude. Um mit einem allzeit üppigen Blumentisch am Fenster glänzen zu können, ist gewiß nicht weniger Geduld und Aufmerksamkeit nötig; daß es aber so viel Freude und Befriedigung gewähren kann wie die achtsame Pflege eines Kindes, das glaube ich nicht!" In Gedanken setzte sie noch hinzu: Da, kannst dran schnupfen! erhob sich dann und sagte zum Abschied: „Also um halb elf überliefere ich Ihnen Helene gestiefelt und gespornt."

Er bedankte sich mit vielen üblichen Worten und zog sich hastig mit dem unbehaglichen Gefühl zurück, daß seine angeborene Haut doch wieder unter der Beamtenwürde zum Vorschein gekommen sei.

„Ist das ein Widerwart!" sagte Heiners Mutter aufatmend, als er gegangen war, und sank etwas erschöpft in den Sessel: denn die wehrhafte Haltung hatte sie große Mühe gekostet und war ihr nur durch einen Kniff gegen ihre eigentliche Natur gelungen, indem sie sich gewissermaßen zu der Pflicht zwang, in dieser Szene diese Rolle zu spielen.

„Mein Gott, war ich frech!" sagte sie jetzt, „ihm auch noch sein protziges Blumenfenster unter die Nase zu rücken! Aber verdient hat er's! Ich bin doch gottfroh, daß wir die Leute nie kennengelernt haben. Und da ist mir diese Hummel Helene schon begreiflich, das arme Ding! Es freut mich nur, daß ich mich von dem nicht hab' verblüffen lassen. Ein schläfriges Kind aus dem Bett reißen und womöglich am Arm durch die Gassen zerren in den Palmengarten — das fehlt noch!"

Dann sah sie nach den Kindern, die wirklich noch

wach waren, und konnte sich nicht enthalten, noch ein wenig im Dunkeln zu Helene ans Bett zu sitzen, ihr zuzuhören und ihr nachdenklich über Stirn und Haar zu streicheln.

Später ging alles nach Wunsch.–

Und nun fehlte Helene wieder, und jedem im Hause fehlte die Unruhe, die sie hereingebracht hatte, ihre laute Freudigkeit, ihr Trotz und ihre Gutmütigkeit, ihre Neigung zu unvermutetem Hallo und Jubel, bloß weil sie so schön laut jauchzen konnte, und ihr beneidenswertes Lachen, das so schallend aus der Brust kam.

Heiner lief wohl, wenn Sonne war, in den Garten und sah zur Mauer auf, aber es saßen nur ein paar Spatzen droben, schlugen mit den Flügeln, als sei ihnen nicht warm genug, hüpften auch hin und her wie Gummibälle und zeterten; und die Sonne leuchtete höchstens in ein paar gelben Blättern, die der Wind von der Mauer aufwirbelte und einige Schritte weiterfegte. Dann kletterte der Knabe wohl am Spalier empor, aber nur so weit, daß er eben hinüberlugen konnte, spähte kurz in die Unwirtlichkeit hinein und sprang rasch wieder ab, als hätte er sich in ein verbotenes Gebiet eingedrängt. Das habe ich davon, dachte er, daß ich so oft wüst war und nichts von ihr wissen wollte und sie wegwünschte.

Eines Tages kam auch ein Brief von ihr, auf ein aus dem Schreibheft gerissenes Blatt, halb mit Tinte, halb mit Blei geschrieben:

„Lieber herzgebobbelter Heiner!

Ich bin jetzt hier es ist arig dumm. Mir haben auch ein großer Garten aber ein ganz einfelldiger wie dem Gärtner Mai seiner und viel Ratten drin ich hab auch eine mit dem Stellzen tot geschlagen. Ich krieg immer Hieb und muß ans Katzentischle. es ist mir ganz Wurst. Komm doch einmal zu mir ich därf nicht. Gestern war der Pelzniggel der hat mich aber doch nicht mitgenommen. Ich will aber weil deine Mutter immer will ich jetzt brever sein. O tätst du doch einmal kommen. Ein schöner Gruß an die Mutter und an den Vater und das Stephele und die Kattel und alle von deiner lieben Freundin Helene.

Die Adreß schreibt die Balwine."

Er antwortete ihr; aber bald hörten die Briefchen zu gehen auf, und die Kinder erfuhren oft lange nichts voneinander. –

Heiners Kindheit war fernerhin still und gleichmäßig. Er wuchs, kam ins Gymnasium und stieg von Klasse zu Klasse, erledigte seine Schülerpflichten ohne Drang oder Ehrgeiz, mit der gleichen Selbstverständlichkeit, mit der er sich morgens wusch und ankleidete, und betrieb seine Musik mit unablässiger, stiller Leidenschaft. Er ging von der halben zu der dreiviertel Geige über, und als Stephanie Klavierunterricht bekam, da setzte er sich bescheiden daneben, sah und horchte wie ein Spitzbub und benutzte von da an die Stunden, wenn Vater und Mutter nicht zu Hause waren, statt zum Violinspiel zum Üben auf dem Klavier. Nachdem er seine Schwester bald weit überholt hatte, ließ er sich von seinem Violinlehrer oder vom Klavier spielenden Schulkameraden Bescheid erteilen und überraschte am nächsten Weihnachtsfest seine Eltern nicht wenig durch einen Klaviervortrag. Damit hatte er nun die Berechtigung, auch dieses Instrument offen zu benutzen, von der er freilich nur in bescheidenem Maße Gebrauch machen konnte; denn im folgenden Herbst kamen zu der lateinischen und französischen Sprache auch die griechische und Mathematik hinzu, und gegen diese erwies sich sein Ingenium in steigendem Grade spröd.

Das Verständnis der Sprachen und die Lektüre machten ihm keine Schwierigkeit, wohl aber die Grammatik, deren peinlichst eingeprägte Regeln sich gerade dann, wenn er sie zu einer Übersetzung in die fremde Sprache, gar bei einer Klassenarbeit, erznötig hatte, in den heimlichsten Fächern und Falten seines Bewußtseins versteckt hielten. Und schon die ersten planimetrischen Anfänge waren ihm unangenehm. Diese spitzen Dreiecke erregten ihm ein körperliches Unbehagen, als hätte er mit den Splittern einer Fensterscheibe zu spielen; der Satz, daß sich zwei parallele Linien in der Unendlichkeit schnitten, war ihm einfach ein Gewissenszwang.

Aber all diese abschreckende und widerstrebende Schulweisheit mußte eben bewältigt werden, koste es was es wolle, und es kostete ihm viele, viele schöne, schöne Stunden! Bald mußte er seine Abende verlängern und in die Nacht hinein arbeiten, um in der Schule Schritt zu halten; er mußte schließlich auch morgens seinen Schlaf abkürzen, so hart es seiner stets noch zarten Natur ankam. Immerhin erreichte er einstweilen das Klassenziel. Und wenn er nach der Schule eine oder zwei Stunden bei der Geige verbringen konnte, so war er alsbald erfrischt wie von einem Bade, und die reine Berauschung in der Kunst söhnte ihn mit aller Schinderei und Qual der Zwangskultur immer wieder aus.

Einige Male tat er sich mit einem oder mehreren Mitschülern zu gemeinsamem Musizieren zusammen, ging aber stets bald wieder davon ab, da er gerade keinen fand, dem es ernst damit war wie ihm und er längst keine Freude und kein Genügen mehr daran hatte, wenn ein Trio ohne viel Stolpern und Steckenbleiben zur Not im Takte abgespielt wurde. Er war stets ein guter, gefälliger Kamerad, aber der Ernst seiner Natur und erst recht eine bei aller arglosen Unschuld durch den fortwährend zu überwältigenden Zwiespalt und Kampf sich früh einstellende Reife des Charakters schloß ihn gegen seinen Willen von den übrigen in ungewöhnlicher Weise ab.

Das Umherstreifen in Feld und Wald, die Wonne: Menschenvernunft, Willen und Zweck zu vergessen, in wundersam klarem Rausche nur noch Sinn und Gefühl und schuldlos sich dehnende Kraft zu sein gleich Pflanze und Getier, wie eine wandelnde Blume dem Drange des Windes und der Lockung der Sonne sich hinzugeben und doch zugleich die ganze Fülle des Lebens rundum bewußt in sich zu trinken wie einen selbstgezogenen goldenen Wein, dieses Glück mußte er sich bald mehr und mehr versagen und an den kurzen Feierabendgängen mit Eltern und Schwester genug haben; nur die Ferien, die er oft bei fern im Lande wohnenden Verwandten zubrachte, grüßten ihn wieder mit dem märchenhaften Reichtum der Kinderzeit. So wurde sein stilles Mansardenzimmer seine Welt, und der Blick über die Schiefer- und Ziegeldächer und dazwischen aufwogende Baumkronen hinweg nach dem dunklen, weithin gebreiteten Wald störte nur selten die Sehnsucht auf; denn ihm war ein Herz gegeben, das fähig und willig war zu jedem Genusse des Schönen.

Fünftes Kapitel

Als Heiner groß genug war, eine ganze Geige zu regieren, und diese Botschaft seines Lehrers erfreut dem Vater überbrachte, antwortete dieser nur nebenhin:

„Soso? Ich hab' es mir schon gedacht", ohne weiter darauf einzugehen oder in den nächsten Tagen darauf zurückzukommen.

Am folgenden Sonntagvormittag wurde Heiner von seinem Vater gerufen und trat mit Hut und Gesangbuch bei ihm ein; er war gerade zum Kirchgang bereit, der ihn dank dem trefflichen Orgelspiel und Kirchenchor nicht soviel Kampf und Überwindung kostete, wie bei herzhaften Schulbuben sonst wohl nötig ist. Als der Vater seine Anstalten sah, sagte er: „Kannst heut einmal schwänzen und das Opfergeld einem armen Kind geben; komm!" und nahm ihn in das Schlafzimmer der Eltern.

Die Fenster standen offen nach dem kühlen, noch schattigen Hofe, die Bäume des Gartens regten sich friedlich im Sonnenschein, das Plätschern des Springbrunnens und die Stimmen der Vögel klangen frei aus der Sonntagsstille herauf in das Gemach, das nun mit den großen, weiß überdeckten Betten und den spiegelblanken, streng geordneten Möbeln noch einsamer, dem Leben und der Arbeit entrückter schien als sonst schon.

„Setze dich", sagte der Vater und deutete neben das Fenster.

Heiner setzte sich befangen und gespannt in den alten, tiefen Großvaterstuhl, der, aus dunklem Mahagoniholz gebaut und mit weichem Leder bezogen, breite gepolsterte Armlehnen waagrecht frei vorstreckte und oben zu beiden Seiten des gepolsterten Rückens sogenannte Ohren trug, an denen schon manch altes oder krankes Haupt tröstlich eingeschlummert war. Der Vater neigte sich an seinem Bett, zog jenen Geigenkasten hervor, der Heiners Neugier und Verlangen so oft und lange auf die Probe gestellt hatte, setzte ihn dem Knaben auf den Schoß und zog das Schlüsselein aus dem Geldbeutel.

„Rat einmal, wie lang ich den Kasten nicht mehr geöffnet habe!" sagte er mit ernstem Blick.

Heiner schaute zu ihm auf und sprach mit seltsam gedämpfter Stimme:

„Arg lang — ?"

„Vierundzwanzig Jahre lang!"

„Au!" hauchte der Knabe, den diese Unbegreiflichkeit wie ein starres, schweres Geheimnis bedrückte, „vierundzwanzig Jahre!"

„Ja, ja, vierundzwanzig Jahre! Die Hälfte meines Lebens!" Der Mann atmete schwer auf, steckte rasch den Schlüssel ins Schloß, drehte, warf den Deckel zurück und nahm die prächtiggestickte Seidendecke vom Instrumente, ohne es jedoch zu ergreifen.

Heiner schrie auf:

„Ein Italiener — ?" denn er war erfahren genug, um die Herkunft und Kostbarkeit der Geige zu erkennen. „Gelt, ein Italiener?" wiederholte er und zupfte an der allein noch stehengebliebenen G-Saite, die aber nur einen kurzen, schlaffen Ton gab.

„Gewiß, und ein so feiner", erwiderte der Vater, „daß ich ihn dir nicht kaufen könnte. Der Großvater hat ihn als junger Mann in einem ungarischen Dorfwirtshaus gefunden. Er saß drin, genoß etwas und ruhte aus, bis die Post weiterfuhr; da hörte er, sooft die Stubentür aufgerissen und zugeschmissen wurde, hinten an einem Schrank etwas klappern und summen, ward durch das sonderbare Geräusch schließlich etwas aufgeregt und trat hin, um nachzusehen, was es denn sei: da hingen an dem wackeligen Kasten, mit einem Batzenstrick zu einem Bündel zusammengeschnürt, die betrübten Trümmer dieser Geige. Er untersuchte sie und fragte, ob sie feil seien. Der Wirt wollte zwölf Gulden und erzählte, woher die Geige stamme:

Ein paar Jahre zuvor war einmal an einem unruhigen Aprilabend so ein durstiger, deutscher Musikant bei ihm hängengeblieben. So hungrig er aussah, er aß nichts, solange er dort war, außer daß er ab und zu ein Stückchen Brot in das Salzfaß tunkte und langsam kaute; Wein aber trank er mit Bedacht und Ausdauer, das heißt den ganzen Tag fort, und manchmal fuhr er plötzlich auf und hielt großartige, zornige Reden, von denen der Wirt nichts verstand. Sonst saß er still da in der Ecke und schlotterte oft, daß die Gläser auf dem Tisch klapperten, zum Erbarmen. Auch ans Bett ließ er sich noch Wein bringen. Mitten in der Nacht weckte er plötzlich das ganze Haus durch sein Geigenspiel, das so hitzig und ausgelassen durch die dunkle, windige Nacht klang, daß es niemand im Bett aushielt und bald alles sich um des Musikanten Stubentür drängte: da stand er im wechselnden Mondlicht und Wolkenschatten wie ein Geist auf dem Bett, geigend, sich von einem dürren Bein aufs andere wiegend, drehte sich manchmal im Kreise, stolperte wohl auch herunter und machte auf dem Boden behutsame hohe Schritte, als wollte er nichts zertreten, bestieg schnell wieder das Lager und geigte, daß einem eine wahnsinnige Erregung durch die Glieder zuckte. Als der Wirt ihn nun anrief und zur Ruhe verwies, spielte er nur noch toller und sang dazu:

Die Mäus' wollen tanzen, heidideldum, heidideldum!

Die Mäus' wollen tanzen, heidideldum!

Dabei schaute er aufmerksam und fast zärtlich auf dem Boden herum, wo natürlich von seinen weißen Mäuschen nichts zu sehen war. Dem jungen Volk aber fuhr diese unheimliche Tanzmusik so unerträglich in die Beine, es fing an zu tanzen, bald stand die Stubentür leer, und alle rasten wild auf dem dunklen Flur hin und her, solange der drin auf dem Bett im Mondschein die Fiedel strich. Endlich setzte er sich atemlos auf den Bettrand, spähte unter seltsamem Locken, Lachen und Murren alle Ecken aus, stellte die Geige säuberlich auf dem Tisch auf die Kante, legte den Bogen darüber, kroch ins Bett und schlief ein. Am andern Tag regnete und stürmte es so unaufhörlich, daß der Wirt den Gast, so gern er ihn auch losgewesen wäre, nicht schicken mochte. Dieser verhielt sich auch still, trank andächtig seinen Wein und schlief am Wirtstisch; wer ihn aber etwa zur Rede stellte, den wies er kurz und hochmütig ab. In der folgenden Nacht kam es wie in der ersten; der Wirt sah aber nur geschwind nach und verfügte sich wieder in sein Bett, während die andern freilich auch diesmal der Tanzwut nicht widerstehen konnten; doch ging es anders aus. Plötzlich brach das Spiel ab, die Tanzenden hörten einen schweren Fall, und als sie nachsahen, lag der Musikant steif vor dem Bett, den zerknickten Fiedelbogen in der Hand, während die Geige zwei Schritt weiter geflogen war. Sie lüpften ihn, damit er seinen Rausch bequemer ausschlafen könnte, auf sein Bett, am andern Tag aber fanden sie ihn noch in derselben Lage, kalt und tot.

Für zwölf Gulden an Wein, Obdach- und Begräbniskosten behielt der Wirt die Geige und hängte sie zum

Gebrauch in die Schenkstube. Aber fast immer, wenn auf ihr gespielt wurde, gab es Händel, und bei so einer Rauferei war sie zugerichtet worden, wie sie nun da am Schranke hing. So erzählte der Wirt und fügte hinzu, er schlage sie gerne los, denn ausbessern möchte er sie doch nicht lassen, er traue ihr nicht, es müsse ein Unsegen auf ihr sein. Nun, der Großvater hat die zwölf Gulden hingelegt, das Instrument wieder herstellen lassen, es hat ihm keinen Unsegen gebracht."

Heiner sah schweigend auf die Geige, die noch in ihrer vierundzwanzigjährigen Ruhe dalag, und erst, als der Vater fragte:

„Nun, ist sie dir ein bißchen unheimlich?" nahm er sie zur Hand, drehte sie hin und her, beklopfte sie, hob sie zum Kinn und sagte:

„Unheimlich? Nein! — Ich muß nur denken, an wie vielem so ein Stück Holz oder sonst ein Ding schuld sein soll. Das Stephele hat, wo es noch klein war, immer den Stuhl oder die Kommode gehauen, wenn es sich dran gestoßen hatte. — Und der Großvater hat sie im Konzert gespielt?"

„Ja, er hat überhaupt nur noch diese gespielt."

„Es wär' allerdings ein Spaß gewesen", fuhr Heiner lachend fort, „wenn da die Zuhörer plötzlich mit den Stuhlbeinen aufeinander losgegangen wären! — Aber warum —" Er wollte nach des Vaters Enthaltsamkeit fragen, unterließ es aber in plötzlicher Scheu.

„Warum ich sie so lange nicht berührt habe, willst du fragen? Das zu erzählen, war eigentlich meine Absicht. Du würdest dir gewiß Gedanken darüber machen und bist ja vernünftig genug, die Wahrheit richtig zu verstehen und dir auf deine Art eine Lehre daraus zu ziehen. Wenn eine Sache, die du täglich gebrauchst, nicht nur ihren Gebrauchszweck erfüllt, sondern auch noch von Schicksalen zu dir spricht, so ist sie doppelt wert und kostbar.

Meine Geschichte ist übrigens nicht phantastisch wie die jenes durstigen Schnurranten, sondern ganz alltäglich.

Als ich Student wurde, war es meine erste Hauptsache, die lang ersehnte Freiheit zu genießen und meine Zeit nach meiner Wahl anzuwenden; und wenn ein Mensch bis ins neunzehnte Jahr auf der Schulbank saß und weiterhin ungezählte Jahre am Aktentisch vor sich hat, so ist ihm ein ungebundenes Jahr auch wohl zu gönnen. Ich saß acht Tage lang in allen möglichen Vorlesungen herum, genoß mit Behagen die Sicherheit, daß der Herr auf dem Katheder mich nicht durch irgendeine boshafte Frage aus meinen schönsten Träumereien aufschrecken könnte; dann aber hatte ich genug, und da mir die juristischen Kollegien langweilig waren, da ich auch wußte, daß ein rechter Kerl das Nötige in den letzten Semestern zu bewältigen pflegt, so hörte ich nur noch Vorlesungen über Geschichte, Philosophie und Physik, die mich damals besonders interessierten, beschäftigte mich im übrigen ganz regellos und willkürlich mit allerhand Liebhabereien, streifte viel in der schönen Gegend umher, am meisten Zeit aber widmete ich dem Geigenspiel, das ich in den Schuljahren mehr, als mir lieb war, hatte einschränken müssen. Nun aber brachte ich es rasch zu dem Grade der Vollkommenheit, zu dem ich wohl überhaupt befähigt war, das heißt ich spielte sehr gut und sicher, und was nicht gerade besonderes Virtuosenstück war, vom Blatte weg. Damit begann natürlich erst der eigentliche Genuß, dem ich mich bald so leidenschaftlich hingab, daß ich die Geige fast nur noch wegen körperlicher Ermüdung aus der Hand legte. Ich kaufte und lieh mir an Noten zusammen, was ich auftreiben konnte; alte und neue, gute oder schlechte — kennenlernen mußte ich sie, darin ganz gleich jenen Altersgenossen, die in ihrer Literaturwut alles verschlingen, was sie an Büchern aufstöbern, den ganzen Tag lesend auf dem Kanapee oder unter einem Baume liegen und das Leben erst zu würdigen anfangen, wenn es zu einem Roman oder Drama verwurstelt ist. Was ich daneben noch betrieb, und das war ja noch allerhand Kennens- und Wissenswertes, das tat ich auf ganz dieselbe genießende Weise, und da mir auch im zweiten Jahr die Jurisprudenz noch keinen Genuß gewährte, so verschob ich sie getrost auf das dritte; man erzählte ja von manchem, der sie schon in einem Semester bewältigt hätte.

Im Angange des vorletzten Semesters übersah ich einmal genau die Fülle dessen, was ich zum Examen wissen mußte, und es wurde mir schwül. Ich fing an, die Vorlesungen zu besuchen; aber schon nach wenigen Minuten konnte ich nicht mehr zuhören, ward ungeduldig nach dem Ende, nervös, und verlangte nach der Geige oder dem grünen Wald oder irgendeinem Gegenstande, der mich angenehm fesseln und lieblich dahintragen würde wie der Neckar meinen Nachen. Da dergestalt die Vorlesungen nur quälender Zeitverlust waren, gab ich sie auf, um mich ganz auf eigenes Studium zu beschränken, bei dem mein guter Wille wenigstens nicht an der Trockenheit oder Schwerfälligkeit des Vortragenden zunichte zu werden brauchte. Aber ich hatte mich in den zweiundeinhalb Jahren so sehr meiner Arbeitsübung, jeder Regel und jedes Zwanges entwöhnt, daß es mich unsägliche Mühe kostete, meine Gedanken auf Dinge zu sammeln, die mich einstweilen noch gar nicht reizten, und daß ich, wenn ich den Kopf nur einmal eine halbe Stunde lang in die Pandekten gehängt hatte, wunder was geleistet zu haben meinte und rasch, um mich zu belohnen, zur Geige griff. Auf diese Weise war natürlich kein Vorwärtskommen, und als ich in das letzte Semester trat, wußte ich wenig mehr denn im ersten. Nun war Feuer im Dach. Zuzusetzen hatte ich nichts, mein väterliches Erbe konnte mir, knapp eingeteilt und wenn alles glatt ging, gerade noch für die erste Zeit der Praxis langen, es hieß also: biegen oder brechen! Ich teilte meine Zeit sorgfältig und vernunftgemäß ein und bestimmte mir für Musik und Lektüre nur je eine Nachmittags- und Abendstunde. Aber es ist alles leichter gedacht als gemacht, und wenn ich morgens so gar keine Lust zum Corpus juris hatte, griff ich halt doch zu der Geige und gedachte, dafür die Nachmittagsstunde zum Studium zu nehmen, verbrauchte dann, um die Verlokkung hinter mir zu haben und gute Stimmung für den Tag zu machen, auch noch die Abendstunde gleich am Vormittag und — war den Tag durch nun erst recht mißvergnügt und unbrauchbar. Nach einer Woche sah ich, daß ich so nichts erreichen würde, daß es mit dem Biegen einmal nichts sei.

Am Sonntagmorgen war ich vor Unlust lange liegengeblieben, hatte mir schließlich alles ernstlich vorgehalten und Ursachen und Wirkungen geprüft; plötzlich sprang ich aus dem Bett, ergriff in verzweifeltem Zorn die Geige und wollte das Teufelsding am Kleiderkasten zerschlagen. Während ich aber mit ihr ausholte, glitt die Sonne mit einem warmen Goldschein über die Politur, die helle Maserung des Holzes erblinkte und wechselte im Licht, mir ging ein Stich durch das Herz, ich hielt ein, sah die schöne Geige reuig an und legte sie beschämt in den Kasten. Ich gelobte mir, bis nach dem Examen keine Saite mehr zu berühren, und schob das Ding unter das Bett. Aber in den nächsten Tagen war ich zu keiner Arbeit fähig, immer wieder guckte ich unter das Bett, redete mir vor, mein Vorsatz sei unnötig, unüberlegt und bände mich nicht, und nahm schließlich sogar das Instrument heraus; doch nun packte mich sofort die Scham darüber, daß ich mir selbst nicht Wort halten wollte, und ich tat die Geige schnell wieder weg. Ich wußte endlich keinen andern Ausweg, als sie der Tante Doris in Verwahrung zu geben und, da mir nun mein Zimmer verhaßt war, ein anderes zu mieten. Ich fand glücklicherweise sogar eines, dessen Vermieterin von vornherein das Musizieren ausschloß. Ein paar Wochen lang hatte ich nun freilich noch mit meinen törichten Gewohnheiten, meinem Heimweh nach der Geige, mit Unmut und Verdrossenheit zu kämpfen, dann aber hatte ich mich im Zügel und im Gang, schaute nicht nach rechts und nicht nach links, tummelte mich und machte zur Zeit mein Examen.

Am Tage, nachdem ich dieses bestanden, holte ich bei Tante Doris meine Geige. Als ich sie auf meiner Stube hatte und nach so langer Zeit den Kasten wieder aufschließen wollte, da befiel mich ein Bangen und dann ein Widerwille, ähnlich wie wenn man einen starken Wein, den man im Überfluß genossen und der einem weh und elend gemacht hat, zum ersten Male wieder zu riechen bekommt und nun in dem Weinduft wieder den ganzen Katzenjammer einatmet. Ich ließ den Kasten, setzte mich in die Ecke und bedachte meine nun abgelaufene Studentenzeit, das letzte Jahr mit seinen unsäglichen Schwächen und Kämpfen, die große Gefahr, aus der ich mich nur mit verzweifelter Kraft wie aus einem Sumpfe herausgearbeitet hatte, die Zukunft, wie ich sie mir dachte und erobern wollte, und schließlich stellte ich den Geigenkasten uneröffnet unters Bett und steckte das Schlüsselchen in den Geldbeutel, wo ich es wie einen Heckpfennig getragen habe bis heute. Es wurde mir übrigens nicht mehr schwer. Die Geigenlust hatte sich eben nicht biegen sondern nur brechen lassen; und das Leben ist auch eine Fiedel: wenn man die erst ein wenig zu spielen versteht, geht ihre Musik über jede andere."

Der Junge saß da, schaute wortlos zum Vater auf, und die Tränen liefen ihm langsam über die Backen.

Jenes so häufige, kurzsichtige Verlangen der Eltern, ihren Kindern als unfehlbar und über jedes Urteil erhaben zu gelten, während sie ihren Schwächen und Launen, Narrheiten und Leidenschaften doch täglich nur zu freien Lauf lassen, und jene hochmütige Strenge, die den Kindern jedes zufällige Merkenlassen oder gar arglose Aussprechen, daß sie die Menschlichkeit der Eltern kennen, als Pietätlosigkeit und Verdorbenheit verdammt, Zumutungen, durch die nur Hinterhältigkeit und verlogene Schmeichelei, im besten Fall, nämlich bei ehrlichen und stolzen Kindern, eine scheue Zurückhaltung, schmerzliches Abstandnehmen und somit eine Lockerung der Innigkeit erzeugt werden, derlei Unzulänglichkeiten waren dem Heiner zu Hause unbekannt geblieben. Seine Eltern hatten nicht nur allezeit als echtes Liebespaar miteinander gehaust, sondern sich auch redlich bemüht, mit den Kindern zugleich fort und fort sich selber zu erziehen; Herrgötter kamen dabei freilich nicht heraus, wohl aber ein Menschenpaar, zu dem, mitsamt seinen Nücken und Schwächen, die kindliche Liebe und Verehrung von Jahr zu Jahr bewußter und herzlicher ward. Daß nun aber dieser geliebte und bewunderte Vater, der sich freilich oft harmlos wie ein Spielkamerad mit ihm neckte und gampelte, vor ihm, dem halbwüchsigen Burschen, dem Konfirmanden, dasaß und schonungslos eine ernste Geschichte eigener Jugendschwächen und -wirren erzählte, das überwältigte ihn gänzlich: ein unklares Bangen, Scham und Verlangen, den Vater zu verhindern, und doch wieder ein süßer Stolz über das große Vertrauen und nicht zum wenigsten ein Schrecken über die innige Sorge des Vaters um den Sohn, deren heißen Herzschlag er aus dem ganzen Vorgang herausfühlte, und von deren Gründen ihm erst jetzt ganz unklare Ahnung aufdämmerte, solche Gefühle stürzten wie ein Gewitter über sein junges Herz her und bezwangen es zu einer großen, schmerzlichen Ohnmacht: er saß da, schaute den Vater wortlos an, und vereinzelte Tränen rollten ihm über die Wangen. Endlich drängte es ihn, ein Wort zu sagen, einen Dank, ein Gelöbnis; aber alles wirbelte so rasch und unfaßbar durch ihn hin. Da sprach er, des Vaters Hand erfassend und sich verschämt darüber neigend, das einzige aus, was süß alle Verwirrungen durchglühte:

„Du hast mich sehr lieb, Vater!"

„Ja, Heiner, ich hab' dich sehr lieb!" sagte jener, faßte seinen Kopf mit beiden Händen, küßte ihn und drückte ihn an sich.

So saßen sie eine Weile stumm, dann erhob sich der Vater, und um die Erregung des Sohnes nicht zu lange walten zu lassen, hieß er ihn die Geige hinübernehmen und instand setzen.

„Oder —" fuhr er in plötzlichem Besinnen fort, „oder wollen wir einen Spaziergang machen?" denn er bedachte, daß ein Zusammensein und -wandern mit ihm in der Sonntagsstille dem Knaben am leichtesten wieder die Unbefangenheit geben würde.

„Ja, Vater, einen Spaziergang!"

„Gut, gehen wir einmal wieder in den Park, und nimm auch was für die Hirsche am Parktor mit!"

Sechstes Kapitel

Heiner hatte sich bisher im sichern Gefühl, seine Pflicht treu und redlich zu erfüllen, nicht träumen lassen, daß seine Eltern, oder wenigstens sein Vater, sich besondere Sorge um ihn machen könnten, nun wußte er es und fand den Grund derselben in seinem immerhin von Jahr zu Jahr mühsameren Fortkommen auf der Schule. Da er noch nicht Erfahrung genug haben konnte, um zu wissen, daß eine ängstliche Liebe angesichts der unsicheren und noch so vieler Wege fähigen Entwicklung eines Kindes leichtlich irgendeinem Anzeichen zuviel Gewicht beizulegen oder gar falsche Deutung zu geben geneigt sei, so bezweifelte er die Richtigkeit und die Notwendigkeit des väterlichen Winkes keinen Augenblick, nahm ihn ganz so ernst und schwer, wie er gegeben war, und brachte diesen neuen Druck durch verstärkten Fleiß und Pflichteifer ins Gleichgewicht, so daß es ihm gelang, im Sommer glatt nach Obersekunda versetzt zu werden. Freilich erregte es ihm nun einen kleinen Neid, einige Kameraden, ihrer Berechtigung zum einjährigen Militärdienst vergnügt, den Schulbänken Lebewohl sagen zu sehen, so wenig auch die Handelsstuben und Apotheken, wohin sie sich zerstreuten, ihn reizen konnten. Als er aber einmal, um zu tasten, am Familientische den Abgang dieser Mitschüler erwähnte, war sein Vater so klug, die ihm fühlbaren Gedanken des Sohnes gar nicht zu beachten und einfach die Familienverhältnisse und mangelnden Sinn oder Willen zu einer ernsteren und freieren Geistesbildung zu betonen.

„Du wirst es in einigen Jahren schon fühlen, wieviel es wert ist, möglichst eindrücklich und nachhaltig das Bild einer Kultur in sich aufgenommen zu haben, die rein und unverquält aus ihrer Wurzel aufwuchs; für die der Mensch mit all seinen Fähigkeiten und Notwendigkeiten eine mindestens ebenso erfreuliche und zu ihrer eigenen, wesenhaften Entfaltung berechtigte Schöpfung der Gottheit war wie das Pferd und der Eichbaum und in der die natürlichen und die geistigen Zwecke und Ziele nicht die unversöhnlichsten, demütigendsten Gegensätze waren. Eine Kultur wird nicht im Sturm erlernt, sondern will erlebt sein, und erlebt wird sie — denn ein Genie ist nicht jeder! — langsam und unvermerkt in den neun Gymnasialjahren, und zwar von jedem, der einen Sinn für sie hat, auch wenn es ihm nicht gerade um sie zu tun ist. So gut es unzählige Griechen gab, die von der Kultur ihrer Zeit nicht berührt wurden, so gut gibt es jetzt viele, die Griechisch und Latein studieren und doch ihre Zeit nützlicher anwenden würden, wenn sie Schuhnägel in ein Brett schlügen. Wer aber auf wichtigere Dinge horcht und sinnt, als täglich in den Zeitungen und Kneipen beraten werden, der wird ein Ohr haben müssen für die Alten; denn es ist seit ihrer Zeit nicht so gar viel Wichtiges gesagt worden, was sie nicht schon ausgesprochen hätten, und zwar einfacher, freier und reifer ausgesprochen hätten! Manches aber haben sie gekonnt, was wir nur von ihnen lernen können."

Nun wußte das Studentchen, was die Uhr schlagen würde; des Vaters Worte wollten ihm aber auch einleuchten, und wenn ihm freigestellt worden wäre, auszutreten oder durch das Gymnasium weiterzuackern, so würde er doch das zweite vorgezogen haben.

In diese Ferien, die er nur zum Teil auf einer Fußreise mit dem Vater zubrachte, fiel auch ein Besuch Helenens. Die Familie ihres Paten war vor einigen Jahren in die Stadt gezogen, und seitdem setzte es das Mädchen bei seinen Eltern durch, jedes Jahr einmal längere Zeit hier auf Besuch sein zu dürfen. Sie hatte teils dank dem nachwirkenden und später sich erneuernden Einfluß von Heiners Familie, teils auch unmittelbar vermöge ihrer zunehmenden Vernunft sich erfreulich herausgewachsen.

Schon in den Kinderjahren war ihr durchaus nicht entgangen, daß sie sich durch ihr ungattig bubenhaftes Wesen manche Zuneigung und Freunde verscherzte, hatte sich aber nichts daraus gemacht, ja oft gerade zum Trotz den Unband gespielt. In der Schule ist es nun lieblich anzusehen, wie die Jungfräulein der höheren Klassen, die schon von lebendigen Puppen zu träumen beginnen, gern solche sauberen, zutraulichen Dinglein aus den unteren Klassen an sich heranziehen und nicht selten in eifersüchtigem Wettbewerbe hätscheln und bemuttern, während die Kleinen sich in der Gnade und dem Umgange der Großen stolz sonnen und gewaltig dünken. Darin hatte Helene als „wüster Krapp" manche Zurücksetzung erfahren, obschon sie meist die größte und schönste ihrer Klasse war. Der Schulwechsel gab ihr in der Schule gewissermaßen die Unschuld wieder zurück, die natürliche Befangenheit der ersten Tage, so gering sie auch bei ihr war, das freundliche Entgegenkommen, das Lehrerinnen wie Schülerinnen dem hübschen Kinde neugierig zeigten, kam hinzu, sie sah sich mit einem Schlage von guter Meinung und zutunlichen Herzen umgeben, fühlte sich dabei wohl und gehoben und bekam unvermerkt den Ehrgeiz, für gescheit und groß zu gelten; und wenn sie einmal ausgelassen und toll wurde, hütete sie sich, es so weit zu treiben, daß ihre Beliebtheit darunter litt. Freilich, mit ihren wunderlichen Eltern kam sie in kein herzliches Einverständnis.

Nun war sie ein schlanker, feiner Backfisch, eine köstliche Augenspeise, und errötete trotzig, wenn der sie Anstarrende gerade ein junger Herr war, ein unverschämter

Kerl, wie sie zu versichern nie unterließ, sooft sie Begleitung bei sich hatte. In der letzten Zeit schien sogar eine kleine hausbackene Korrektheit und Jüngferlichkeit hindurch, die zu ihrer freien, selbstbewußten Haltung und ihren lebhaft blitzenden Augen ganz besonders stand.

Eines Vormittags, als Heiner auf der Fiedel phantasierend in seiner Mansarde hin und her ging, wurden ihm plötzlich, ohne daß er die Tür und Schritte gehört hatte, von hinten die Augen zugehalten. Sein Gefühl erkannte sofort diese schönen schlanken Hände, und es war ihm, als reiche sein Herz bis hinauf in die Augen; aber er bezwang sich und sagte ganz gelassen, ohne sich zu rühren:

„Ach, Kathl! Alte! Stör' mich doch nicht immer so nichtsnutzig! Leg' doch deine Himbeeren oder Gaishirtle auf den Tisch und verdufte ungesehen, wie es sich für eine Küchenfee schickt!"

Ein unterdrücktes Lachen hauchte ihm in den Nacken, und die Hände ließen nicht los.

„Oder bist du es, Stephele, du Affenpinscher? Aber du hast nicht so große, rauhe Pratzen."

Nun glitten die Hände von seinen Augen zurück zu den Ohren, zogen an diesen seinen Kopf hinab, und er sah über sich zwei übermütig strahlende, blaue Augen, zwei rote, weiche Lippen, die sich nun auftaten und langsam, nachdrücklich sich regend, sagten:

„Du dummer Zipfel!"

Dann fühlte er sie in raschem Kusse auf den seinigen und wurde nach einem kräftigen Ohrenzupf losgelassen. Nun fuhr er herum, rief jubelnd:

„Helene! Grüß Gott, alter Nichtsnutz!" staunte einen Augenblick, wie groß und sonnig sie da stand, setzte die Geige wieder an und fuhr in ganz anderer Weise, lustig und jauchzend, zu spielen fort.

Sie hielt zuerst überrascht, dann setzte sie sich in seinen Sessel und hörte zu. Als er geendet hatte, sagte sie:

„Sonderbar! — Was war denn das?"

„Das?" fragte er und lachte, „das war: ‚Grüß Gott, Helene, alter Nichtsnutz'!"

„Von dir? Selbst gemacht?"

„Gewiß! Eigens für dich im Moment selbst gemacht!"

„Jele!" rief sie bewundernd, „du kannst es aber! Das war ja ganz sonderbar! — — Weißt du, wie mir dabei war? Gerade als sähe ich einen ganz schwarzen Kerl, einen Italiener oder Nubier oder Mulatten oder so einen vom Jahrmarkt vor Pläsier halb närrisch herumtanzen und radschlagen, die Augen rollen und mit den Zähnen grinsen, auf den Boden stampfen und juchzen, in die Hände und auf die Schenkel klatschen, sich schütteln vor Lust und kerzengerade in die Höhe hupsen, als sei er von Gummi. Das hast du gemacht? Einfach so phantasiert aus dem Kopf?"

Heiner lächelte und sagte:

„Und so war dir dabei? Allerdings sonderbar!"

„Ja, was hast denn du dir dabei gedacht?" fragte sie.

„Nichts! Ich bin halt sehr lustig, daß du gekommen bist. Gedacht habe ich nichts, gehorcht hab' ich und mich gefreut, daß es gut klang, und es war mir so wieselwohl dabei, gerade wie wenn wir als Kinder vor Lust jauchzten und schrien."

„Spiel' doch weiter!" sagte sie nach einer Pause, in der sie herzlich, doch immer noch etwas verwundert, sowohl über ihr plötzliches Beisammensein wie über das Neue und Ungewohnte an jedem, einander angeschaut und manchmal zugenickt hatten. Er aber erwiderte, indem er sich den Schweiß von der Stirn wischte:

„Ja, wenn es auf Kommando ginge! Das kommt wie die Sonne, die ich auch nicht am Bändel habe. Wir wollen lieber in den Garten hinuntergehen, dort ist's jetzt schön kühl."

Helene aber blieb in ihrem behaglichen Lehnstuhl, der

vor dem Tisch am Mansardenfenster stand, und schaute im Zimmer umher, das sie, so wohlbekannt es ihr war, fremd anmutete. Es war nicht mehr das Bubenzimmer, in dem das Gerät stand, wie es auf den ersten Augenschein praktisch dünkte: nun war alles nach den Bedürfnissen des Auges angeordnet, und wie es der freudigen Dankbarkeit dieses verehrungsfrohen Alters entspricht, hingen und standen Heiners Lieblinge aus der Kunstwelt überreichlich an den Wänden, in Relief, Büsten, Holzschnitten und Photographien, bei manchem, von dessen Werken er nie etwas gehört hatte, war der Umstand, daß er Musiker, Maler oder Dichter war, Grund genug gewesen, sein Bild aus einer Zeitschrift herauszuschneiden und an die Wand zu heften.

Ein Wagen polterte auf der Straße vorbei, da zog ein silbernes Klingen durchs Zimmer, so daß Helene erstaunt emporschaute, woher es käme, und nun erst einen glänzenden Triangel nebst Stäbchen mitten von der Decke herabhängen sah.

„Was ist denn das?" fragte sie.

„Ach, ein Scherz!" sagte er. „Weißt du, die Griechen haben manchmal bösen Mächten, um ihnen zu schmeicheln und sie zu begütigen, gute Namen gegeben, wie wenn wir den Teufel ‚Nothelfer' anreden wollten. Weil nun dieses Instrument so unheimlich geometrisch aussieht und die Mathematik doch die böse Macht ist, die mich einstweilen in den Fängen hat, so habe ich ihr dieses Ding da als Weihegeschenk aufgehängt." Das Lächeln, mit dem er den Triangel angeschaut hatte, ging in trüben Ernst über, indem er hinzusetzte: „Ich fürchte aber, es rührt sie auf die Dauer nicht, so rührend es klingen kann!"

„Hast kein — hast kein gutes Zeugnis?" fragte sie kleinlaut.

„Es passiert", antwortete er, „aber die aufgewendete Zeit und Mühe ist der elende Dreier mit ‚noch' davor und einem unsichtbaren Fragezeichen dahinter nicht wert. Ich wollt' aber tanzen und springen, wenn es die drei Jahre vollends noch so weiterginge. Ja, holla —! — Übrigens —" er steckte die Hand nach der ihrigen aus und zog das Mädchen mit einem raschen Ruck vom Sitze auf, so daß es an ihn anprallte, faßte es bei den Schultern und schob es vor sich hin: „Übrigens hab' ich mir vorgenommen, in den Ferien nicht an Mathematik und den ganzen Schulkram zu denken. Verstandez-vous? Jetzt geht's in den Garten! Du bist ja gar nicht mehr größer als ich!"

Er setzte sich auf das Treppengeländer, glitt, mit der Rechten Helenes Schulter haltend, hinab und sprang auf den Treppenabsatz nieder, daß es dröhnte.

„Kannst du nicht mehr?" fragte er.

„Nimmer rutschen können —?!" lachte sie, sah vorsichtig die Treppe hinab, ob niemand käme, setzte sich aufs Geländer, breitete die Arme aus und fuhr singend hinab, hinter ihr drein Heiner, der sich wieder, während sie leicht abhüpfte, schwer aufplumpsen ließ.

Sie waren vor der Glastür der Wohnung angekommen, traten ein, da das Mädchen etwas holen wollte, und fanden bei Heiners Mutter eine Bekannte aus der Nachbarschaft sitzen, mit einem kleinen Marktkorb auf dem Schoße.

„Nicht wahr", sagte Heiner nach der Begrüßung, „man merkt's doch gleich, daß der Unband wieder da ist: wenn sie die Treppe herunterschwebt, wackelt das ganze Haus.

„Aber —" rief Helene errötend mit vorwurfsvollem Blick, während er fortfuhr:

„Haben Sie es nicht gehört, Frau Berner?"

„Freilich!" erwiderte sie, auf seinen Scherz eingehend, „hab' auch gleich gedacht: die Helene Mahler muß da sein! Man sollt' es freilich kaum glauben, daß ein großes Mädchen, das lange Röcke trägt und wahrscheinlich jetzt ‚Sie' heißen will, noch so ungattig herumpoltert; aber — die Helene kennt man ja!"

„Aber — ! Aber — !" stieß das Mädchen mit halber Stimme heraus, tief beschämt, und wollte doch den Freund nicht Lügen strafen; ihre großen blauen Augen füllten sich mit Tränen und strahlten nur um so silbriger durch ihr Blinzeln hindurch, indem sie bald ihn, bald die Frauen ansah. „Ich — hätte so — gepoltert —!"

Heiner aber sagte schon eifrig dazwischen:

„Frau Berner, es ist ja gar nicht wahr! Ich hab' ja bloß so gesagt zum Spaß! Ich hab' ja selbst den Lärm gemacht!"

„Was du nicht sagst!" rief die Frau mit erstaunter Miene, „was du nicht sagst! — Meinst du wirklich, du Hospe, ich tät' dir glauben, das Mädel könnt' mit seinen papierdünnen Sommerschühlein so einen Randal verführen? — Du mußt die Leute aufziehen wollen, wenn du selbst noch keinen Spaß verstehst. Du bist mir ein Held! Hat das Einjährige und ist noch zu dumm, einen Scherz durchzuführen! — Wenn der da die Tränen so locker sitzen, laß sie doch heulen! Die hat früher manchmal, wo sie es nötiger gehabt hätte, nicht das Gesicht verzogen! —

Mädel, du hast's, scheint mir, wie die Birnen dies Jahr, die sind auch so wässerig. — Da habt ihr was auf euern Schmerz!" Sie gab dem Mädchen die Hände voll Birnen und sprach dann mit Heiners Mutter weiter.

Helene und Heiner zogen kleinlaut und beschämt mit ihren Birnen zur Tür hinaus. Auf dem Gang sagte sie:

„Jele, bin ich dumm! Heiner, bist du mir bös?"

„Auch noch!" lachte er. „Dummes Volk sind wir ja, da hat sie schon recht, aber so bös meint sie es ja gar nicht. Die ist nur immer so grob, damit sie einem ungeniert was schenken kann."

Nun hatten sie aber den Zweck ihres Eintretens versäumt, und da Helene die Hände voll hatte, mußte Heiner, während sie hinunterging, noch einmal ins Zimmer, ihr Arbeitstäschlein zu holen.

Sie machte unterdes die Runde durch den Garten, immer die Birnen mit den Händen an die Brust drückend, trat wohl an ein Rosenbäumlein und sog den Duft einer Blüte, ganz versonnen und versenkt, sie wußte nicht, in was. Sie sagte wohl da und dort: „Ah, der Haselbusch! Ah, der Kalikanthus!" Sie erkannte ihn aber bloß, sie sah ihn kaum. Jedes Ding sprach zu ihr, und sie erkannte jede Stimme, hörte aber nicht, was sie sprach, und es war ihr so wohl dabei.

Als sie wieder gegen das Gartentörchen kam, klangen erst Heiners Schritte über den Hof; da machte sie unwillkürlich hinter einem Busche halt, muckste nicht, und als der Freund, sie in der Tiefe des Gartens vermutend und mit den Blicken suchend, eintrat, stürzte sie „Hu" schreiend vor.

Er schrak ein wenig zurück und rief lachend:

„Gut gebrüllt, Löwe! Bin ich erschrocken! Jesses! —

— Nun sag' mir aber, was willst du mit der Arbeitstasche da unten?"

„Arbeiten! Wir sitzen ja doch in der Laube!"

„Muß das sein? In den Ferien!"

„Ich bin's gewohnt, und es gehört sich auch nicht, daß ein Mädchen so faul herumsitzt."

„Rede doch nicht so ehrsam!"

Sie setzten sich in die Laube, aßen Birnen und plauderten. Als sie genug hatte, nahm Helene ihre Arbeit; Heiner schaute etwas ärgerlich in den Garten, dann sah er eine Zeitlang stumm ihren Händen zu, die, groß, schlank und schön, sich anmutig mit Scherchen und Nadel regten. Das würde ihn versöhnt haben, wenn das Mädchen nicht so gebückt gesessen und den Kopf über die Stichelei gesenkt hätte. Ihr Gesicht war im Schatten, ein mattgoldenes Medaillon mit einem Sternchen aus Diamantsplittern in der Mitte, das ihr gerade unter dem Kinn auf der Brust lag, glühte manchmal, wenn der Wind das Laub bewegte und einen Sonnenstrahl durchließ, und der Stern funkelte auf.

„Was hast du in dem Medaillon?" fragte er ohne Neugier, um etwas zu sagen.

Sie schaute ihn kurz an, ward rot und sagte abwehrend:

„Ich hab' was drin."

„Was denn? Darf man's nicht wissen?"

„E Nixle und e Büchsle und e goldigs Warteweile — hab' ich drin."

„Oh, ich kann's mir schon denken!" lachte er spöttisch. Sie sah ihn unsicher an und fragte:

„Was denn?"

„Ein Papierchen, und darin ein Haar, und auf dem Papier steht: Dieses Haar fiel dem geliebten Herrn Vikar aus dem Bart in meinen Katechismus!"

„Oh!" lachte sie. „Ganz falsch! Du dummer Kerl!" Sie hatte erst gefürchtet, er käme auf das Richtige, denn es war nichts anderes drin als jenes Achatringlein, das sie ihm am ersten Tage ihrer Freundschaft geschenkt, aber leihweise von ihm zurückerhalten hatte.

„Dann ist's ein Fingernagel, den sich der Herr Professor mit deinem Scherchen, das auf der Bank lag, vom kleinen Finger schnitt!"

„Richtig kuriert! Ein Fingernagel!" rief sie. „Jetzt hast's erraten! Du bist mir aber doch ein Röhrle!"

„Ja, ich bin nicht so dumm!" lachte er. „Jetzt, wo ich's erraten habe, kannst mich's aber auch sehen lassen!"

„Ich bin auch nicht so dumm!" wehrte sie ab. „Dann nimmst du mir den Nagel und wirfst ihn ins Gras."

„Du weißt, daß ich das nicht täte", sagte er, plötzlich ernsthaft; „übrigens ist es eine ganz dumme Neugier von mir! Ich fragte erst ganz ohne Absicht. Warum sollst du nicht dein Geheimnis haben?!"

Sie wurde blaß und sah ihn bang an; sie fühlte, daß er in diesem Augenblick, infolge des ersten Geheimnisses, das ihr stets offenes, vertrauensseliges Herz vor ihm bewahren wollte, anfing, ihre Freundschaft für loser und kühler zu halten; ja, sie fürchtete sogar, er möchte ihr mißtrauen und Backfischliebespossen vermuten, die übrigens seinem stets beschäftigten Sinne ganz fremd waren. Sie wußte sich nicht zu helfen, sah ihn, kaum atmend, an und fragte endlich gepreßt:

„Glaubst du mir —?"

In der Meinung, ihre merkbare Aufregung habe er mit seinem Zweifel verschuldet, unterbrach er sie:

„Ich glaube dir, wenn du die Wahrheit sagst, denn das sehe ich dir an; aber wenn du mir etwas weismachen willst, merk' ich es auch und glaub's nicht."

„Also, wenn du mir glaubst — hier, mach' es auf!" Sie bog sich ihm entgegen und reichte ihm, soweit es die Kette zuließ, das Medaillon dar. Er blieb kopfschüttelnd sitzen und sagte nur:

„Danke!"

„Heiner!" bat sie.

„Wozu?" erwiderte er. „Wir sind ja nun doch keine Kinder mehr!" Unter seiner mühsamen Ruhe wühlte es ihm aber im Herzen, daß er lieber geweint hätte.

Ihre Augen blitzten einen Moment in hilflosem Zorne, dann sagte sie mit zitternder Stimme:

„Heiner, tu mir's zuliebe! Was ein anderes sehen darf, darfst du doch erst recht sehen! Gelt? — So war es doch immer bei uns!" Ihre Augen waren voll Tränen, sie zwang sich trotzdem zu lachen.

„Aber Lene!" sagte er, „ich tue ja, was du willst!" rückte seinen Stuhl neben sie, ergriff mit zitternden Händen das Medaillon und, während sie mit vorgestrecktem Kopfe still hielt und mit nassen Augen auf seine kurzen dunklen Locken sah, preßte er den

Nagel in die Kerbe des Medaillons, brachte es aber nicht auf.

„Wie ist's zu öffnen?" fragte er, sah auf und in ihr gerötetes Gesicht, das so nahe dem seinen war, daß es ihm ganz fremd erschien. Sie schüttelte den Kopf, ihre schwimmenden Augen strahlten, und sie sagte mit warmem Hauche:

„Es geht nicht auf; schüttel's einmal!"

Er schüttelte, es klang nicht, und er sagte lachend:

„Nichts drin? — Wart', Krott!"

Nun zog sie seine Hand vom Medaillon weg, behielt sie in der ihrigen, setzte sich zurück und sprach:

„Jetzt schau' mich genau an, ob ich die Wahrheit sage! — Freilich ist was drin; ich hab' mir nur das Medaillon vom Goldschmied fest zumachen lassen, damit es niemand aufbringt. Ich sag' dir auch nicht, was drin ist; aber wenn du es sähst, würdest du lachen und mir gewiß nicht böse sein. Glaubst du mir das?"

„Ja, das glaube ich!" antwortete er, ihr ins ernste Auge sehend; in diesem zwischen ihnen ungewohnten feierlichen Ernst aber fühlte er plötzlich eine Befangenheit von etwas Neuem und Unfaßbarem, er schaute verwirrt zur Seite und wollte seine Hand aus der ihrigen ziehen. Sie hielt ihn noch fest, griff flink zur Nadel und stach ihn mitten in die Hand.

„Das ist dafür, daß du mich wieder zum Weinen gebracht hast!"

„Au", rief er, rasch die Hand zurückziehend, „du blutdürstiger Krapp, du!" Er sah seine Handfläche an.

„Blutet's?" fragte sie. „Zeig'!"

Er streckte die Hand hin, auf der ein Blutstropfen so groß wie ein Stecknadelkopf stand. Mit den Worten: „Aber nicht viel, es wird kaum größer", faßte sie wieder seine Hand und sah eine Weile zu, dann bückte sie sich plötzlich hinab und sog mit den Lippen das Tröpfchen weg, ehe er seine Hand zurückziehen konnte. Dann lachte sie ihn lustig an und ließ es sich gefallen, daß er ihr mit den Worten: „Du bist und bleibst halt ein toller Kamerad!" einen sanften Backenstreich gab. Sie lachte immer noch, nahm noch einmal das Medaillon in die Hand, zog die Kette straff, um es in den Gesichtskreis zu halten, und schaute es zurückgedrückten Kopfes steil herab an; dann ließ sie es sinken und drückte es mit der Hand an die Brust.

Heiner lächelte und sprach das Kinderkosewörtchen: „Aiai! — Woher hast du denn das Ding? Ich hab's noch nie gesehen."

„Das weißt du nicht?" rief sie mit großen, verwunderten Augen. „Das hab' ich doch von der Mutter!" Sie sagte, wenn sie von ihrer Mutter sprach, „Mama", wenn von der Heiners — „Mutter".

„Von der Mutter? Davon weiß ich nichts! Wann denn?"

„An Ostern, zur Konfirmation! — Jele!" schrie sie plötzlich auf, „wir haben uns ja noch gar nicht gesehen, seit wir konfirmiert sind!" und betrachtete ihn genau.

„Nun, sieht man mir's an?" fragte er mit einem Schatten von Ironie in der Stimme; dieser Ton aber verletzte sie ein wenig, sie schüttelte zögernd den Kopf und sagte: „Ich weiß nicht —"

„Dann will ich nachhelfen", sagte er, streifte die Rockärmel auf, daß die goldenen Manschettenknöpfe sichtbar wurden, und ließ die Uhr hängen.

Sie wehrte es ihm zornig und rief:

„Aber Heiner, pfui! Das hätte ich nicht von dir gedacht!"

„Es tut mir leid", entgegnete er, „aber läuft es denn auf etwas anderes hinaus? Wer den schönsten Ring, die teuerste Uhr und Kette gekriegt hat, das ist wenigstens bei uns die Hauptsache gewesen, das hat sie aufgeregt, nicht das Abendmahl! Schillers Leben von Palleske, Körners Werke und die langweiligen Palmblätter! Hat vielleicht eine von euch am andern Tag in der Schule von was anderm zu schwätzen gehabt als von ihren Geschenken? Hast du morgens nach der Konfirmation beim Aufwachen nicht zuerst an deine Uhr oder sonst was Schönes gedacht? Hm?"

Sie senkte beschämt das Köpfchen, hob es aber gleich wieder und sagte erregt:

„Und wenn! Die Hauptsache war's doch nicht! Du bist ein wüster Kerl! Es war sehr schön, und ich bin seitdem viel bräver."

„Dann sei doch zufrieden und schimpf' mich nicht! Ich bin, glaub' ich, seitdem auch nicht liederlicher geworden."

„Ja — war's denn nicht schön bei euch?"

„Schön?" Er besann sich einen Moment und fuhr fort: „Bis zur Kirche war's schön."

„Wieso?"

„Bei uns hier war es morgens so — — halt schön! Die Mutter war so stolz darüber, daß sie schon so einen großen Bengel hat, und ist doch ein paarmal zu mir gekommen und hat mir die Backen gestrichen, meinen Kopf zwischen die Hände genommen und mich angeschaut zwischen Weinen und Lachen, weißt du, so verwundert und bekümmert, als merkte sie jetzt erst plötzlich, daß ich nicht mehr auf ihrem Schoße sitze und von ihrem Arm herumgetragen werde, sondern meine eigenen Wege gehe. Ich hab' einfach flennen müssen; es war gerade, als sagte mir einer ins Ohr: ‚Du magst es nun künftig machen, wie du willst, ohne Schmerzen für die Mutter wird's nicht abgehen!' — Die Stephanie ist um mich herumgegangen wie um den Christbaum; wie sie mich in dem dummen Konfirmandenrock sah, da ist ein Respekt vor mir in sie gefahren — den wird sie ihr Lebtag nimmer los! Und die Kathl — die setzt morgens den Kaffee auf den Tisch und bleibt grimmig an der Tür stehen, und wie der Vater sie anschaut, da fragt die alte Kuh wahrhaftig, ob sie jetzt ‚Sie' zu mir sagen müßte. Der Vater meint, ich soll antworten: nun, ich hab' ihr den Rost runtergeputzt. Die Freude hättst du sehen sollen! Dann sagte der Vater, sie sollte doch die Luis' aus der Küche holen. Die Stephanie hat noch zwei Tassen hersetzen müssen, und dann hat der Vater zu den Mägden gesagt, weil sie doch mittags keine Zeit hätten, so sollten sie mit uns das Frühstück nehmen; sie hätten ja ihr redlich Teil dazu beigetragen, daß ich jetzt so weit wär' und ‚drauskäm'. Wir sind dann eine Stunde beim Kaffee gesessen, der Vater hat mit den Mädchen gescherzt und allerhand erzählt, dann hat die Kathl angefangen, von unsern Possen zu erzählen, die wir schon lange vergessen hatten, aus deiner Zeit noch, auch von dir ein paar Stückchen; die weiß noch jedes Wort! Kurz, es war schön!

Nachher, als ich droben saß in meiner Stube, ist der Vater gekommen und hat mit mir gesprochen, nicht eine Predigt wie mein Klassenlehrer am Tag vorher, sondern einfach und vernünftig; ich hab' gemerkt, er weiß, daß ich mir Mühe geb' und nicht in den Tag hinein leb', und hat Vertrauen zu mir. So was hält bei mir. Wenn aber der Klassenlehrer mir mit Ermahnungen und Vorstellungen kommt, daß man meinen könnt', ich tät' nichts und sei ein Strolch, dann denk' ich nur: Ist der ein Esel! Merkt nicht einmal, daß ich tu', soviel ich kann!

Nun also, dann sind wir zusammen in die Kirche gegangen, die anderen vorne hinein und ich in die Sakristei. Und bis dahin war mir wohl feierlich zumut. Aber drin standen schon so ein paar Affen und spreizten sich mit ihren Ketten und Klunkern, wußten nichts als von Geschenken zu reden, allenfalls noch von ihrer Angst, sie könnten bei der Prüfung steckenbleiben, und lachten und spotteten über einige andere, die in ungeschickt zurechtgestutzten Großvaterröcken ankamen, aber wacker taten, als wüßten sie es nicht und als merkten sie auch nichts von dem Gekicher. Ich war fast zornig, wie es in die Kirche hineinging. Der Gesang und die Ansprache hat mir wieder gut gemacht; aber dann die Prüfung! Die gespannten Gesichter der Leute, ob auch ihre Söhne und Töchter was wissen und nicht steckenbleiben, Freude, Ärger, Schadenfreude — mir war gerade wie in einer öffentlichen Schulprüfung, und es hätte mich nicht im mindesten gewundert, wenn plötzlich ein Konfirmand vor den Altar getreten wäre, sich vor dem Publiko verbeugt und mit wohleinstudierten Gesten ‚O Haupt voll Blut und Wunden' deklamiert hätte, wenn dann die Noten und Plätze verkündigt und ein paar Prämien ausgeteilt worden wären. — Ja — guck' mich nur schaudernd an, es ist so! — Nachher beim Abendmahl hab' ich dann freilich doch noch meine Erquickung gehabt."

„Gelt —" unterbrach ihn Helene etwas aufatmend, „war dir auch so — so —?"

„Nein, so war mir gar nicht. Ich meine auch nicht das Abendmahl selbst, sondern was ich dabei sah. Als ich es nahm oder hinzutrat, war mir bang, fast unheimlich, wie bei etwas Verbotenem; sobald ich aber das Brot kaute, war das Gefühl weg. Und seit ich da in der Kirche gekaut habe, und zwar etwas, das den Leib Jesu vorstellen soll, ist mir das Abendmahl nichts mehr. Das einzige Wunderbare dabei war für mich, daß mir erst später bewußt wurde, ich hätte einen Bissen Brot, den ein Fremder in der Hand hatte, in den Mund genommen und aus einem Becher getrunken, aus dem vor mir beliebige andere tranken, und das alles, ohne mich überwinden zu müssen."

„Au, Heiner!" beschwor sie ihn tief betroffen und angstvoll. „Wie kannst du beim Abendmahl so etwas denken!"

„Ich sage ja, daß ich es erst hinterher beim Nachdenken über die Konfirmation gedacht habe. Ist das ein Fehler, wenn ich mir überlegen muß, was ich erlebt habe? Meinst du, es macht mir Vergnügen, wenn mir hinterher mit einem Male einfällt, daß ich unter all den Menschen nur einen einzigen habe zum Altar treten sehen, dem man sein Vertrauen und seinen Glauben anmerken konnte? Die einen, freilich nicht viele, haben ein gleichgültiges, hochmütiges Gesicht gemacht, als schämten sie sich innerlich, die meisten sind dahergekommen wie ein Sekundaner, der wegen Kneiperei vor den Direktor muß und noch nicht weiß, ob er geschwenkt wird oder mit einem Tag Karzer davonkommt. Es ist ihnen allen der Spruch, der in der Prüfung vorgekommen war, auf dem Nacken gelegen: ‚Denn wer da unwürdig isset und trinket, der isset und trinket sich selber das Gericht, damit, daß er nicht unterscheidet den Leib des Herrn!'"

Helene sah ihn mit blitzenden Augen an und stieß empört heraus:

„So — und dein Vater und die Mutter — ?!" kam aber nicht weiter, weil sie mit Tränen zu kämpfen hatte.

„Die beiden hab' ich nicht gesehen, der Vater ist wohl gar nicht dazu dageblieben; die Mutter aber hätt' ich gern gesehen, das wäre gewiß auch eine Freude gewesen! Ich hab' aber eine ganze Zeit lang auf nichts anderes geachtet als auf ein altes Weiblein in schwarzem Rock und Kittel, mit einer Haube auf dem dünnen weißen Haar, die mir schon von weitem durch ihre freudigen leuchtenden Augen auffiel. Sie war in ein Klümpchen eleganter Damen hineingeraten, und während sie derart allmählich gegen den Altar geschoben wurde, schaute sie ab und zu mit Staunen und kindlicher Freude ihren vornehmen Nachbarinnen ins Gesicht oder auch in der Kirche umher, meist aber versonnen in die Luft. Ich suchte sie immer wieder. Als sie noch mit ihren zahnlosen Kiefern kauend zum Kelch kam, konnte ich sie gerade von der Seite sehen. Ihre Augen strahlten und ruhten mit felsenfestem Vertrauen auf den Lippen des Pfarrers, der die Einsetzungsworte sprach; sie achtete nicht darauf, daß er ihr schon den Kelch hinhielt, horchte aufmerksam, als hörte sie es zum ersten oder letzten Male, bis er fertig gesprochen hatte, dann faßte sie den Kelch mit beiden dürren, braunroten Händen, schaute noch einmal, fast lachend vor Glück, zum Pfarrer auf und trank. Und zwar trank sie im Ernst. Ich sah, wie sich Schluck auf Schluck ihre Gurgel bewegte, und während ihre Nachbarin weitergegangen war und eine andere sie drängte, trank sie in ruhiger Versunkenheit; der Pfarrer lächelte erst erstaunt, dann sah er nachdenklich und mit immer herzlicherem Wohlgefallen zu, und als sie endlich den Kelch, in dem nicht mehr viel sein mochte, denn er wurde sofort aufgefüllt, zurückgab, da nickte er ihr leise zu. Diese war, soviel sah ich, die einzige Person, die mit wirklichem Vertrauen auf das Wort und die Wunderkraft des Brotes und Weines und mit freudiger Zuversicht auf ihren Erlöser das Abendmahl genommen hat. Und während ich ihr nachsah, mußte ich gleich denken, wenn man es nicht so nehmen könnte, sollte man es unterlassen."

Kaum hatte er ausgesprochen, so fuhr Helene vom Sitz empor und rief in höchster Erregung mit bösem Blick und gerunzelter Stirn:

„Pfui, du bist ein Spötter, ein wüster, gottloser Mensch!"

Heiner zuckte erschrocken auf seinem Stuhl zurück, schaute sie groß an und sagte:

„Ich — — Spötter?"

„Ja, ja, ja!" rief sie zornig und wiederholte, während ihr die Ader aus der Stirne schwoll und die Tränen aus den Augen fielen: „Ein Spötter, ein verdorbener!" und lief davon.

Heiner blieb bestürzt sitzen. Er war so sehr in die Erinnerung vertieft gewesen, daß er einiger Zeit bedurfte, um sich klarzumachen, wieso das Mädchen in seinen ernsten Worten eine Spötterei finden konnte; dann aber mußte er traurig auflachen bei dem Gedanken, daß seine Jugend- und Busenfreundin Helene jene alte Frau und ihr Abendmahl, wohl insbesondere ihr langes Trinken als lächerlich, wo nicht schlimmer, empfände, während er damals und jetzt noch einen wehmütigen Neid und eine fast tränenweiche Rührung kaum bewältigen konnte.

Er lehnte sich zurück, kreuzte die Arme und schaute in finsterer Verwirrung vor sich hin. Auf der grünen Tischplatte lag an Helenens Platz deren Handarbeit, in der Mitte eine übriggebliebene Birne, und am anderen Ende standen noch die Noten in den Staub geschrieben, mit denen sich Heiner am Abend vorher, als er mit der Geige hier saß, ein Motiv notiert hatte. Mit den Augen drüber hinstreifend, fing er unwillkürlich an, es mit dumpfen, klanglosen Lauten vor sich hin zu pfeifen.

„Wüster, gottloser Mensch! Verdorbener Spötter!" Er hatte solche Worte schon über andere sagen hören, und würdige, gotterfüllte Damen, die gelegentlich kein gutes Haar an ihrem Nächsten ließen, hatten sie mit solcher Entrüstung gesprochen, daß ihn ein Grauen vor etwas Unbekanntem, Fürchterlichem überlaufen hatte. Zu dumm! Lächerlich! dachte er, aber die Worte taten ihm weh.

Immer noch vor sich hin pfeifend, schaute er das Arbeitstäschlein und Batist und Scherlein an und dann den verlassenen Platz und sah nun wieder, wie Helene dasaß und ihm mit wechselnder Miene zuhörte, sich dann zum Tisch vorbeugte, den Kopf senkte und mit der Nadel die Tischplatte zerstach, endlich mit gerunzelter Stirn, aus der die Ader herausschwoll, und zornigen Augen aufsprang, ihre Empörung ausließ und davonstürzte; und wie er dies nun im Geiste betrachtete, da hatte er seine Freude daran, und unwillkürlich sein Pfeifen einstellend, vergegenwärtigte er sich mit Behagen jede Regung des allmählich sich empörenden Mädchens, und nachdem er so eine Zeitlang starr nach dem Platze geblickt, stand er lächelnd auf, tat sorgfältig die Handarbeit in das Täschchen und die Birne dazu und ging, um Helene im Hause zu suchen, durch den Garten.

Auf halbem Wege ward er plötzlich von einem kleinen Steinchen an der Kniekehle getroffen, und als er sich umdrehte, sah ihn Helene ernst und befangen aus dem Gebüsch heraus an. Sie saß zwischen den zwei Stämmen eines hart am Boden sich gabelnden Apfelbaumes und hielt mit dem rechten Arm den Stamm umschlungen. Heiner lächelte etwas überrascht, da fragte sie schnell:

„Wohin?"

„Genau hierher!" erwiderte er.

Sie senkte den Kopf, als erwarte sie eine Strafpredigt. Er mußte fast lachen, sie tat ihm leid, und er sagte:

„Ich weiß ja aus alten Zeiten, daß du nicht gern allein bist, und gewiß hast du dich hierher gesetzt an unser altes Märchenplätzchen, um mir wieder einmal vom Ali Baba und den vierzig Räubern oder vom Ritter Blaubart zu erzählen. Zu zweit haben wir ja nicht mehr Platz — ich werd' mich als ergebener Ritter vor dir niederwerfen."

Er tat es aber nicht, da sie ihn nun groß ansah, dann stirnrunzelnd vom Sitze hüpfte und, demütig vor ihn hintretend, sagte:

„Du bist viel besser als ich! Ich war so unverschämt gegen dich, so garstig! Gott, wenn mir einer das gesagt hätte, ich hätte ihm die Augen ausgekratzt! Aber nein!" verbesserte sie sich rasch „— nein! Du kannst mir sagen, was du willst, ich will nicht mucksen. Aber — ich glaub', du machst dir gar nichts aus meinem Geschwätz; drum kannst du auch schon wieder so sein; denkst: so eine Gans!"

Der Freund schüttelte den Kopf und antwortete:

„Dummes Zeug war es ja schon, was du mir vorhin gesagt hast; aber wenn du glaubst, ich spotte, dann hast du ja ganz recht, zu schelten. Freilich hättst auch wissen können, daß ich nicht spotte; kennst mich lange genug."

„Ach Gott, ja! Wenn du mir es nur nicht übelnimmst, Heiner!" seufzte sie. „Ich weiß ja, daß ihr über Religion und solche Sachen ganz anders redet als wir; aber es war mir halt so fürchterlich arg, daß ich gar nicht lange überlegt habe." Sie hatte die Augen wieder niedergeschlagen und sah nun langsam, mit einem bittenden Blick, Heiner an: „Bist mir nicht mehr bös?"

„Wulle, wulle, Gänsle,
Wackel mit dem Schwänzle!
Wenn dich der Herr Pfarrer ißt,
Kommst du auch in Himmel!

Ich denke, wir setzen uns, und du erzählst was Schönes oder wir tun sonst, was dir beliebt; du kannst sagen, was. Und das Bösesein wollen wir überhaupt verbieten; wenn eines das andere einmal anfährt, so kann es ja beim nächsten Mal um so liebenswürdiger sein, dann weiß das andere schon, wie es steht. — Also spring wieder auf deinen Thron hinauf."

Sie ergriff aber seine Hand und drückte sie mit ihren beiden, sprach: „Jetzt kann ich nicht sitzen, wir wollen ein bißchen hin und her gehen!" schlang ihren Arm um seine Hüfte und zog ihn hinauf auf den Weg.

So gingen sie nun unter den vertrauten Bäumen auf den alten Wegen hin und her, und Helene, im Übermaß ihrer Reue und Freude, in der Wonne, sich vor dem Freunde zu demütigen, sprach von ihrem ersten Zusammentreffen und allerlei ihrer eigenen Ungezogenheiten, bis Heiner, ungeheuer seufzend, ihr einen Stoß gab und mit den Worten: „Gott, wie langweilig!" davonlief. Sie rannte ihm nach, und sie tummelten sich eine Weile wie Kinder.

Siebentes Kapitel

Was Heinrich in den letzten Jahren mit langsam, doch stetig wachsender Gewalt gegen sich herandringen gefühlt und was er eben noch mit Anspannung aller Kraft überwältigt hatte, das trat in dem nun folgenden Schuljahr mit plumper Unwiderstehlichkeit vor ihn hin. Schon an Weihnachten erkannte er klar, daß er die Forderungen der Klasse nicht werde erfüllen können, und sagte es seinem Vater. Dieser sah eine Weile den niedergeschlagenen Sohn an, legte ihm dann freundlich die Hand auf die Schulter und sprach ihm, hin und her gehend, Mut zu: es scheine manchmal etwas unüberwindlich, wenn man aber nur unverdrossen weiterarbeite, so gebe es plötzlich auf einen Ruck nach, und man wundere sich nachher selbst darüber, daß man eine Zeitlang so kleinmütig gewesen sei; er solle nur ruhig fortfahren, nach Kräften zu studieren, es werde schon recht werden.

Er tat es. Er beschränkte seinen Verkehr auf das allernötigste. Wohl nahm er von Zeit zu Zeit, um zu zeigen, daß er der alte gute Kamerad sei, an einer heimlichen Kneiperei teil; aber es war ein Selbstzwang, keine Lust, es war ein großes Opfer, das er in dem vollen, schmerzlichen Bewußtsein brachte, dadurch die wenigen Stunden, die er der Musik widmen konnte, die einzigen Stunden, die für ihn Leben und Gegenwart bedeuteten, auf blöde Art zu verscherzen.

Er nahm sogar Nachhilfeunterricht, obschon er ihn für zwecklos hielt. Er brachte eben in die Schule einen mehr und mehr schulwidrigen Kopf mit: las man Homer, so war seine Phantasie erfüllt von der griechischen Heroenwelt, so horchte er auf den Geist und schaute auf die Schönheit des Gedichtes, rhapsodierte stürmisch über μεν und δε und noch wichtigere Partikeln hinweg, achtete nicht auf die tiefe Bedeutung des Participii Perfecti, kurz, er vergaß vollständig, daß Homer vor allem dazu gedichtet habe, um dem germanischen Jüngling mit jedem Worte die Anwendung einer grammatikalischen Regel und die Eigentümlichkeiten des jonischen Dialektes zu zeigen. Seine griechischen Stilübungen fielen immer mehr so aus, daß der Professor eines Tages bei Rückgabe der Hefte den niedlichen Witz machte, Heiners griechischen Leistungen erginge es wie dem Pharao, als er den Juden nachsetzte, sie ersöffen im Roten Meer. Im Vergleich zu seiner mathematischen Müh und Pein aber erschienen ihm nicht nur die zwölf Arbeiten des Herakles, sondern auch die des Sisyphos, der Danaiden und die Qual des Tantalos als kleine Schikanen, die wenigstens verdient waren; während ihm unerklärlich blieb, wodurch er sich diese Schinderei auf den Hals gezogen habe, es sei denn durch das Vorhandensein, durch das Leben schlechtweg. In Quarta hatte er ja als Beispiel für den Dativus commodi auswendig lernen müssen: „Non scholae, sed vitae discimus: nicht für die Schule, sondern für das Leben lernt man!" Dieses Sätzchen fiel ihm manchmal ein und klang ihm immer orakelhafter: was mochte mit den paar „vita" oder „Leben" ausgesprochenen Buchstaben geheimnisvoll verdeckt oder betrügerisch etikettiert sein, Unheimliches, Bösartiges, das man mit mathematischen Formeln und Lehrsätzen versöhnen mußte!

Winter und Frühjahr hindurch arbeitete er noch mit der gleichen Anspannung, die er jeden Morgen aufs neue hinaufschraubte; nach Pfingsten aber kam er eines Tages nach Hause und sagte, zwar niedergeschlagen, doch fast mit Befriedigung, nun sei es sicher, daß er sitzenbleiben müsse, nun könnten ihn auch die besten Schlußarbeiten nicht mehr vor der Note 4 in Trigonometrie, Algebra und griechischem Stil retten. Der Vater war trotz allen Vorzeichen überrascht, und wenn es auch seine Vatereitelkeit kränkte, daß sein Sohn zurückbleiben mußte, so war doch sein Bedauern für diesen zunächst das stärkste Gefühl, das ihn bewegte; denn er hatte Heiners ausdauerndem Fleiße zugesehen und konnte ihm nichts vorwerfen.

„Drei Vierer", sagte er, „ist freilich zuviel auf einmal; aber das ist schon manchem passiert, der kein Esel war. Nur den Kopf nicht hängenlassen!"

Diese Antwort schlug aber den Jüngling erst recht nieder. Im Bewußtsein, nichts versäumt, sondern das Mögliche getan zu haben, war ihm das Mißlingen als überzeugender Beweis dafür erschienen, daß er zu diesem Studiengang nicht bestimmt sei, und er hatte nun die Erlösung von dieser Qual und Zeitvergeudung erhofft; aus des Vaters Worten jedoch entnahm er die geduldige Entscheidung: was nicht auf den ersten Anlauf glückt, daß muß auf den zweiten gehen! Immerhin hoffte er noch auf die unmittelbare Wirkung seines Zeugnisses selbst und nahm sich fest vor, bis dahin möglichst guter Dinge zu sein.

Der Vater war bei sich mit der Sache nicht so schnell fertig, wie es dem Sohne schien. Als einer, dem die Mathematik nie die geringste Schwierigkeit gemacht hatte, hielt er sie von jeher eigentlich für das unbedingt Erlernbarste und nichts weiter zu ihrer Bewältigung für nötig als ein normales Maß von Verstand sowie Aufmerksamkeit. Sie hatte ja noch den Vorzug, daß sie sich nicht auf Gedächtnisarbeit erhob, wie etwa die Sprachen, sondern einfach auf dem Verstande, und daß, abgesehen von den paar Axiomen, die an sich verständlich, alles wunderbar schön klar und logisch zu beweisen und abzuleiten war! Im Grunde war er der Meinung so vieler, wohl der meisten mathematischen Köpfe, daß man dumm oder faul sein müßte, um sie nicht zu bewältigen. Für dumm konnte er seinen Sohn nicht halten, daß er fleißig sei, sah er, zudem lag es ja in Heiners Interesse, die Schule ohne unnötigen Aufenthalt hinter sich zu bringen — es mußte also ein verborgener Grund der schlechten Leistungen vorhanden sein! Er hatte sich all die Jahre her gehütet, Heiners Professoren über diesen zu befragen, da er wußte, daß es als ein demütigendes Mißtrauensvotum vom Schüler empfunden wird, wenn „der Alte zum Professor steigt"; nun aber benutzte er ein zufälliges Zusammentreffen mit dem Mathematikprofessor zur Erkundigung.

Dieser war ein lebendiger, strebsamer Mann, der seinen mathematischen Beruf einstens dadurch hinlänglich bewiesen hatte, daß er als Student bei dem Versuch, die dickbändige Logarithmentabelle von Vega auswendig zu lernen, übergeschnappt war. Ein gewöhnlicher Mensch kommt nicht auf solchen Einfall, schnappt bei dem Versuch nicht über und hat endlich nicht die Energie, bald wieder dauernd gesund zu werden. Nun war er bei weitem der tüchtigste und erfolgreichste der drei Mathematiker des Gymnasiums. Nicht nur, daß er seinen Gegenstand mit Haut und Haaren verdaut hatte, er besaß auch die beneidenswerte Gabe, ihn klar und einfach auf neue, unmittelbare, reizvolle Weise den Schülern lebendig zu machen; wer auch nur einige mathematische Fühlung hatte, der kam unter dieser Anleitung ohne große Mühe zu den nötigen Kenntnissen. Nun aber war der Herr auf der anderen Seite vorwärts drängend, ungeduldig, heftig, und ohne daß er es wohl selbst wußte, war ihm nicht der Schüler und dessen Bedürfnis, sondern das zu absolvierende Jahrespensum die Hauptsache. Er war nicht ohne Wohlwollen; aber wer nicht gut mitkam, dem warf er feindselige Blicke und höhnisch verwundende Bemerkungen zu, die durch eine gelegentlich zur Schau getragene Lammsgeduld in der verletzenden Wirkung nur noch überboten wurden. Er war wohl nicht so verrannt oder beschränkt, daß er Mathematik zu wissenschaftlicher Bildung für nötig hielt; aber er betrachtete sie wohl auch als etwas bei einigem Verstande absolut Erlernbares, jedenfalls war sie für ihn die Hauptsache, jedenfalls mußte er sein Jahrespensum bis zum letzten Tupfen in die Köpfe bringen, und darum schrie er die Schwerfälligen, schräg durch die Brille schauend, rücksichtslos und unerbittlich an:

„Wenn Sie nicht wollen, was sitzen Sie hier? Merken Sie denn nicht, daß Sie uns alle aufhalten? Sagen Sie doch Ihrem Vater, Sie w o l l t e n nicht! Sparen Sie das Geld! Das Handwerk hat einen goldenen Boden!"

Er sah nicht, daß der Schüler sich mühte, sich schlug und krümmte wie eine Raupe, die lebendigen Leibes von den Ameisen gefressen wird — daß er im übrigen fleißig und strebsam war!

So sagte er nun auch zu dem Advokaten, er könne Heiners schlechte Leistungen nur einem Mangel an Fleiß zuschreiben; denn er sei schon manchmal überrascht und erstaunt gewesen über die klare und schnelle Auffassung, die der Schüler mitten in seinen ungenügenden Antworten plötzlich einmal an den Tag legte, und zwar in ganz unbewußter Weise, ohne selbst den Unterschied zu merken. Die Fähigkeiten des jungen Menschen seien nicht zu bemängeln, sondern geradezu gut; offenbar fehle der Fleiß, und zwar der ernste Fleiß. Die Aufgaben habe er ja immer gemacht, aber wie! Ersichtlich nur, damit etwas auf dem Papier stände. Es seien Schüler in der Klasse, die bei weitem nicht wie Heiner begabt, doch durch ihren regelmäßigen Fleiß die Note „Gut" hätten. Dasselbe müßte für Heiner eine Kleinigkeit sein.

Der Professor hatte damit eine richtige Beobachtung

oberflächlich und übereilt erklärt und zu entsprechenden Schlüssen zurecht gezwungen. Er liebte es nämlich, den abstrakten Unterricht fortwährend durch Beispiele aus der Praxis zu beleben; kam er nun mit einer derartigen, die anschauliche Vorstellungskraft angehenden Frage zufällig einmal an Heiner, dessen Phantasie stark und durch die künstlerischen Neigungen und das innige Verhältnis zur Natur allezeit frisch und lebendig erhalten worden war, so bekam er wohl auch, wo andere Schüler versagten, eine rasche und klar anschauliche Antwort. Statt nun daraus zu schließen, daß des Schülers Begabung auf dieser Seite liege und entsprechend angegriffen werden müsse, sagte er kurzweg: „Da sieht man, daß der Kerl kann, wenn er will!" und urteilte künftig immer schärfer.

Der Vater hörte zwar auch lieber, sein Sohn sei begabt und faul, als dumm und fleißig, konnte aber dem Urteil des Lehrers aus eigener Erfahrung nicht beistimmen und erwiderte: er kenne seinen Sohn als fleißig und gewissenhaft, sehe auch, daß er fortwährend gerade auf die Mathematik besonders viel Zeit und Mühe verwende, überhaupt seine Pflichten ernster und schwerer nehme, als in diesem Alter gewöhnlich sei, er stehe an, jene Erklärung zuzugeben.

Der Professor runzelte seine steile, hohe, rote Stirn, zuckte mit den Schultern und sprach:

„Es sitzt mancher stundenlang über einer Arbeit, die er bei konzentrierter Aufmerksamkeit in zwanzig Minuten fertig hätte! Wer weiß, woran Ihr Filius die meiste Zeit hindurch denkt, wenn er ins Mathematikbuch schaut! Er soll ein leidenschaftlicher Musikus sein — vielleicht verdirbt ihm die Musik das Konzept! Wie dem aber auch sei, mit seiner Intelligenz müßte er ganz anderes leisten, und versetzt werden kann er diesmal nicht. — Nun", fügte er tröstend hinzu, „es wird dann im zweiten Jahr um so besser gehen! Und es ist manchmal bei so einem Jüngling von der wohltätigsten Wirkung, wenn er fühlen muß, daß auf A B folgt!" Bei sich aber dachte er noch: Es ist lächerlich! Jeder meint, s e i n Früchtchen müßte ein Ausbund von Tugenden sein! Wozu belästigen sie einen denn noch mit ihren Fragen! —

Zwar unbefriedigt, doch um den eigensinnigen Schulmeister nicht zu reizen, kam Heiners Vater auf etwas anderes zu sprechen, kehrte aber später bei sich um so nachdenklicher zu der erhaltenen Auskunft zurück und ließ sich, da der Lehrer für seine Einsicht und Tüchtigkeit allgemein in besonderer Geltung stand, er selbst aber an des Sohnes Unfähigkeit nicht glauben wollte, sich auch gut an die Arbeitsnot der eigenen Studienzeit erinnerte, allmählich zu dem Glauben verführen, die Meinung des Mathematikers möchte doch nicht gar so verkehrt sein. Zu Heiner sprach er einstweilen noch nicht davon.

Als dieser sechs Wochen später beim feierlichen Schlußaktus, zu dem das ganze Gymnasium in der Aula versammelt war, den Ordinarius unter denen, die nicht versetzt wurden, auch Heinrich Lindner nennen hörte, erschrak er, solange er es ja auch schon wußte, tief in sich hinein und fühlte zum ersten Male die unbegreifliche, feindselige Gleichgültigkeit des Lebens in ihrer ganzen eisigen Kälte. Hier saß er im Bewußtsein, seiner Pflicht ernst und ehrlich bis zur Grenze der Kraft nachgegangen zu sein, und dort las man unbekümmert, als ob es sich um eine alte Kuhhaut handelte, das Urteil ab, mit dem man ihm eines seiner fünfzig oder sechzig Lebensjahre wie eine liederliche Arbeit zerriß, um die Ohren schlug und vor die Füße warf. Wohl hatte er immer die Schüler bedauert, auch wenn sie faul waren, deren Schicksal er auf diese Weise hatte verkünden hören — daß es so fürchterlich sei, so barbarisch roh, das hatte er noch nie gefühlt. Er schaute zur Seite nach seinen Schicksalsgenossen: einer stand steif da mit erzwungenem Lächeln und blickte nach dem Podium hin, als ob ihn dieses nichts anginge und als ob er sich durch diese Miene unsichtbar machen könnte, ein anderer blinzelte krampfhaft, um die Tränen zu unterdrücken. Wäre Heiner in der Nähe einer Tür gewesen, so würde er sich einfach davongemacht haben; er sah aber um sich herum eine so dichte Menge, daß er sich mit dieser Regung gerade so ohnmächtig fühlte wie gegen das ganze gymnasiale Wesen überhaupt. Er dachte wieder an die Verkündung seines Urteils und murmelte in sich hinein:

„So sieht sie also aus, die saeva necessitas, so hundsgemein!" Und die Worte „dira necessitas, saeva necessitas" wiederholten sich in ihm wider seinen Willen, bis die Klasse zum Empfang der Zeugnisse in ihr Zimmer abgeführt wurde.

Hier ward ihm ein unerwarteter Trost. Als der Ordinarius an Heiners Zensur kam, schlug er sie auf, neigte sein etwas schiefes Gesicht mit dem Ausdruck ernsten Bedauerns, sah sie noch einmal durch und sagte teilnehmend:

„Sie werden sich wundern, daß Sie im griechischen Stil ‚Noch genügend' haben, während Sie ‚Vier' erwarteten. Ich hätte Sie gerne versetzt, habe auch in der Konferenz sehr dafür gesprochen; aber der Herr Kollege meinte, Ihre mathematischen Leistungen erlaubten es durchaus nicht. Dagegen kann ich natürlich nichts machen. Sie haben ja auch im Griechischen entschiedene Lücken, Ihre schriftlichen Arbeiten sind nichts Berühmtes, und bei der Lektüre gehen Sie sehr irregulär zu Werk; aber weil Sie eben in den Geist der Autoren mit Glück und ungewöhnlich reifem Verständnis eindringen, darum hätte ich Sie gern nach Prima befördert; Philologe oder Mathematiker wollen Sie ja doch nicht werden! Wir wissen, daß wir hier manchen versetzen müssen, der im allgemeinen" — er ließ seine Blicke mit einer gewissen Bitterkeit über die Klasse hinkreuzen — „an Vernunft und menschlicher Reife Ihnen gegenüber noch auf dem Standpunkte des Tertianers steht! Aber wir müssen eben nach den Detailkenntnissen gehen, so schwer es uns manchmal werden mag! Nehmen Sie es sich nicht zu sehr zu Herzen!"

Heiner war tief beschämt, aber er lachte mit feuchten Augen und zitternden Lippen, und als ihm der Lehrer sein Heft hinstreckte, nahm er es mit der Linken, gab ihm mit festem, ernstem Blick die Rechte und sprach:

„Ich danke Ihnen, Herr Professor!"

„Wenn wir im nächsten Schuljahr wieder zusammenkommen", sagte dieser, „wollen wir uns wieder gut vertragen!" und wandte sich zu andern.

Heiner hörte nicht weiter zu; er fühlte sich dadurch gedemütigt, daß der Lehrer, dessen Teilnahme und Freundlichkeit er wohl kannte, ihm so unmittelbar auf seine Empörung, fast als Antwort, solche Güte bewiesen und gezeigt, er, der Lehrer, müsse derselben Notwendigkeit weichen, die der Schüler zu fühlen hatte. Er freute sich auch ein wenig über die ungewöhnliche Anerkennung, durch welche sich der Lehrer doch argen Mißdeutungen aussetzte; wurde aber wieder von seiner Trostlosigkeit übermannt, und seine Gedanken mühten sich ab gegen die eigene Ohnmacht.

Als er dann nach der Entlassung vors Haus trat, überkam ihn plötzlich das Verlangen, wieder einmal mitten im Wald auf einen hohen Baum zu klettern und im leisen Schwindel des Schwankens und Wiegens über das sonnige Meer der Wipfel hin und nach den fernen Bergen hinaufzuschauen. Er wandte sich zum Wald, kehrte aber nach wenigen Schritten um: vielleicht war der Vater zu Haus und wartete auf das Zeugnis! Vielleicht — — vielleicht sagt er nun, es sei genug! Bei dieser plötzlichen Hoffnung fing dem Burschen das Herz an, heiß und wonnig zu klopfen, und er eilte. Aber der Vater war nicht zu Hause, und als er nach langem Warten Heiners, der vor Aufregung nichts hatte beginnen können, endlich heimkehrte, nahm er die Unglücksbotschaft mit Ruhe hin und sagte: zum Streben durch Gelingen und Mißlingen, Glück und Unglück sei man auf der Welt, ein Jahr, in irgendeiner ernsten Arbeit verbracht, sei nie verloren, oft erweise sich ein Mißerfolg, so schmerzlich er sei, hinterdrein wertvoller als der Erfolg — erzählte ihm schließlich aber auch seine Unterredung mit dem Mathematikprofessor und dessen Meinung. Da lachte der Sohn bitter auf, rief, eine Lieblingsphrase des Mathematikers gebrauchend:

„Ja, der hat den Witz erfaßt!" und setzte zornig hinzu: „So eine Bockmelkerei! Der hält mich für so dumm, daß ich Stunden um Stunden mit Algebra vertrödle, ohne dabei zu sein! Ist denn seine abgeschmackte Algebra mein Fressen? Was er mit jenen auffallend guten Antworten meint, das weiß ich nicht; gewiß ist aber, daß ich noch nie eine rein mathematische Frage ohne Mühe beantwortet habe. ‚Er faßt's, er kapiert's!' — Freilich! ein Hornvieh bin ich nicht! Ich kapier' es schließlich, ja! aber nur so, wie der Trichter das Wasser faßt: einen Moment lang erscheint er voll, im nächsten ist er leer! Wenn ich heute einen Beweis oder ein Rechnungsverfahren eingeochst habe, daß mir ist, als müßt' ich es noch am Jüngsten Tag im Schlafe können, so ist es übermorgen wie weggeblasen! Wenn ich alle mathematischen Kenntnisse und Übungen, die von der ersten Stunde an, die Jahre her, bis heute vorkamen, Tag für Tag durchrepetieren könnte, dann wüßte ich sie — heute! Aber das zu tun, wird auch wohl der Herr Professor für unmöglich halten. Und selbst dann wüßte ich mit den schönen Kenntnissen noch nichts anzufangen!"

Der Vater lächelte und schüttelte den Kopf:

„Na na, Heiner! Dein Professor hat doch Erfahrung und ist kein Dummrian!"

„Gewiß, er ist sogar sehr gescheit, aber borniert ist er!

Er müßte seine Merkmale dafür haben, daß ich einfach nicht besser k a n n ! Unser Primus, der Feser, ist zum Beispiel geradezu ein Sprachgenie: Griechisch, Französisch, Hebräisch — das alles ist ihm hopfenleicht. Aber ich brauche bloß sein Ohr anzusehen, so weiß ich, daß er für Musik so empfindungslos wie ein Bleiklotz ist!"

Der Vater wollte nicht durch Disputieren die Aufregung des jungen Menschen noch steigern und sagte, an eine Nebenbemerkung des Professors anknüpfend:

„Es ist auch wohl möglich, daß du in einer früheren Klasse einmal eine Lücke hast einreißen lassen, die dir selbstverständlich nachgehen muß; im kommenden Schuljahr machen dir nun verschiedene andere Fächer gewiß gar keine Mühe. Du kannst den Zeitgewinn darauf verwenden, Versäumtes nachzuholen, und wirst die beiden letzten Schuljahre ohne Anstrengung erledigen."

Dieses Urteil nahm dem Heiner den Atem, er sah den Vater erschrocken an, konnte nichts antworten und wandte sich mit einem schweren Seufzer zum Fenster.

Der Vater ging einige Male im Zimmer hin und her; er hatte das Gefühl, daß er hier helfen müßte, und hätte nichts lieber getan; aber wie? Den Sohn aus der Schule zu nehmen, wäre doch lächerlich gewesen! Eine Bildung fahren zu lassen, weil sie Mühe macht, das wäre doch kindisch! Und unpädagogisch, unverantwortlich wäre es, zu dulden, daß der Knabe die Flinte beim ersten Mißerfolg ins Korn warf. Unser Kampf ums Dasein verlangt Härte vom Mann! — Er trat hinter den Sohn, legte ihm die Hände auf die Schultern, schüttelte ihn freundlich und sagte:

„Nur den Mut nicht verlieren! 's ist nicht der Mühe wert!" Dann ließ er ihn allein.

Nach einer Weile ging Heiner auf seine Stube, fand aber auch hier nichts, was ihn gefesselt, beruhigt, getröstet hätte. Der Triangel, der immer noch von der Decke herabhing, gab infolge einer Erschütterung sein leises, zitterndes Klingen: Heiner schaute empor, und von neuem sank das Bewußtsein der erfolglosen Mühe, der Ohnmacht plump auf ihn.

Alles umsonst! Allein! Niemand, der ihm helfen wollte, helfen konnte! Teilnahme, Bedauern überall, aber was sollte ihm das! Die Mutter und Schwester drüben traurig und bekümmert, ängstlich bemüht, ihm zu verbergen, wie leid er ihnen tue, jeder ihrer Atemzüge sagte ihm das! Allein!

Er setzte seinen Hut auf und ging.

In den Wald, in einen verbotenen Erdbeerschlag liegen? — Auf den großen Exerzierplatz? Sich an den Waldrand setzen, an einen Baum gelehnt aus der Ferne Waffen und Uniformknöpfe blitzen sehen, Pfeife und Trommel hören und womöglich einschlafen? — An den Rhein hinausfahren, ein Bad nehmen, schwimmen bis zur Erschöpfung? — Es zog ihm allerlei durch den Sinn, aber auch das Freudigste, Lebendigste so schwerfällig, trübselig, widerstrebend!

Er ging langsam und verdrossen durch die Straßen, überlegte an jedem Eck, ob rechts oder links, ob er den Damm überschreiten oder nicht besser heimkehren sollte, und ging weiter, weil eines so gut war wie das andere. Er wünschte sich ein Ziel seines Weges, einen zwingenden Zweck seines Ganges, einen Menschen, zu dem er gehen könnte. Sollte er einen Kameraden aufsuchen, irgendeinen unzufriedenen, und mit ihm schimpfen und fluchen? Oder einen andern, der sich nichts daraus machte und die Vogelhecke in seinem Zimmer, sein Aquarium und seine Schildkröte für wichtiger hielt als das ganze Gymnasium? — Es war alles nichts! Was gingen diese ihn an! Er blieb träge vor einem Ladenfenster stehen und schaute gleichgültig allerlei Holzschnitzerei, Kästchen und Rähmchen an und andere Gegenstände, die zur Verzierung mit Spritzmalerei bestimmt waren. Der Name eines Kameraden, der solche Bastelei betrieb, ging ihm durch den Kopf, dann kehrte er um, als sei diese Anlage zu sehen der Zweck seines Weges gewesen, und schritt die Straße zurück.

Plötzlich zuckte er auf, machte ein paar eilige, energische Schritte, blieb stehen, lief wieder und schaute sich unbewußt, mit verwunderten, nichtssehenden Blicken um: hatte ein Vorübergehender das Wort „Helene" ausgesprochen oder hatte er es sich selber zugeraunt? Ja, Helene! Zu ihr, wenn sie da wäre! Aber sie war im Pensionat in Genf und hatte erst kürzlich geschrieben, sie käme in diesen Ferien nicht nach Hause, sondern erst am Ende ihrer Pensionszeit, an Weihnachten. Aber vielleicht hat sie dies nur gesagt, um wieder einmal zu überraschen! Vielleicht kommt sie gerade jetzt auf dem Bahnhof draußen an!

Und was er sich auch gegen die Wahrscheinlichkeit sagen mochte, er lief schon den Weg zur Bahn hin. So jüngferlich und zimperlich sie zuletzt auch manchmal getan hatte, in seiner Erinnerung lebte noch ganz das alte, unbekümmerte und unverwüstliche Wesen, und in das Heimweh nach diesem ergoß sich nun sein Schmerz. Ihm war, als müßte diesmal auch für ihn der ganze Trödel überwunden, verwischt und vergessen sein, wenn er ihre Augen und ihren Mund darüber lachen sähe.

Er lief.

Auf dem langen Bahnsteig hielten da und dort im Schatten ein paar Menschen mit Gepäck, der Portier stand da, schaute auf und ab und über die leeren Geleise, hob die schwere Mütze, wischte sich mit dem blauen Sacktuch den Schweiß aus der roten Druckfurche der Stirn und ging langsam in die Wirtschaft. Heiner sah nach den Zügen: in zwanzig Minuten traf einer vom Oberland und bald darauf einer vom Unterland ein. Sie konnte ja auch zuerst nach Hause gefahren sein. Mit einem von beiden kam sie aber gewiß! Sonst wäre sie ihm ja nicht so plötzlich in den Sinn gekommen.

Er schlenderte langsam auf und ab. Nach und nach stellten sich mehr Leute ein. Karren wurden gerollt, es wurde geschrien und gepfiffen, ein Hund rannte suchend mit Gewimmer den Bahnsteig auf und ab, fuhr jedem Manne witternd mit der Nase an das Bein, bekam von einem Schaffner einen Tritt, entwich mit eingeklemmtem Schweif hinüber auf die Schienen, blieb dort stehen und schaute aufgeregt, klug nach den Menschen herüber; als der Schaffner ihn verjagen wollte, fuhr er stets nur einen Schritt zurück und knurrte drohend. Die Menschen sammelten sich vorn am Rande des Steiges, sahen zu und gaben ihre Meinung ab. Der Schaffner trat zurück und schimpfte. Ein Reisender streckte die Hand hin, als böte er dem Tier etwas an, und machte:

„Bsswsswsswss!"

Ein anderer lachte und sagte:

„Es ist doch keine Katz! So lockt man die Katzen!", worauf jener ärgerlich und beschämt den Arm einzog.

Nun rief der Schaffner über die Schienen hinüber einem näherkommenden Weichensteller zu:

„Du! Lebold! Jag' emol sellen Hund vom Gleis erunner!"

Jener trieb, indem er sich manchmal wie nach einem Stein bückte und Wurfbewegungen machte, das Tier den ganzen Bahnhof hinauf, bis es, wo keine Leute mehr waren, sich von den Schienen entfernte und verschwand, doch nur, um nach kurzem wieder zwischen den Reisenden hin und her zu suchen.

Unterdessen öffnete der Portier die Wartesaaltüren und rief ab, die Menschen strömten heraus, in der Entfernung pfiff es, und Heiner lief, so weit der Steig reichte, dem einfahrenden Zug entgegen. Aber so genau er auch alle Fenster und dann jeden Aussteigenden betrachtete und obschon er, die Ankommenden überholend, auf die Straße stürzte und alle Ausgänge zur Stadt beobachtete — Helene war nicht da. Nun fühlte er sich mit einem Schlag müde und setzte sich in den kleinen dunklen Wartesaal zweiter Klasse. Daß die Freundin mit dem andern Zug kommen würde, glaubte er nun schon nicht mehr.

Trostlos saß er in einer schattigen Ecke, hörte das Stimmengewirr, hörte die Türen gehen, sah die Eintretenden mechanisch an und klagte in sich hinein:

„So ist's! Nichts, gar nichts! Kann sie nicht kommen?! — Unsinn! Sie kommt nicht! Sie lacht irgendwo anders, wo es keinem Menschen was nützt. So ist's! Es ist zum Heulen! Wenn ich nur wüßt', wie ich das los werde."

Ein Schulkamerad, sich mit einem schweren Handkoffer abschleppend, ging in Begleitung einer älteren Frau durch den Wartesaal, ohne Heiner zu sehen.

Der reist jetzt heim, dachte dieser; ganz fidel reist er heim. Können und wissen tut er nichts, aber abschreiben, mogeln und spicken, sich ausreden und lügen kann er — also wird er versetzt! Und schämen tut er sich nicht, fällt ihm nicht ein! Kreuzfidel ist er und stolz darauf und wird schwer herumrenommieren als Primaner! Ist das eine Schweinezucht! — Aber recht hat er! Senkrecht! Ich wollt', ich könnt's auch! Er seufzte tief, ein würgendes Gefühl drängte sich ihm vom Hals empor zu den Ohren und drückte ihm heiß gegen die Schläfen, seine Lippen zitterten, und er dachte:

Sich schämen — Unsinn! Ehrlich arbeiten — Blödsinn! Die Lehrer achten — Borniertheit! — Schwindeln, lügen, betrügen! Hundeln vor diesen Unteroffizieren, solange sie hersehen, und übrigens auf ihren ganzen plumpen, arroganten Schwindel husten und pfeifen! So ist's recht! So gehört's sich! Das ist das einzig Richtige! Und mit jedem Gedanken stach er sich selbst ins Herz, mit jedem Wort schnitt er sich selbst in sein einfaches, wahres, schamhaftes Fühlen hinein. Das tat ihm weh, und eine geistige Angst beschlich ihn, so daß er einen Augenblick zu Boden sah; es war ihm, als müßte jemand ernst und weise Einspruch erheben. Dann aber fuhr er zum Trotze fort: Stuß ist es! Heuchelei! Barer, blanker Betrug von den Lehrern und Pfarrern und Pfaffen! Gut und böse? Recht und Unrecht? Ehre und Schande? Vergeltung? — Ja, Pfeifendeckel! Was man zuwege bringt, bringt man zuwege, so heißt's! Schreib deine Aufgaben ab, schreib dir die Formeln und Beweise auf die Bank und auf die Fingernägel und auf die Manschetten, lüge die Lehrer an, je frecher, um so sicherer, und du brauchst nicht im Wartesaal auf der dunklen Bank zu hocken und zu flennen und auf die Helene zu warten! — — „Pfui Teufel, ich kann's nicht!" murmelte er plötzlich, sich aufrichtend. „Ich bin ein Pinsel, ein Mammenkind, ein Simpel, ein Philister, ein Narr! Aber ich kann's halt nicht! Ich bring's nicht zuweg — und darum bring' ich nichts zuweg! 's ist aus und vorbei!"

Wie einige Stunden vorher fühlte er sich plötzlich wieder in der tiefsten Ohnmacht, von barbarischer Feindseligkeit umgeben; aber es war jetzt nicht mehr bloß das Gymnasium, der stupide Zwang der Schule — es war allgemeiner geworden, es war alles, was ihn umgab, das ganze Leben, so weit er es dachte. Er lehnte den Kopf zurück gegen die hohe Polsterlehne, schloß die Augen und hörte das Blut im Herzen und in den Ohren pochen.

Mit einem Male zuckte er vor Schreck zusammen und riß die Augen auf; aus dem Dunkel waren Gestalten hervorgequollen und schnell wachsend mit fratzenhaften, abscheulichen Gesichtern in drohendem Gewühl auf ihn zugestürmt, immer sich verwandelnd, immer neue. — Was war das? Er sah sich mit großen Augen um, dann schloß er sie wieder: und von neuem ein entsetzlich kämpfendes, drunter und drüber herjagendes Gewühl anwachsender

Köpfe, Grinsen, wüstes Lachen, Drohen, Haß und Gift. Er wollte die Augen zumachen, um es nicht mehr zu sehen — und mußte sie öffnen. Es war also i n ihm. Nun tat er die Augen wieder zu und hielt dem Treiben einige Augenblicke stand; aber sobald er ein Gesicht betrachten wollte, war es auch schon wieder verdrängt oder verändert. Scheußlicheres, als er je gesehen oder geträumt hatte, an Nasen, Lippen, Zähnen, Augen, Kröpfen und Auswüchsen, und nichts lächerlich, alles bestienhaft, fremd, drohend. Und die Münder und Mäuler rissen sich auf und bewegten sich mühsam und nachdrücklich zum Sprechen, unermüdlich mit maskenhaft übertriebenen Gebärden, tonlos, lautlos, ohne das Röcheln der Stummen selbst, unheimlich und qualvoll. Eine Bangigkeit umschnürte ihn, es ward ihm angst vor dieser Bangigkeit, er schüttelte sich, zwang sich, die Augen offen zu halten, und merkte nun im ausruhenden, achtsamen Stillsitzen, daß sein ganzer Leib zitterte und zuckte. Er lachte über sich selbst und murmelte müde:

„Schöne Gegend! — War das ein Volk! — So ist es aber, genau so!" Dann schaute er wie zum Vergleich die Leute an, die mit ehrbaren, langweiligen und gespannten Gesichtern im Wartesaal standen und ab und zu nach der Bahnsteigtür blickten, und dachte wieder an die Gestalten, die Fratzen und ihr fürchterliches stummes Reden und Schreien.

Der Portier kam unter die Tür und rief zu dem von unten kommenden, ins Oberland gehenden Zug ab; Heinrich aber wurde erst durch den seltsamen Rhythmus und Tonfall, in dem jener all die Stationen nebst Anschlüssen bis in die Schweiz hinein heruntersang, aus seinen Träumen geweckt und horchte lächelnd. Als sich der Saal dann leerte und ein Reisender in Verspätungsangst hindurchrannte, fiel dem Versunkenen ein, daß dies ja „Helenes Zug" sei, und rasch trat er hinaus.

Der Zug lief ein, der Zug lief aus, Heiner sah ihm nach und blieb müde stehen, bis der Bahnsteig leer war, dann ging er unwillkürlich zurück an seinen Platz im Wartesaal.

Wieder nichts! Wozu noch länger hier sitzen?! — Nein, dachte er, ich bleibe, bis er noch einmal gerufen hat. Er lächelte und suchte sich den Klang zu vergegenwärtigen. Darüber schlief er ein und wachte wieder auf, da die Glastür heftig zuschlug, und im Erwachen war ihm, als steige er tief herauf aus einem engen, dunklen, seltsam widerhallenden Brunnen an das gedämpfte, goldene Licht, und er kam nur langsam zu sich, während er mit geschlossenen Augen sitzenblieb und horchte, was um ihn herum vorgehe. In einer anderen Ecke wurde geflüstert, sonst war es still im Raum.

Nach einer Weile wurde in dem angrenzenden Restaurationszimmer zum Badezug an den Rhein abgerufen. Heiner lauschte und freute sich, als gleich darauf der Rufer unter die Tür trat und mit seinem klangvollen Bariton, würdevoll und getragen wie ein Pfarrer beim Hochamt, seine diesmal leider nur kurze Litanei absang. Was der Mann ein musikalisches Bedürfnis hat! dachte er, ohne sich um den Badezug zu kümmern, ich muß doch nachher sein Ohr ansehen! Und ward an die Kinder erinnert, die beim Spiele ihre Worte des Behagens und der Erregung singen, ja, dem bloßen Rufe Rhythmus und Wechselklang geben.

Das Nachträumen solcher Tonfolgen erquickte und erfrischte ihn, ohne daß er sich's bewußt ward, und zog ihn so tief in sich hinein, daß er nicht bemerkte, wie sich der Saal nach einiger Zeit wieder langsam füllte; ja, das Stimmengewirr rundum schied ihn noch mehr von der Außenwelt, indem es keinen einzelnen Laut störend zu ihm dringen ließ, gleichwie die Brandung der See den am Ufer Dahinwandelnden in einen Schlaf der Sinne einhüllt, in dessen Frieden der Geist zu desto reinerer Klarheit und leidenschaftlicherem Leben erwachen mag. Und wie ein Schuß im stillen Gebirge das Echo weckt und wie dies Echo die vielgestaltige Bergkette mit immer anderem Donner dahinwandert, sich dumpf in Schluchten verliert und hell wieder herausrollt, auf den gegenüberliegenden Höhenzug überspringt und hier als ein anderes verhallend zum Ausgangspunkt zurückkehrt — so rief irgendein Erinnerungsklang plötzlich Töne auf Töne in Heiner hervor, neue, nie vernommene Verbindungen, daß er das Ohr neigte und in Wonnen hochatmend lauschte: bald mit vollen, langen Wogen strömte es in sein Herz oder aus seinem Herzen und durchschütterte ihn mit der reinsten Wollust, die dem Menschen gegeben ist. Er war weit weg, hörte das Wasser in der Tiefe orgeln und brausen, die Luft durch das Gras flüstern und den Wind weit durch die Wipfel heranrauschen gegen das morsche Gemäuer, hörte es klingen und singen um die geborstene Mauer von vergangenem, nie vergehendem Glück und Leid und das grüne Land drunten und den blauen Himmel droben widerhallen von der großen, schwermütig süßen Wonne des Lebens.

Er atmete tief auf und flüsterte:

„Oh, ist das schön, schön!" und wußte nicht, meinte er, was er hörte, oder die Seligkeit der Erzeugung.

Endlich griff er hastig zum Notizbuch, steckte es jedoch wieder ein; eine körperliche Unruhe riß ihn auf, er sah nicht, daß er allein im Wartesaal war, stürmte hinaus und weiter hinaus vor die Stadt und streifte durch die sonnigen Erntefelder.

Unter der gespannten Kraft der körperlichen Bewegung schied, klärte und festigte sich das innen kreisende Gebilde, und schließlich legte sich Heiner an einen Feldrain in den Schatten eines Apfelbaumes und skizzierte sich zum Behelf des Gedächtnisses, was er eben im einzelnen festhalten konnte. Was es werden mochte, das wußte er selbst nicht.

„Musik!" jauchzte er, sich reckend, übers Erntefeld hin und war so stolz und glücklich, als habe er selbst all dies wogende Gold von der Sonne herabgezogen und über das darbende Land ausgegossen.

Und wie er nun, seine Musik träumend, weiterwandelte, zog ihn seine Seligkeit unvermerkt den Menschen, der Stadt zu.

Auf einem abgemähten Felde stand ein beladener Erntewagen, darauf knieten zwei Mägde, um einige Kinder, die ihnen der Knecht zustreckte, zu sich hinaufzulüpfen, dann richtete sich das eine Mädchen auf in den leuchtenden Himmel, reckte sich und schob das weiße Kopftuch in den Nacken zurück. Heiner schaute zu, es war alles so schön, er grüßte und rief:

„Ihr habt's schön da droben, ihr habt's schön! — Wißt ihr was? Ich komm' auch!" Er warf einen Blick auf die Rosse und fragte den Knecht:

„Was meinen Sie? Die ziehen mich auch noch; das sind ja Staatsrappen!"

„Und ob!" lachte der Knecht, „nur 'nauf!"

Heiner griff zu und zog sich an dem Seil, das den Wiesbaum festhielt, empor; oben aber streckten ihm die beiden Mägde den braunen Arm entgegen, riefen, als sie ihn beide hatten:

„Eins, zwei, ho!" und rissen ihn mit einem kräftigen Ruck hinauf, wie einen großen Fisch aufs Land. Dann lachten sie alle zusammen hell auf.

Die Kinder hatten Feldblumen gesammelt und gaben sie der einen Magd in den Schoß, die anfing, einen Strauß zu machen; die andere spähte übers Feld nach ein paar anderen Erntewagen, sagte, wem sie gehörten und wann sie mit Einbringen fertig würden, und morgen gäbe es wieder einen schönen Tag. Heiner fragte, wem dieser Wagen sei, der nun wiegend über die Stoppeln auf den holprigen Feldweg rollte, woher die Mägde seien, und plauderte allerhand, indem er auf den Ellenbogen gestützt dalag und Roggenkörner aß. Mitunter schaute ihn eines der Mädchen an und lachte, dann lachten sie alle zusammen, und die Straußbindende rief:

„Wir lachen ja, daß's ganze Haus wackelt!" und nun lachten sie erst recht.

Die Sonne neigte sich dem Untergange zu, irgendwoher klangen Glocken, Heiner fing an, den Kanon zu singen:

„O wie wohl ist mir am Abend,
Wenn zur Ruh die Glocken läuten —"

drehte sich einige Halme zu einem Taktstäbchen zusammen und gab damit den andern das Zeichen zum Einfallen, und es traf sich, daß alle, auch die Kinder, das Lied kannten. In ihr „Bim, Bam" und in die kurzen Atempausen klangen die Glocken hinein, die hier oben ganz anders, leichter und weicher zu tönen schienen als auf der Erde; es war dem jungen Menschen, als zöge sie nicht das Gespann, sondern als trügen all diese Stimmen und Klänge sie auf dem sonnenwarmen, duftigen, gleißenden Bette dahin durch die Luft, als säßen Engel auf goldiger Abendwolke und segelten Psalmen singend in den unendlichen Himmel hinein. Manchmal dachte er an seine Musik, dann schwoll und brannte ihm das Herz, und sein Gesicht strahlte von Güte, so daß ihm die Magd, die ihm gegenüber saß, im Singen wie zur Antwort freundlich zunickte.

Als die Glocken schwiegen, brachen auch sie unwillkürlich ihren Kanon ab, konnten nun aber das Singen doch nicht lassen, und es folgte „Zu Straßburg auf der Schanz" und „Es stehen drei Stern' am Himmel" und „Nachtigall, ich hör dich singen", während sie schon in die Stadt hineinfuhren und die breite baumbestandene, mit

Vorgärten geschmückte Straße dahin, die einen großen Teil der Stadt umschloß. Und manch eins trat ans Fenster, und mancher Spaziergänger blieb stehen, zu lauschen.

In einer engeren Straße des ältesten Viertels holperte durch ein hohes Einfahrtstor, unter dem sich die Fahrenden ganz auf die Garben ducken mußten, der Erntewagen in einen großen Hof hinein. Heiner half einem nach dem andern von dem Wagen hinab, ehe er ihn selbst zögernd verließ. Er konnte kaum rasch die Hand zum Abschied geben und dem sich sträubenden Knecht einen tüchtigen Trunk Wein bezahlen, da waren die andern schon wieder bei der Arbeit. Aber so ungern er sich von ihnen trennte, er war so übervoll von Freude, daß er leicht und manchmal einen Sprung machend gegen das Schloß hinauf und über den dämmrigen Schloßplatz heim lief. Manchmal jauchzte er leise vor seliger Erwartung.

Die ganze Straße lag noch still in der Dämmerung, die Spatzen klopften und schrien schon überlaut in der Dachrinne, als Heiner des andern Morgens aufwachte. Sein erster Gedanke war „die Musik!" und sofort griff er nach dem Notizbuch, das er beim Schlafengehen neben sich gelegt hatte. Da stand's!

„Und wenn es nicht drin stände", murmelte er, indem er sich lächelnd wieder zurücklegte, „ich hab' noch alles im Kopf!" Er blickte eine Weile auf einen Punkt der schräg über ihm aufsteigenden Mansardenwand, wie man ohne zu denken wohl in die Ferne schaut, als müßte etwas aus ihr hervortauchen. Dann sang er:

„Auf in den Kampf, Torero!" und sprang freudig aus dem Bett.

Wie gestern abend vor dem Einschlafen überdachte er jetzt, indem er sich wusch und anzog, noch einmal den vergangenen Nachmittag: ein armer Junge, verkannt, betrogen, vergewaltigt, ausgesetzt an einer barbarischen Küste, auf einer Menschenfresserinsel, von Schmerz, Neid, Hohn und Haß gequält und von grenzenloser Ohnmacht — da kam die Musik und berührte sein Ohr mit dem klingenden Feenstab, und alles war anders, als sei die Welt nur verwunschen gewesen, oder ein Fluch auf seinem Herzen und seinen Sinnen gelegen! Alle Welt hatte ihm nun gelauscht, die Erde und der Himmel hatten vor Freude gestrahlt, sein Herz war so voll geworden von Liebe und Güte, auf dem Wege nach Hause hatte er jeden glücklich und freundlich angeschaut, als wollte er sagen:

„Was wünschest du dir? Was gibt es, das ich nicht für dich tun könnte?!"

Zu Hause hatte er die gedämpfte, fast gedrückte Stimmung der andern im Nu durch seine herzliche Heiterkeit verwandelt, so daß sie sich sein Wesen nicht zu erklären vermochten, doch auch nicht durch Fragen stören wollten. Ja, er hatte, obschon jedes um alle Schulangelegenheiten weit herumging, von selbst mit dem Vater darüber zu sprechen angefangen, sich dafür entschuldigt, daß er nachmittags so aufgeregt und ungebärdig war, und gesagt: während er sonst in den Ferien immer jeden Schulgedanken verschworen habe, wolle er diesmal jeden Tag mindestens eine Stunde lang Mathematik treiben, um wenigstens das nicht zu vergessen, was er wüßte; ganz gleich ob der Professor oder er selbst die richtige Ansicht habe. Der Vater war erfreut, zumal er in diesem Entschluß eine Folge der Selbstprüfung und Selbsterkenntnis sah, während der Sohn sich selbst nicht darüber klar war, aber auch gar nicht darüber grübelte. Im Grunde war er natürlich seiner alten, erfahrungsgemäßen Meinung; aber die Kraft, die Hoffnung und Erwartung, das Glück, das ihn durchschwoll und gleichsam über die Erde hinschwebend hielt, machte ihn versöhnlich, gütig, selbstlos gegen alle und alles.

Als er angezogen war, setzte er sich gleich mit einer ungewohnten Lust an den Tisch, griff nach den Mathematikbüchern und Heften, und es war ihm fast, als reichte er alten, guten Kameraden die Hand. Und wenn in seine fleißige, unverdrossene Arbeit hinein von dem immer häufiger werdenden Wagengepolter der Triangel sein langes, zitterndes Klingen hören ließ, dann schaute der Junge jedesmal auf und nickte dem Instrument wie einem lieben Mitverschworenen zu.

Nachher saß er fast den ganzen Vormittag am Klavier, nur eine Stunde zwischenhinein lief er plan- und achtlos umher, um die Fortsetzung der Arbeit sich im Innern entwickeln und klären zu lassen.

Zuerst hatte er gedacht, es würde eine Klavierfantasie werden; sobald er aber zu spielen und zu schreiben anfing, da drängte sich die Geige ein und auch das Cello, und dabei blieb es. Nun schien ihm, als ob es gar nicht anders sein, als ob der besondere Charakter eines jeden der drei sich von selbst abgrenzenden Teile nicht besser als durch das Vorwalten je eines der drei Instrumente gegeben werden könnte. Wie unter dem unbewölkt heiteren Himmel des Anfangs, aus dem fröhlichen Reigen der drei, aus sorgloser Freude die Sehnsucht und Hoffnung aufkeimt und am Widerstand zu ungeduldigem Begehren, Trotz und blinder Leidenschaft emporschießt — da mußte die Geige die beiden Genossen entzünden und schüren, daß sie widerwillig ihrer Glut dienten und sie doch als die treibende Flamme wild über alles andere aufsteigen ließen. Wenn dann das Feindliche sich ringsum erhebt, das schwächlich Erschienene, Übersehene stark wird, wenn die Leidenschaft unter dem Wetterhimmel auf die Höhen trifft, die nicht zu erstürmen sind, wenn Blitz und Donner den Übermut zu Boden schrecken und der Hagel die prunkende Blüte zerschlägt, da rang das Klavier die beiden andern nieder, und für den dumpfen Trotz der Geige, die ihren Schmerz verbiß, durfte nur das Cello wie die Nachtigall in das verrollende Gewitter hinausschluchzen.

Endlich sollte, wenn in den langbewegten Cellotönen der Schmerz sich an sich selbst gesättigt hatte, wenn die Sonne wiederkehrte und nur noch einzeln die Wolkenschatten übers farbige, funkelnde Land flogen, das Cello die gedämpfte, um so innigere Wonne des neuen Augenblickes singen, den Trost der unbezwungenen, gefaßteren, unbezwingbaren Sehnsucht und, die andern Instrumente allmählich belebend und verführend, mit ihnen zusammenstimmen zu einem seligen Jubel, getragen und feierlich.

Solches fühlte und träumte er und strebte er in den Momenten der ungetrübten Klarheit einzufangen und niederzuschreiben.

Er hatte in den letzten Jahren schon mancherlei komponiert, nun dünkte ihn all jenes Spielerei! Noch nie hatte er in dieser freudigen Erregtheit gearbeitet. Nun strömte ihm die Musik in fast verwirrender Fülle und Stärke zu, trieb ihn, riß ihn mit, eilte ihm immer wieder voraus; er fühlte wohl die Grenze seiner Kraft, aber die vorhandene Kraft schwankte nun niemals wie sonst doch, ob es so oder so zu machen sei: unter einem Zwange schrieb er jede Note, und nur so konnte diese sein. Und wenn er morgens durchspielte, was er am Tage zuvor gearbeitet hatte, so schien es ihm unbegreiflich, daß es sein Werk sein sollte, so wohlbekannt und wesenseigen es ihm auch klang! Fleißig war er bei der Arbeit, und jederzeit, nach ermüdendem Spaziergang oder in erschlaffender Mittagshitze, war er in gleicher Weise gesammelt, lebendig und fähig wie am frischen Morgen.

In anderen Stunden durchstreifte er Wald und Feld, das nahe Hügelland und die einsamen Rheinufer und fand den Genuß der Ferien in der Heimatstadt, wo er sich sonst der Schule wegen so vieles versagen mußte, größer und eigentlicher als fern im Gebirg, wo er nichts anderes kannte als Ausruhen und Spazierengehen. Er begleitete zwar auch seine Angehörigen hinauf in ein stilles Schwarzwaldtal, kehrte aber nach einer Woche mit seinem Vater, den die Geschäfte nicht länger frei ließen, nach Hause zurück.

Diese köstliche, freie Arbeit wurde durch den Schulanfang allerdings auf bittere Weise beendet; aber das Trio war fertig, mit aller möglichen Sorgfalt durchgearbeitet, ausgefeilt und säuberlich abgeschrieben. Seine früheren Kompositionen hatte Heiner stets den Seinigen gezeigt und, soweit es ging, vorgespielt und gesungen: diese nun, die erste, bei der er den ganzen Ernst und das ganze Glück des Schaffens gekostet, die einzige, die ihm jetzt Wert zu haben und wirklich Musik zu sein schien, an die zu denken ihn stolz beglückte, diese nun auch den andern mitzuteilen, hielt ihn ein seltsames Schamgefühl ab, das er nicht recht begriff, aber nicht überwinden konnte. Auf dem ersten Schulgang trug er das Notenheft, von dem er sich nicht früher hatte trennen mögen, zum Buchbinder, und als er es nach einigen Tagen wiederbekommen, schrieb er erst mit aufgeregter Hand auf das freigelassene Titelblatt:

— — — Trio für Klavier, Violine und Violincello von Heinrich Lindner. Opus I, indem er für einen besonderen Namen, über den er noch nicht mit sich einig war, oben Platz ließ. Lange schaute er es an, dann schloß er es ein. Oft aber im Laufe des Jahres nahm er es hervor, um sich daran zu freuen oder zu trösten wie an einem heimlichen Talisman, manchmal auch, um sich zu versichern, ob es denn auch wirklich wahr sei.

Achtes Kapitel

Das neue Schuljahr wurde ihm in der Tat leichter, aber doch nur etwa so, wie ein unwegsamer, schwierig einzuhaltender Gebirgspfad beim zweiten Male leichter zu gehen ist: die entsprechende Anzahl Schritte und Atemzüge, Atemlosigkeit und Erschöpfung schenkt er nicht. Und als Heinrich das Zeugnis, das ihn dann nach Unterprima versetzte, eingehändigt bekam und nach Hause brachte, war er still und ernst gestimmt, in dem Gefühle, ein Hindernis mit doppeltem Kraft- und Zeitaufwand genommen zu haben, um an dem nächsten wieder zu versagen. Indessen behielt er die vor einem Jahr eingeführte Methode bei, täglich ein gewisses Pensum Mathematik zu wiederholen.

Daß man einen Menschen gerade mit dem füttert, was sein Organismus am wenigsten verlangt und erträgt, zu diesem bösen Spiel möglichst gute Miene zu machen, hatte er sich von Untertertia an weidlich geübt; aber ein böses Spiel blieb es doch. Der Stoff blieb ein widerspenstiger und quälender Fremdstoff in seinem Hirn, und der geistige Zwang, vermöge dessen er ihn dort hinein preßte, drückte langsam, erst unmerklich, mit der Zeit fühlbarer auf sein Gemüt. Seine von jeher ernste, stillfrohe, in ihrem eigentlichsten Leben aber leidenschaftliche Natur fing an, im Verkehr mit andern schwerfälliger zu werden, halb aus Mangel an Frohsinn und Lust, halb aus Scheu vor schmerzlicher Berührung. Den Kameraden gegenüber, die sich in derber Unbekümmertheit ihre Schuljahre um die Ohren schlugen, fühlte er sich zu kurz gekommen, benachteiligt; mit ungleichen Waffen fechten, vor jedem nüchternen, kaltsinnigen Bübchen, deren dreizehn auf ein Dutzend gehen, als ein Simpel dastehen zu müssen, das verwundete ihn, so sicher er des Gottes in seiner Brust war, mit der Zeit doch immer mehr, und wenn er einmal durch grobe Behandlung in sich zurückgeschreckt worden, ging er lange nicht mehr aus sich heraus. Schädigte er dadurch sich selbst, so tat er den Mitschülern insofern unrecht, als sie in ihrer Harmlosigkeit gewiß nicht daran dachten, den stillen, immer gefälligen, vernünftigen Kameraden, vor dessen sonstigen Talenten sie sogar besonderen Respekt hatten, mit Wort oder Tat zu kränken. Sie waren gesundes, lautes Blut, und *er* stieß sich an *ihnen*, und ihre Gesundheit tat ihm weh, wie die Sonne den kranken Augen.

Besonders schmerzlich und schroff störte diese Gemütsverfassung seinen Verkehr mit Helene, die nach zweijährigem Ausbleiben am Ende dieser Ferien wiederkam. In den letzten Weihnachts- und Osterferien hatte er der gewaltsam zurückgehaltenen Kompositionslust in kürzeren Arbeiten Lauf gelassen, besonders in Liedern, in die sich ihm unwillkürlich Helene eindrängte, so daß seinen Jahren gemäß die alte Freundschaft zu Schwärmerei und das Bild des Mädchens durch allerhand erdichtete Erlebnisse mit allen ungewöhnlichen, vornehmen Tugenden reichlichst ausgeschmückt, kurz ihm zu einem „Ideal" geworden war, an das er nur mit Herzklopfen, mit scheuer Verehrung, oft mit dem Gefühl eigener Unwürdigkeit dachte.

Nun kam sie als fertige, sichere, von Lebenslust strahlende junge Dame aus Kissingen, wo sie mit ihrer leberleidenden Mutter sechs Wochen gerade während der Hauptsaison gewesen war, elegant bis in die Fingerspitzen, toujours à quatre épingles, wie sie selbst einmal von jemand sagte, voll Freude über den Eindruck, den sie machte, und über die Aufmerksamkeit, die sie fand, und wurde nicht müde, von dem glänzenden Badeleben zu erzählen, von Kurpromenaden, Ausflügen, Reunions, von Bekanntschaften und Courmachern, von künftigen Bällen und Gesellschaften, von allem, was ein junges Mädchen beim Eintritt in das volle gesellschaftliche Leben blenden kann. Da war natürlich nicht von gedrückten Unterprimanern die Rede, welche die Gegenwart schwerer nahmen, als sie zu sein das Recht hat, sondern von Offizieren, Assessoren, Künstlern, reichen Nichtstuern, flottem Volk, das zu leben verstand — und Heiners verehrende Demut gegen das angebetete Bild verwandelte sich rasch in das Gefühl, auch hier sei er überholt, unebenbürtig, wertlos. Und so schön und lieb und bewundernswert sie war, sein Zorn und seine Bitterkeit sahen plötzlich nur ein Gesellschaftsdämchen, eine Modepuppe, einen „Affen" in ihr. Ein paarmal ließ er sie reden und von der Lust und Erwartung ihres Lebens schwärmen, hörte teilnahmslos zu und antwortete nichts; dann aber wehrte er ab und sprach:

„Helene, ich bin ein undankbarer Zuhörer. All das ist mir völlig gleichgültig; ich bin zwar nur ein mühseliger Unterprimaner, aber dein ganzer Spaß imponiert mir nicht einmal! Du darfst mir's nicht übelnehmen, es ist jetzt halt anders als früher; du bist eine fix und fertige Dame, und ich bin ein Schulerbub, der erst noch einige Jahre an anderes zu denken hat und wahrscheinlich überhaupt nie an dergleichen Freude finden wird."

Sie verstand sofort, welchen Fehler sie in aller Unschuld gemacht hatte, und rief mit wirklichem Bedauern:

„Aber, Heiner, das hättest du mir doch gleich sagen können! Dann hätte ich dich mit dem dummen Kram gar nicht gelangweilt! Glaube nur nicht, daß ich mir viel daraus mache! Das macht man mit, weil es nun einmal so ist, und man amüsiert sich dabei, wenn es lustig zugeht. Und wenn sie einem etwas Angenehmes sagen, freut man sich, das ist doch natürlich; aber glaube mir, ich würde das alles gar nicht im mindesten vermissen."

Er antwortete nicht, konnte aber ein leises, ungläubiges Lächeln nicht vermeiden; ihre Worte widersprachen ja auch zu sehr ihrem vorigen Entzücken. Und doch waren sie ehrlich gemeint, und sie hätte ihm zuliebe auf alles verzichten können. Sie trug jenes Medaillon mit dem Ringchen immer, wo nicht offen, so unter dem Gewand auf der Brust, und aus den bitteren Worten, mit denen er sich selbst vorhin bezeichnet, hatte sie zwar nicht den übrigen darin liegenden Kummer, aber doch die Eifersucht mit Wonne herausgefühlt, mit um so größerer Wonne, als sie vor zwei Jahren immer vergebens auf ein Anzeichen dafür gelauert hatte, daß sie ihm mehr sei als die alte Freundin aus der Kinderzeit. Nun antwortete sie auf sein Lächeln bekümmert:

„Du glaubst mir nicht, aber ich habe dir noch nie etwas weisgemacht, das weißt du, auch nicht, als ich noch das schlimmste Fegnest war! Meinst du denn, ich mache mir etwas aus all den Herren? Nichts, keine Bohne! Keinen Schritt hab' ich einem zulieb' gemacht! Der Binzer, der Maler da aus München, hat mich immer malen wollen, und alle haben mir zugeredet, besonders Mama — — weiß nicht mehr, zu was für einem dummen Bilde er mich hat benutzen wollen —, aber ich lasse mich gewiß von so einem Fatzke immer anstarren und ausstudieren oder auch nur geschwind in sein Skizzenbuch hineinsetzen! — Glaub' mir doch, Heiner! Du meinst jetzt, ich sei ein dummer, koketter Aff' geworden, und das bin ich ganz, ganz gewiß nicht! Was soll ich denn sagen, daß du glaubst! Ist es denn meine Schuld, daß wir nicht hier wohnen und daß ich unter andern Menschen verkehren muß?! Du bist ein garstiger Mensch!"

Sie zwang sich zu lachen und wollte ihm in die Locken fahren; aber er wich ihr aus und sagte nachdenklich:

„Sei nur ruhig, ich glaub' dir's ja!"

Er sah sie in diesem Moment wieder als siebenjähriges

Kind auf der Mauer in der Sonne stehen und nach ihm rufen.

Nach einem Weilchen setzte er hinzu:

„Ich wollte ja auch nur sagen, daß es jetzt anders ist. Du gehst in die Welt und ich in die Schule."

„Du bist ein dummer Peter!" antwortete sie, indem sie sich, um ein Erröten zu verbergen, abwandte. Sie konnte ihm doch wahrhaftig nicht sagen: „Ich warte ja nur darauf, daß du mir um den Hals fällst, und werde überhaupt auf dich warten, solange es sein muß."

Mit feinem Gefühl verstand sie es von da an, Heiners Stimmungen zu erkennen und zu teilen, so daß er in ihrer Gegenwart glücklich, vollständig versöhnt und zufrieden mit ihr war, mochte sie nun sein Geigenspiel auf dem Klavier begleiten oder eines seiner Lieder singen oder sich aus Eichendorffs Gedichten vorlesen lassen und aus Raabes Erzählungen, von denen er damals anfing, die düsteren oder gar grausamen zu bevorzugen und immer wieder zu lesen: „Else von der Tanne", „Frau Salome", „Zum wilden Mann".

War sie aber nicht da und wußte er sie bei andern, so schob sich in ihm alsbald wieder jener erste Eindruck der glänzenden, parlierenden jungen Dame vor, nach der auf der Straße alle umschauten, zu der sich im Stadtgarten oder auf Ausflügen alle jungen Herren hindrängten, und sein Verkehr mit ihr erschien ihm so unwahrscheinlich, daß er geneigt war, ihre Anhänglichkeit für nichts als mitleidige Freundschaft zu nehmen. Und erst, als sie wieder abgereist war und er den kleinmütigen Eindruck, jetzt sei sie für ihn verloren, den ihm der Abschied hinterließ, langsam verwunden hatte, begann aus seiner Unruhe um sie das alte schwärmerische Bild vergangener Jahre wieder aufzutauchen. Nein, betrügen konnte sie ihn nicht! Er hätte es ja bei jedem Wort und Blick gefühlt! Und sie war ersichtlich am liebsten bei ihm gewesen!

Neuntes Kapitel

Im neuen Schuljahr bekam die Klasse einen andern Mathematiklehrer, der zwar ohne Vorurteil gegen Heiner war, aber auch ohne seines Vorgängers eigentümliche Begabung, die neuen Operationen vor der Schüler Augen gewissermaßen zum ersten Male entstehen, sich entwickeln und sich so dem Verstande geradezu aufdrängen zu lassen: er gab vielmehr das von andern geschaffene, von ihm selbst erlernte Wissen mit dem Buch in der Hand so gut weiter, als es eben ging; es auch nur so handgerecht weiterzugeben, wie ein Maurer dem Nächsten in der Kette die Backsteine zuwirft, dafür fehlte ihm der Sinn. So war Heiner gänzlich auf die eigene Arbeit angewiesen, und da er eben wie die meisten, auch mathematisch normalen Mitschüler unfähig war, die vom früheren Lehrer geübte Methode selbständig durchzuführen, so kam er mit Stereometrie, Wurzel- und Logarithmenrechnen bald in die Lage eines Fuhrmanns, dem sich der Kot des Weges erst nur hemmend auf die Räder des schwerbeladenen Wagens aufrollt, bald aber, tiefer werdend, zwischen die Speichen setzt, bis es nicht mehr vor- noch rückwärts geht. Er bekam zwar, da dem Lehrer der feinere Blick fehlte und nur die schriftlichen Aufgaben ungenügend waren, zu Weihnachten noch ein leidliches Zeugnis, ein besseres, als er verdient zu haben wußte; aber er ließ sich dadurch nicht zu Illusionen verführen. Im zweiten Drittel des Schuljahres erkannte auch der Professor die Schwäche, und je ungeschickter zur Nachhilfe er selbst war, um so härter wirkte seine pedantische Genauigkeit. —

Damals, mitten zwischen Weihnachten und Ostern, trat eines Morgens mit dem Ordinarius ein neuer Schüler in die Klasse, blieb, bis ihm ein freier Platz angewiesen war, gänzlich unverlegen stehen und sah mit freiem, klugem Blick die nach ihm gerichteten Gesichter der Mitschüler durch. Er war groß und stark, wo die Arme an den Schultern ansetzten, zeichnete sich in der Bewegung die schwellende Rundung der Muskeln deutlich ab, und auf der linken Seite des Kinns lief ihm eine große rote Narbe gegen den Mund hinauf.

Der Lehrer des Französischen, der später eine Stunde zu geben hatte, wußte noch nichts von dem Neuling und fragte ihn erstaunt, woher er komme, und dann weiter:

„Ist Ihr Vater versetzt worden?"

„Nein!" war die Antwort.

„Na —?" fragte der Professor mit ironischem Lächeln, „warum sind Sie dort abgegangen?"

Zum Erstaunen der Klasse nahm der Schüler den ironischen Ton auf und sagte lächelnd, so daß zwischen den Lippen die schönsten Zähne herausleuchteten:

„— worden!"

„Soso!" rief der Professor, machte, versonnen den Kopf senkend, ein paar große Schritte vor den Bänken hin, schaute den Jüngling dann wieder mit demselben Lächeln an und fragte weiter:

„Was hat es denn gegeben? Hm?"

„Meinungsverschiedenheiten!"

„Comment —?" näselte der Lehrer, der die letzten Herbstferien in Paris zugebracht hatte und seitdem gern seine praktische Sprachkenntnis zeigte.

„Einer der Herren dachte nicht daran, daß ich siebzehn Jahre alt bin, ich erlaubte mir, ihn darauf aufmerksam zu machen, und — das zeugte dann so weiter."

„O la la!" rief der Professor mit ironischem Bedauern, machte wieder mit gesenktem Kopf ein paar große Schritte hin und her, blieb wieder, den lockigen Kopf aufwerfend, stehen und fragte mit prüfendem, aber doch lächelndem Blick:

„Und hier — ? Wollen Sie in diesem Stil weitermachen?"

Der Neue erwiderte in voller Gemütsruhe achselzukkend:

„Ça dépend!"

„So einer sind Sie also! Wie heißen Sie denn?"

„Karl Notwang."

„Also, Notwang, lassen Sie sich von Ihrem Nachbarn das Buch geben und lesen Sie! Wir lesen ‚Les Précieuses ridicules' von Molière."

Der Schüler las und übersetzte.

„Gut!" urteilte der Professor verwundert, „haben Sie sich etwa schon vorbereitet?"

„Nein, Herr Professor, ich hab' aber den Molière schon gelesen."

„Den ganzen Molière doch nicht?"

„Doch, den ganzen!"

„Schön! Also auch so einer sind Sie? Nun, dann werden Sie ja nicht ganz so schlimm sein! Ich hoffe, wir werden Frieden halten. Nur dürfen Sie a u c h nie vergessen, daß Sie siebzehn Jahre alt sind."—

Notwang war der einzige Sohn eines reichen Affentaler Weinbauern, hatte schon auf der Dorfschule, zumal er alles spielend lernte, einen solchen Haß gegen die Schule in sich gesogen, daß er im neunten Jahre, da es sich um den Gymnasiumsbesuch in der nächsten Stadt handelte, mit Hilfe der Mutter und der älteren Schwester durchsetzte, noch einige Jahre hindurch zu Hause vom Lehrer und Pfarrer unterrichtet zu werden. Als er dann trotz allem Sträuben zu seiner Zeit in die Obertertia hatte eintreten müssen, gelang es ihm, nach sechs Wochen wegen störrischen Versagens jeder Arbeit, Verhetzung der Mitschüler, Unbändigkeit und maßloser Frechheit gegen die gesamte Lehrerschaft aus der Anstalt gewiesen zu werden. Von dem wütenden Vater dafür mit der Reitpeitsche gestrichen, stellte er sich ungerührt vor ihn und erklärte: falls er in eine andere Schule müßte, würde er sich in acht Tagen wieder hinausschmeißen lassen; wenn man ihn aber absolut zwingen wollte, würde er einfach davonlaufen. Für den „Hafenkäs", der zu lernen sei, täglich sechs Stunden in die Schule zu hocken, falle ihm nicht ein, er könne das Nötige ohne Lehrer im dritten Teil der Zeit lernen!

Im Verlauf einiger Tage verrauchte die Wut des Vaters, der feste Wille und Trotz des Buben fing an, ihm zu gefallen, auch kitzelte ihn der Gedanke, daß sein Früchtchen die Schule so nebenher abmachen wollte, er gab nach, sorgte für Lehrer, und Karl, der sich in der meisten Zeit mit Bauern, Förstern, Holzknechten und Hantierern jeder Art herumtrieb und allem nachging, was ihm vor Augen kam, eignete sich in den Stunden, die er hatte, und in eifriger Lektüre so viel Kenntnisse an, daß er nun im vergangenen Herbst, dem Willen des Vaters endlich nachgebend, mit Leichtigkeit die Aufnahmeprüfung für Unterprima bestand, während seine Altersklasse die Obersekunda war. Gut tat er nicht auf der Schule, auf irgendwen des Friedens wegen Rücksicht zu nehmen, fiel ihm nicht ein, und wäre ihm nicht das Stadtleben neu und interessant, Theater, Musik, Kunst und Bibliotheken nicht gar zu verlockend gewesen, so würde er sich nicht einmal so weit anbequemt haben, wie er es tat. Mit verblüffender Gelassenheit nahm er nach einem halben Jahr seine Ausweisung aus dem Gymnasium hin und sagte zu seinem

Vater, der über die Schande tobte, lächelnd: von Schande sei gar keine Rede! Wenn er sich von dem Professor wie ein zehnjähriger Schulbub hätte anschnauzen lassen, das wäre Schande gewesen! Das Gymnasium könne er gerade so gut anderswo absolvieren, es koste ein Geld und eine Zeit; alles übrige sei gleichgültig.

Nun war er in Heiners Abteilung und hatte sich mit seiner Einführung den größten Respekt der ganzen Klasse erworben, machte aber zu deren Erstaunen gar nicht Miene, sich seines Vorteils zu freuen und etwa das große Wort zu führen; er kam erst auf den Glockenschlag in die Schule, machte in den Pausen seine Aufgaben und war nach Schulschluß schon auf der Straße, wenn die andern noch ihre Bücher zusammenpackten und ihre Wichtigkeiten besprachen. Er gab wohl Rede und Antwort, doch so, daß eine große Teilnahmslosigkeit an allem Schul- und selbst Schülerkram hervorstach, war dagegen im Unterricht selbst auf die durchtriebenste Art bemüht, den Mitschülern zu helfen, indem er sich etwa bei schriftlichen Arbeiten dumm stellte und in aller Harmlosigkeit Fragen an die Lehrer richtete, aus denen die ganze Klasse sehen konnte, worauf es ankam; merkte er, daß einer unvorbereitet aufgerufen wurde und in Verlegenheit war, so wußte er den Professor durch eine geschickte Zwischenfrage abzulenken, so daß jener Schüler zur Orientierung Zeit hatte — kurz, er handelte, als ob er für das Wissen und Wohlergehen der ganzen Klasse zu sorgen hätte, und tat sich nicht das geringste darauf zugute.

Nachdem er so eine Woche auf dem ihm zugewiesenen, zufällig freien Platze gesessen, bat er den Ordinarius um Erlaubnis, sich an entsprechender Stelle zwischen die alphabetisch sitzenden Mitschüler einreihen zu dürfen, was ohne weiteres gestattet wurde, und Notwang setzte sich neben Heinrich Lindner, mit dem er noch kaum ein Wort gewechselt, der ihn aber beim ersten Anblick durch seine ernsten Augen und seither durch seine ganze Haltung angezogen hatte; wäre ihm nicht dieser Platz zugekommen, so hätte er sich lange auf dem alten wohlgefühlt. Er begann sofort, sich Heiners schwacher Seiten anzunehmen, indem er, der grundsätzlich keine Aufgaben zu Hause machte, in den Pausen die Hefte zum Abschreiben erbat und nur zur natürlichen Gegenleistung auf die entdeckten Fehler hinwies; Heiner ließ sich zwar alles genau erklären, verbesserte aber nichts, als etwa offenbare Schreibfehler, und als er sich einmal wirklich hatte verleiten lassen, eine mathematische Aufgabe, die er nicht zustande gebracht, abzuschreiben, riß er im Moment, als er sie abgeben sollte, das Blatt aus dem Heft und sagte dem Lehrer, er habe die Arbeit nicht machen können. Notwang schaute ihn die ganze Stunde hindurch nachdenklich und kopfschüttelnd an, lehnte sich wohl steil aufgerichtet zurück, legte mit ausgestreckten Armen die Fäuste auf den Tisch und starrte brütend vor sich hin; nach der Stunde aber fragte er sofort mit fühlbarer Teilnahme:

„Ja, sag', Lindner, ist das dein Ernst?"

„Gewiß", erwiderte Heiner; „in deinem Heft sieht er ja, was du kannst; aus meinem will er sehen, was ich kann!"

„O du mein Saitenspiel", rief der andere. „Solchen Glauben hab' ich in Israel nicht gefunden! — Läßt du mich nicht auch abschreiben?!"

„Das ist ein anderer Fall: was du abschreibst, kannst du selbst viel besser machen!"

„Acht Jahre bist du im Gymnasium und noch so ein Kind!"

„Neun Jahre; ich hab' auf Obersekunda repetieren müssen."

Notwang fuhr zurück:

„Repetieren müssen? Du?! Verstehst den Plato feiner als so ein Schiffer mitsamt seinem Kommentar, und die lassen dich repetieren! Und du läßt nicht brennende Füchse auf das Volk los!"

Heiner lächelte traurig und sprach:

„Es liegt doch an mir, daß ich im übrigen nicht mitkomme!"

„Sind sie denn in ihren Pflichten gegen dich halb so ernst und ehrlich?!"

„Das ist ihre Sache."

Notwang schaute eine Weile finster vor sich hin, dann schlug er mit der Faust auf die Bank, daß die Tintenfässer aus den Löchern hüpften und die ganze Klasse erschreckt still wurde — dann nahm er das Nibelungenlied, das in der Literatur gelesen wurde, und senkte den Kopf darüber.

Heiner sagte:

„Wir haben jetzt Griechisch, du wolltest die Platopräparation haben", und reichte sie ihm hin. Der andere aber dankte kopfschüttelnd und setzte hinzu:

„'s ist mir nicht drum! Abstinken wäre das einzig Richtige unter solchen Verhältnissen! Die ganze Klasse müßte versagen!" Dann wandte er sich wieder zu Hagen und Siegfried, und als der Unterricht begann, legte er den Plato auf und las unter der Bank weiter.

Die Stunde war schon weit vorgerückt, da wurde Notwang aufgerufen. Unerschrocken stand er auf, nahm das Buch, ließ es aber wie aus Ungeschick fallen, daß es auf der Bank zusammenschlug, und flüsterte, während er sich danach bückte:

„Wo ist's? Finger drauf!"

Heiner deutete die Stelle an, der andere erspähte sie, blätterte und fing an, den griechischen Text zu lesen. Da ihm einiges unbekannt erschien, gab er dem Vordermann mit dem Federhalter einen Stoß in den Rücken, senkte, als er seinen Abschnitt gelesen hatte, das Buch und richtete an den Lehrer zunächst eine Frage zum Verständnis, die er anders aufgefaßt habe. Während der Professor sprach, gab Notwang dem Vordermann wieder einen Stoß und flüsterte:

„Präparation auf den Tisch!“ und nachher: „Finger drauf!“

Hier unterbrach sich der Professor und fragte ärgerlich:

„Wer hat denn immer zu murmeln?“

Notwang lächelte, daß seine weißen Zähne schimmerten, und sprach:

„Ich, Herr Professor. Verzeihen Sie, ich wollte etwas einwerfen, wurde mir meiner Unhöflichkeit bewußt und unterdrückte es.“

„Na ja, gedulden Sie sich doch!“ und der Lehrer sprach weiter, während der Schüler die Präparation des Vordermannes durchlas. Das übrige ging dann nach Wunsch vonstatten.

Nachher griff er nicht mehr zum Nibelungenlied, sondern sah nachdenklich vor sich hin.

Als sie um ein Uhr nach Hause gingen, bat er den Heiner, ihm einmal etwas auf der Geige vorzuspielen, er sei ein ernster Freund der Musik, und wurde dann auf die Dämmerung eingeladen.

Er kam, betrachtete unter einsilbigen Gesprächen Heiners Zimmer, die Bilder, die Bücher, die Aussicht, zündete sich die Pfeife an, die ihm jener bot, legte sich schließlich unter den Tisch und hörte dem Geigenspiel zu. Am Schluß sagte er nichts als:

„Spiel' das noch einmal, wenn du Lust hast!“ und als Heiner nach dem zweiten Mal das Instrument weglegte, um zu pausieren, stand Notwang auf, ging eine Weile im Zimmer hin und her und sprach schließlich:

„Wenn du nichts dagegen hast, werd ich öfter kommen und dir zuhören. Bist du nicht aufgelegt, so schickst du mich wieder.“

„Das wird schon einmal vorkommen!“ war die Antwort, „manchmal kann ich in Gegenwart eines andern beim besten Willen nicht spielen!"

Nachdem sie sich dann eine Zeitlang über Dichtung und Musik unterhalten hatten, blieb Notwang vor dem Kameraden stehen, sah ihn ernst an und fragte:

„Du hast wohl heute früh in der griechischen Stunde einen gelinden Abscheu vor mir gefaßt?!"

„Ich war allerdings verwundert darüber, daß du dich so ohne Not oder geradezu herausfordernd der Gefahr einer Demütigung aussetzen mochtest. Es macht's ja jeder, wie er will oder wie er kann, und bei manchem andern wäre mir's nicht überraschend gewesen — — aber — — es schien mir in diesen vierzehn Tagen ab und zu, als ob du aufrichtig und wahrheitsliebend wärst, und zwar im Notfall ohne jede Rücksicht auf dich oder sonst wen, und nun logst du ohne Not, mit Behagen und Lächeln den Professor an: da hab' ich gestutzt. Ich hätte eher erwartet, du würdest gelassen sagen: ‚Ich war nicht aufgelegt zum Präparieren.' Ich begreife es auch jetzt noch nicht."

Notwang lachte lautlos; aber dem Heiner war, als lachte ihn die Kraft an, so urgesund leuchteten die Zähne zwischen den blutroten, wohlgeformten Lippen und strahlten die lichten, freiliegenden Augen aus dem festen, farbigen Gesicht, so verwegen glühte die Narbe am Kinn. Dann wurde Notwang wieder ernst und sprach:

„Gewiß, Lindner! ich bin auch nicht ganz so schlimm. Schau', ich hatte wohl das Nibelungenlied in der Hand, aber bloß zum Schein, ich las nicht. Ich wollte dir möglichst frech zeigen, wie man es machen muß, wenn es not tut; drum blieb ich unvorbereitet und ließ mich tatsächlich durch meine Aufrufung überraschen. Meine Gedanken waren so wenig beim Nibelungenlied wie beim Plato. Wärst du gleich nach mir drangekommen und hättest eine Vokabel vergessen gehabt, so wärst du trotz deiner gewissenhaften Präparation abgeschnauzt worden!"

„Natürlich! Ein Lehrer kann nur nach den Leistungen gehen und muß Ernst und Ehrlichkeit voraussetzen."

„Nein, diese Voraussetzung wäre eben Leichtsinn! Er war auch einmal Schüler und muß wissen, mit wem er es zu tun hat, und muß die Leistungen immer multiplizieren mit dem Wesen des betreffenden Schülers oder dadurch dividieren, je nachdem! Tut er das nicht, dann ist er ein Dummkopf, ein Schädling, und muß auf jede Weise unschädlich gemacht werden! Unschädlich aber machst du ihn am besten, indem du ihn so dumm nimmst, wie er ist.

‚Non scholae, sed vitae: es ist alles für das Leben, was ihr lernt, nur zu eurem eigenen Besten!' predigen sie — ja, sieht denn nicht jeder, daß sie mit diesem allerfrechsten Schwindel uns nur Dreck in die Ohren schmieren, damit wir die Stimme der Vernunft nicht hören! — daß sie mit ihm nur ihrer tristen Pedanterie eine Art Weihe und Würde erschleichen! Zeige mir einen, der sich um das Leben seiner Schüler auch nur so viel umsähe wie um einen interpolierten Hexameter im Homer!"

Dem Kameraden manchen zornigen Blick zuschleudernd, stürmte er hin und her, und zwischenhinein höhnisch agierend und parodierend ergoß er sich immer leidenschaftlicher:

„Ernst — ?! Ich kenne diesen fidelen Begriff nicht mehr, seit ich auf der Schule bin; er muß auch so ein antiker Gott gewesen sein, der nicht mehr gilt, von dem sie nur noch schwatzen! Ich bin jetzt kaum sechs Monate auf diesen beiden Gymnasien, und schon sind mir Homer, Schiller und Goethe ungenießbar, geradezu ein Ekel geworden! ‚Homer ist ein heiliges Buch!' brüllt einer in philologischer Ekstase und hetzt mir ihn mit allen grammatischen Schikanen tot. ‚Die Dioskuren von Weimar! Der erhabene Schiller! Der universale Goethe!', und dabei wissen sie mit deren Dichtungen nichts Besseres anzufangen, als nach

Grundgedanken darin zu wühlen, nach überzähligen Versfüßen, Hiaten, Tropen, Metaphern, poetischen Lizenzen und etwa zu beweisen, daß sie von Tragik noch nichts gerochen haben, indem sie das Aufsatzthema stellen: ‚Die tragische Schuld und Sühne der Jungfrau von Orleans'! Seit vorigen Sommer lese ich Plato, bemühe mich, ihm nachzudenken, und fange an, zu verstehen, daß man nicht gerade ein grüner Draufgänger wie ich zu sein braucht, um in diesem Leben etwas anderes zu sehen als ein Jammertal, aus dem man sich am klügsten recht schnell wieder hinauskasteit — und nun wollen die Kerle mir auch dieses Fenster verpinseln! ‚Der göttliche Platon! *Ο Πλατων*. Wie Gott Christi Vater genannt wird, nannte man Apollon den Vater Platons! Die Bienen setzten sich dem Kinde auf die Lippen, um deren Honig zu sammeln!' und so weiter und so weiter. Das sagen sie dir jetzt, und wenn dir das Herz recht vor Ehrfurcht zittert, dann stochern sie mit ihren Tintenfingern in Platons goldenen Schätzen so lästerlich herum, als wär's der verbrauchteste Fasnachtskrempel! Alles, was ihnen in die Hände kommt, jeder große Gedanke, jede Dichtung, jedes begeisternde Heldenbild, alles was das Leben lebenswert macht, wird von ihren Händen vor unsern Augen entwürdigt, zerrupft, in den Wind geblasen, jede Ehrfurcht, jede Wurzel der Achtung vor dem Geist wird uns mit dem tiefsten Urwaldpflug aus dem Herzen gepflügt — und dann soll auf einmal noch Achtung und Ehrfurcht da sein für sie?! Woher nehmen?!"

Er blickte den Heiner so herausfordernd an, daß dieser dachte: Ja was! Spielt der Kerl denn Komödie?! Nächstens fährt er mir an den Kragen, wie wenn ich selbst einer von den verhaßten Schiffern wäre!

„Hat unser Platonprediger nur soviel aus seinem Heros gelernt, um ein einziges, winziges, sokratisches Lächeln über sein eigenes Treiben aufzubringen?! Hat er jemals eines Tages gefragt, wohinaus er wollte?! Hat je einer von diesen Holzwürmern etwas für wichtiger gehalten, als recht viel Wurmmehl in die Köpfe zu schaffen? „*Ω τον Αδωνιν*!"

,Und auf den Höhen der indischen Lüfte
Und in den Tiefen ägyptischer Grüfte
Hab' ich das heilige Wort nur gehört:
Töricht, auf Bess'rung der Toren zu harren!
Kinder der Klugheit, o habet die Narren
Eben zum Narren auch, wie sich's gehört!'

So heißt es! So macht man's!

Ich mache dir einen Vorschlag: ich bleibe neben dir sitzen, solange wir auf dem Gymnasium sind, nur zu diesem Zwecke werde ich mich zusammennehmen und tadellos betragen. Ich werde dir in der Mathematik helfen, wie ich kann, jede Antwort einblasen, jede schriftliche Arbeit zustecken, doch auf andere Weise gemacht als meine eigene und immer nur so, daß du eben mitkommst, ich werde dir im Abiturientenexamen helfen, und so gewiß je ein schlechter Mathematiker das Gymnasium absolviert hat, will ich dich mit hindurchreißen. Es geht mir ins eigene Herzfleisch, zu denken, daß diese Banausen dich schon um ein Jahr gebracht haben! Schlag ein! Es ist nichts als Verteidigung! Selbsterhaltung! Her! Schlag ein!"

Heiner besann sich gar nicht, ergriff die dargereichte Hand und sagte lächelnd:

„Ja, deine Hand will ich dir drücken für deine gute Absicht, aber annehmen kann ich nicht, es ist mir unmöglich. Du hast mir schon manchmal, seit wir nebeneinandersitzen, eine Antwort eingeblasen, aber ich habe sie nicht benutzen können; es war, als hielte mir etwas die Zunge fest. Da ist nichts zu wollen. Deine Philippika war mir ja zum Teil aus dem Herzen gesprochen; aber — aber —

die Leute, so borniert einzelne sein mögen, tun ihre Pflicht, so gut sie halt können; so ganz rosig wird sie ihnen auch nicht immer sein. Und dadurch, daß ich überhaupt im Gymnasium bin, hab' ich mich ihren Ansprüchen und ihrem Urteil unterworfen. Wer in der Eisenbahn sitzt, muß mitfahren, auch wenn er in den falschen Zug geraten ist. Wozu da fluchen und schimpfen? Warum besuchst du das Gymnasium, wenn du dich nicht fügen willst?"

Notwang machte ein unwillig finsteres Gesicht und erwiderte erst nach einer Pause:

„Warum? Weil ich mit meinem Alten nicht im ewigen Kampf leben will. Ich habe einstweilen diesen Weg nötig, ich kann einfach noch nicht mit offenem Visier fechten. Selbsterhaltung! — — — Wenn ich meinem Vater sage, was ich will, so telegraphiert er nach Illenau, läßt Wärter und Zwangsjacke kommen, und morgen sitze ich in der Zelle. Es gibt ja auch nichts Törichteres, Lächerlicheres, Schmachvolleres als einen lebendigen Dichter! Und dann — womit sollt' ich's auch beweisen? Mit meinen Verschen? Mit meinem sicheren Gefühl? Mit meinem Wissen, daß einst der Tag kommen wird? Nein, ich tue, was ich nicht lassen kann und wozu ich von Natur das Recht und die unverletzliche Pflicht habe — und binde es keinem auf die Nase. Das Studium aber, das ich ja selbstverständlich nötig habe, das muß mich nach außen hin decken. Darum sitz' ich auf dem Gymnasium. Aber nicht eine Stunde, nicht einen Gedanken mehr geb' ich für diese Schule her, als unbedingt nötig ist. Ich werde zu Hause nie auch nur die geringste Schularbeit tun; was ich nicht in den Pausen oder heimlich nebenher in den Stunden machen kann, mach' ich einfach nicht. Wie ich durchkomme, ist gänzlich wurscht und schnuppe, daß ich durchkomme, ist gewiß.

Struggle for life! Darwin behauptet, die Tiere hätten im Laufe der Zeit durch Auslese und durch Anpassung an ihre

Lebensbedingungen ihren Form- und Farbencharakter so entwickelt, daß sie ihren Feinden am ehesten entgehen und den Kampf ums Dasein bestehen könnten: bei manchen Tieren wirke diese Tendenz so weit, daß man sie von ihrer Umgebung kaum unterscheiden könne. Du hast gewiß schon einmal eine erdfarbene Raupe so an einem Zweig hängen sehen, daß du sie für den dürren Rest eines abgebrochenen Zweigleins hieltst und beim Anfassen erschrakst. Diese Schlauheit heißt man Mimikry. Es lebe die Mimikry!

Darum hocke ich still und harmlos in der Klasse, bewege mich nicht mehr als das andere Gehölz, und nur, wenn mich einer direkt anfaßt, werd ich lebendig, dann allerdings wie ein Gymnotus electricus! Dieses bleiben zu lassen, wäre auch klüger; aber da fängt meine Aufrichtigkeit à outrance an. Wenn du einmal ein Geheimnis aus mir herauskriegen willst, brauchst du mich nur wild zu machen, dann werd' ich alles sagen. Also nochmals: Mimikry! Mach' dir die Blindheit deiner Verfolger zunutze! und halte dich so zurück, daß keiner in Versuchung komme, dich anzufassen und zu untersuchen, wo du es nicht brauchen kannst. Herrgott, Mensch! Es ist ja ein Jammer und eine Schande!"

Heiner antwortete:

„Vom Darwin weiß ich nichts Rechtes, nur was so manchmal in den Zeitungen verzapft wird; ich komme halt zu nichts. Von dem kannst du mir gelegentlich mehr sagen, das interessiert mich. Im übrigen aber — wie ich schon gesagt habe: wenn ich so verfahren könnte, würde ich es tun. Gewiß verstehe ich die Notwendigkeit meines Schulzwanges nicht und sträube mich bei mir oft genug gegen ihn; aber ich begreife vieles nicht, was ich so täglich sehe und erlebe und worüber sich sonst kein Mensch wundert! Darum verlasse ich mich auf den Blick und die Erfahrung meines Vaters. Vielleicht sage ich in fünf Jahren:

Gott sei Dank, daß ich ihm gefolgt habe! Und — — — noch etwas!"

Er stand auf, ging nachdenklich durch die Stube und setzte sich wieder.

„Gerade hier an diesem Platze ist mir manchmal schon Seltsames begegnet. Wenn ich bei der Arbeit saß, Mathematik, Geschichte, was es war, so hat mich plötzlich irgendeine unvermerkte Beziehung musikalisch erregt, so daß ich unwillkürlich die Arbeit vergaß und horchte: ich verlor vollständig das Gefühl meiner körperlichen Gegenwart, sah nichts, hörte nichts Äußeres, lauschte der Musik, die es da drinnen machte oder die durch mich ging, und genoß sie mit der Feinheit und Klarheit und einer Entzückung, wie ich sonst auch das Herrlichste von Beethoven oder Schubert niemals genossen habe. Es ist nicht zu sagen! Denke dir, der Wind, der keinen Körper hat, hörte und genösse seine Musik! Oder die geheimnisvoll quellenden Orgel- und Glocken- und Harfenklänge der tiefsten Nacht schwelgten, doch still und heiter und ohne Erregung, in ihrem eigenen Wohllaut! Und wenn ich dann wieder meiner selbst inne werde und sehe, daß ich Arme und Beine habe, daß ich am Tisch sitze und daß es Mathematikbücher gibt, so ist mir all dies unwahrscheinlich, und ich zweifle an dem, was ich sehe: was sollte es denn? Und der Gedanke an die Not und den Druck des Lebens erscheint mir törichte Einbildung. Ich bewege mich dann behutsam und ängstlich, als schritt ich auf dem dünnsten Eise, als dürfte ich nichts anrühren, sonst müßt' es zergehen, und ich verliere dann immer auf lange hin jede Zuversicht, über die Dinge zu urteilen; nicht jedoch, als ob ich solchen Respekt vor ihnen hätte, sie erscheinen mir im Gegenteil so seltsam belanglos. Weil ich all dies nicht brauche und doch darin lebe, sogar darauf angewiesen bin, darum fehlt mir der Maßstab. Ich begreife es nicht. Ich kann mich nur an m i c h halten, an meine Antriebe und an mein Gewissen, und auf diese Weise versuche ich zu leisten, was man von mir verlangt, und was ich den Umständen gemäß halt nicht verweigern kann. Wenn ich mich verleiten ließe oder zwänge, gegen mein Gefühl und Gewissen einen Vorteil zu suchen — — — ich kann mich darein nicht denken; ich könnte mich ja nicht mehr unterstehen, eine Sonate von Beethoven zu spielen!"

Heiner schaute zu Boden. Der andere ging schweigend hin und her, die Schwarzwälderuhr tickte laut durch das dämmerige Zimmer. Endlich blieb Notwang aufatmend vor dem Kameraden stehen, streckte ihm die Hand hin und sprach gedämpft:

„Verzeih, daß ich dir zugeredet habe! Du machst mir Sorgen, Mensch; du tust mir weh, oder es tut mir um dich weh; aber vielleicht müßte ich dich eigentlich beneiden!", und er preßte Heiners Hand, daß dieser zusammenfuhr. „Übrigens kannst du zu jeder Tages- und Nachtzeit über mich verfügen. Vielleicht kann ich dir doch nützen."

Nachdem er dann einige Male hin und her gegangen, blieb er abermals stehen und sagte:

„Du! — wir wollen Blutsbrüderschaft machen!"

„Wie macht man das?" fragte Heiner.

„Ich weiß nicht. Wir machen's, wie wir's verstehen: jeder ritzt sich den rechten Arm und saugt des andern Blut!"

„Ist das nötig?" fragte Heiner.

„Ja!" stieß der andere heftig heraus.

„Dann will ich Licht machen!" sprach Heiner und ging zum Ofen, auf dem die Lampe stand, drehte sich aber wieder ab und sagte:

„Nein! Erdöllicht — das stimmt nicht!" und er nahm die Kerze vom Nachttischchen und zündete sie an.

Notwang brachte ein etwa fünfzehn Zentimter langes Messer mit Hirschhorngriff und Genickfang zum Vorschein, dessen lange, zu geschweifter Spitze zulaufende Klinge jenen rauhen, rieselnden Glanz hatte wie ein vielbenutzter Spaten; er zog es auf der Schuhsohle ab, probierte die Schärfe am Daumennagel und reichte es dem Freunde.

„Jetzt wo?" fragte dieser.

Notwang streifte den rechten Ärmel zurück, straffte seinen starken, weißen Arm, daß die Adern bläulich heraustraten, und sagte:

„Irgendwo! Nur keine Arterien verletzen! Hier ist Platz, zwischen den vier Adern, die ein so schönes ‚Parallelepipedon' bilden."

„Nicht einmal meine Adern sind mathematisch angelegt!" lächelte Heiner und zeigte seinen Arm, dessen Adern anders liefen.

Sie kamen über eine Stelle überein, und Heiner, der sich zwingen mußte, ritzte sich dreimal langsam und sorgfältig, während von dem flackernden Lichte bleiche Schimmer über den Arm wehten, einen etwa fingernagellangen Strich, bis das Blut herausquoll. Dann ergriff Notwang das Messer, straffte den Arm und zog, als ob es in Holz ginge, einen kurzen, harten Schnitt, daß es den Heiner schüttelte; nun nahm er dessen Arm, streckte ihm den seinigen hin, sie sogen, dann schüttelten sie einander die Hände, wobei dem Notwang das rinnende Blut einen Reif um den Arm zog.

„Ich wollte, Heiner, du hättest mir meinen halben Trotz abgetrunken!" sagte er.

„Du mußt dein Blut stillen!" erwiderte Heiner, „ich will dir ein Tuch geben."

„Unnötig!" lachte Notwang. „Meinetwegen könnte es laufen, bis es von selbst aufhört! Aber dir zuliebe will ich es stillen." Er hob seinen Arm steil in die Höhe, ging ein paarmal im Zimmer hin und her, und dann war das Blut in der Wunde geronnen. „Ich hab' dir schon andere Risse gehabt!" sagte er und befühlte seine Narbe am Kinn. „Mir verheilt alles im Umsehen. Ich kenne aber einen,

einen Holzknecht, wenn der seinen Arm strafft, so kannst du dieses Messer mit der scharfen Spitze draufwerfen, es springt ab wie von Horn."

Heiner erwiderte nichts, klebte sich ein englisches Pflaster auf den Ritz, während Notwang dasaß und den bloßen Arm noch aufgestützt in die Höhe stehen ließ. Jener reichte ihm das Pflaster; er dankte:

„Unnötig! Es geht so!", betupfte das Blut, um zu sehen, ob es trocken sei, und streifte den Ärmel herab.

Dann erhob er sich plötzlich, sah den Freund einen Augenblick herzlich an, schüttelte ihm die Hand und ging.

Heiner saß noch eine Zeitlang da und schaute in die Kerzenflamme. So sehr er sich im Gespräch auf sich selbst gestellt und gegen das Fremde gewehrt hatte, er fühlte sich verwirrt. Er bewunderte diese stürmische, trotzig lachende, unverwundbare Kraft, die sich ohne Scheu und Ekel nicht nur durch dick und dünn, sondern durch den Kot wagte, in dem hellen Bewußtsein, daß sie sich nachher nur zu schütteln brauchte, um sich wieder rein zu fühlen, ja, die so gepanzert war, daß überhaupt nichts Schädigendes zu ihrem Herzen hindurchzudringen schien! Dieses Lachen der lichtvollen Augen, der schimmernden Zähne, des festen, schlanken Gesichtes mit der blutroten Narbe, das unbändige, dichtbuschige blonde Haar, die sichere, männlich tiefe Stimme, deren Dröhnen in der Erregung das Zimmer erfüllte — alles sah und hörte und fühlte er noch einmal, sein Herz hob sich in Freude und Staunen und in Sehnsucht nach solcher Stärke, und es war ihm einen Moment lang, als müßte er diesem Vorbild nachstürmen wie einem Fahnenträger in die Schlacht. Dann aber drängte sich sein eigenes Gefühl wieder empor, das solchem allem widerstand, und er fing an zu vergleichen, zu urteilen, an sich zu mäkeln, sein Fühlen schwächlich und zimperlich, seinen Willen wachsweich, seine Lebens- und Widerstandskraft marklos zu finden — und mit einem

Male schien ihm alles, was er besaß und bisher wachsen gefühlt, wertlos und fraglich, sein Streben und seine Hoffnung töricht und aussichtslos, sein ganzes Dasein nichtig, blutlos, schattenhaft, nicht nur unfähig bis zur Ohnmacht, auch unberechtigt und unwürdig, durch den Wust der Hindernisse durchzudringen, aufzutauchen und sich zu entfalten.

Er blies das Licht aus, drehte sich in seinem Lehnstuhl um und drückte das Gesicht ins Polster. Lange kamen ihm immer wieder dieselben Gedanken, und über sie her lachten die weißen Zähne, die blühenden Wangen, die silberglänzenden Augen seines neuen Blutsfreundes fast wie zum Hohn, und ein Zorn und Abscheu gegen dieses Bild zuckte in ihm auf; aber es wich nicht, es lachte strahlend weiter, es sah ihn sogar einmal herzlich besorgt an und lachte dann wieder; es sprach:

„Das alles ist ja zu nichts weiter als zum Lachen da! Du hast ja selbst gesagt, es sei alles belanglos und töricht!"

Heinrich sprang in Zorn und Entrüstung auf, holte die Lampe vom Ofen und zündete sie an; aber es war und blieb ihm elend zumute, als hätte er zuviel starken Wein getrunken.

Und fast jeder Besuch Karl Notwangs hatte dieselbe Nachwirkung. Er kam nicht nur regelmäßig zweimal in der Woche, um Musik zu hören; sondern oftmals, zu jeder Tages- und Abendzeit, ertönte sein Pfiff auf der Straße, er stürmte die Treppe herauf, trat mit einem Buch ins Zimmer, rief erregt:

„Du, hör' einmal!" und las ein Gedicht oder eine schöne Stelle vor oder einen Gedanken, was er nun gerade vor Trunkenheit nicht für sich behalten konnte. Manchmal war er von einer Idee so tief getroffen und umgewühlt, daß er darauf schwor, sie werfe den ganzen Bestand des Lebens um, es sei von nun an nicht mehr möglich, im alten Trott weiterzumachen.

Einmal kam er um Mitternacht und pfiff den Freund aus

dem Schlafe, nachdem er zuerst vor dem dunklen Fenster schon wieder umgekehrt, auf dem Heimweg aber doch zu der unerbittlichen Überzeugung gekommen war, daß der Vers wichtiger sei als der Schlaf und daß er sich gern jede Nacht so wecken ließe. Als Heiner im Fenster erschien, trug Notwang ihm laut, daß es durch die ganze Straße hallte, einige Verse seines Lieblings Hölderlin vor, dunkle, orakelhafte des halben Wahnsinns, die er am Tage vorher mit dem Freunde besprochen, deren richtiges Verständnis ihm aber eben erst im Bett gekommen war.

„Ist's nicht prachtvoll?" rief er, „er ist halt doch der Schönste und Beste, ich könnte mich morden vor Entzücken! — Dunkel! Es ist alles gerade so dunkel wie unser eigenes Licht. Schlaf wohl!"

Dem Heiner schlug der Frühlingsregen ins Gesicht und durchnetzte ihm kalt das Hemd auf der Brust, da rief er dem Freunde nach:

„Wart', ich werf' dir einen Schirm!", bekam aber nur ein hallendes Gelächter zur Antwort und mußte, während er wieder in die Federn schlüpfte, selbst lachen, da er ja auch gern ohne Schirm im Regen umherlief.

Mit den anderen Mitschülern verkehrte Notwang in unterschiedsloser Kameradschaftlichkeit, freundlich und hilfsbereit in jedem Falle, als ob es sich von selbst verstände, ging mit jedem, der sich ihm auf dem Wege anschloß, sein Stück als guter Gesell mit; näher aber kam ihm keiner. Zufällige Vertraulichkeit und Freundschaft war ihm fremd. Hingabe seines eigentlichen Fühlens und Lebens war für seine in Freiheit und Wildwuchs keusch gebliebene Natur eine Überwindung, zu der ihn nur der vollste, heißeste Herzschlag zwingen konnte, und nächst seiner Schwester, an der er mit Leidenschaft hing, war Heiner der erste Mensch, zu dem er überfloß.

Heiner fühlte und erwiderte diese seltene Freundschaft, im Grunde war er ebenso schwärmerisch erregt, bewunderte seinen neuen Freund wie einen Heros und hatte in dessen ansteckender Gegenwart Stunden, wo er jede Zurückhaltung fahren ließ und dadurch, daß er jenem einmal mit derselben Offenheit und Wahrheit sein Gefühl erwidern mußte, beglückt war; meist aber hielt ihn ein tiefer Respekt vor der Kraft des andern, ein Mißtrauen gegen sich selbst, ein lähmendes Bewußtsein der Ungleichheit befangen, ähnlich dem schwächeren Schwimmer, der dem stärkeren in den Strom nachzuspringen zaudert. Manchmal, wenn er, durch die Erfolg- und Aussichtslosigkeit seiner Arbeitsmühe niedergedrückt, auch noch die mit allen Schwierigkeiten spielende Kraft und übermütige Sorglosigkeit Notwangs ansehen mußte, ward ihm dessen Gegenwart eine kaum zu ertragende Demütigung, er nahm sich in seinem Elend hinterher vor, den Freund um Beschränkung seiner Besuche zu bitten, und doch, wenn dieser zufällig einen oder zwei Tage ausblieb, weil er in seiner Versschmiede im Walde war, so fehlte dem andern die halbe Lebensluft, das halbe Licht: er lief immer wieder zum Fenster und horchte nach den Schritten auf der Straße, blieb bis Mitternacht auf und wartete.

Seine Hauptfrucht dieser Freundschaft war aber doch nichts anderes als eine Vertiefung seines schwermütigen Hanges: hier war wieder etwas Schönes und Gutes, etwas Göttliches, für das er keine Hand, keine Kraft frei hatte, dem er nur mit schnöden Abfällen opfern durfte!

Sein Lerneifer steigerte sich in dieser Zeit noch, sein Fleiß wurde verbissen und trotzig, in etwas wie Wut gegen sich selbst zwang er sich an den Studiertisch und ließ nicht nach; aber wenn es auch in den übrigen Fächern ging, in Mathematik und den mathematischen Teilen der Physik fing er an gänzlich zu versagen, trotz aller Mühe, trotz Notwangs unermüdlicher Hilfsbereitschaft. Wie eine Säge, wenn ihre Zähne stumpf und gänzlich in die Ebene des Sägeblattes zurückgetreten sind, sich im Scheite klemmt und nicht mehr vor- noch rückwärts geht, so blieb er mitten in den Aufgaben stecken, wußte nicht mehr, wie er bis hierher gekommen sei, noch wie er weiter könnte, hatte plötzlich alles vergessen, mußte von neuem anfangen, und auch dies half nichts.

Er bekam denn auch zu Ostern ein übrigens nicht übles, in mathematicis aber ungenügendes Zeugnis.

Der Vater fand den Sturz von Weihnachten auf Ostern, obgleich Heiner die damals empfangene genügende Note unverdient genannt hatte, zu schnell und tief, sah nun auch selbst wieder das leidige Repetieren bevorstehen und ließ den Sohn härter an als sonst. Er war zudem auch mit dessen musikalischer Art nicht zufrieden: hätte er mit Heiners Spiel glänzen können, so wäre dadurch manches ausgeglichen worden; aber bei irgendwelcher öffentlichen Veranstaltung, Schulfeier oder Wohltätigkeitskonzert zu spielen, weigerte sich Heiner in der Scheu des unfertigen, ernsten Künstlers beharrlich, und häufig kam es gerade im letzten Jahre vor, daß er auch zu Hause, wenn Freunde oder Verwandte da waren, sich nur mit Mühe ans Klavier bringen ließ, einige Takte spielte, dann nach den Zuhörenden umschaute, lächelnd sagte: „Es will nicht!" und ohne die geringste Beschämung aufstand. Dies wurde natürlich verschieden ausgelegt; dem Vater aber, der doch nicht an Eigensinn oder Bosheit glauben konnte, machte diese mehr und mehr hervortretende, scheinbare Unfügsamkeit des Talentes, auf das der Sohn sein Leben bauen wollte, ernste, schwere Gedanken, deren Schluß jedesmal die erneute Überzeugung war, auf der Absolvierung des Gymnasiums, koste sie, was sie wolle, bestehen zu müssen, nicht nur, damit der Sohn nötigenfalls noch andere, sichere Wege offen hätte, besonders auch, um den offenbar launenhaften, unberechenbaren künstlerischen Charakter des Jungen, solange noch Zeit war, zu ziehen, zu regeln, an Willenszwang zu gewöhnen.

Im letzten Grunde kann kein Mensch die Echtheit, Ehrlichkeit und Unwiderstehlichkeit der Antriebe und Notwendigkeiten, denen sein Nächster, Vertrautester untersteht, gänzlich begreifen und wahrhaft würdigen, im besten Falle ist er immer noch auf viel guten Glauben angewiesen, im Zweifelsfalle aber wird er seiner eigenen Fühlung und Erfassung der Verhältnisse das Vorrecht geben: und so nützte es dem jungen Menschen nichts, daß er darauf bestand, größere Anstrengungen im mathematischen Studium seien ihm unmöglich, ja, er glaube sich überhaupt an der Grenze seiner Aufnahmefähigkeit angekommen und fühle seit einiger Zeit ein Brett vor dem Kopf, sobald er nur eine Formel höre — der Vater sagte:

„Ich habe dir vor ein paar Jahren unter der Bedingung, daß du das Gymnasium absolvierst, zugestanden, Musiker zu werden. Ich hätte es gerne anders gesehen, aber ich mag dich schließlich nicht zu einem Berufe zwingen. Jeder wird von einem andern, eigenen Geiste getrieben, nach seiner Kraft zu Kleinem oder Großem, dazwischenzufahren wäre ein Frevel, der sich rächen müßte. Dagegen habe ich aber die Pflicht, dich auf dem Weg zu deinem Berufe so lange zu leiten, zu halten, zu zwingen, als du noch nicht die reife Kraft hast, dich selbst zu halten und zu zwingen. Was willst du ohne Selbstzucht im Leben? Wenn du im Konzert plötzlich zu spielen aufhören, das Publikum freundlich anlachen und sagen wolltest: ‚Geht nur wieder heim, ich bin heut nicht aufgelegt!‘ oder als Kapellmeister gleich wieder den Taktstock niederlegen und sagen wolltest: ‚Wir führen es morgen auf, falls ich dann besser dabei bin!‘ — Wie denkst du dir das?“

„Das wäre nicht zu befürchten!“ sagte Heiner. „Wenn dergleichen jetzt einmal vorkommt, so liegt es einerseits an meiner technischen Unfertigkeit, die mich befangen und scheu macht, und andererseits an meiner Schulmisere, die mir jede Stimmung und Lust zerfrißt.“

„Möglich!" erwiderte der Vater achselzuckend. „Aber eine gewisse Unfertigkeit wird wohl jedem bis zu Ende bleiben, irgendwo fängt bei jedem Menschen die Ohnmacht an. Und dann — hoffst du wirklich, in deinem künftigen Leben ohne Misere durchzukommen?! Wünschst du so etwas überhaupt? Bist du noch so dumm und eingebildet? Sei doch überzeugt, daß kein gesunder, anständiger Mensch denkbar ist, der das Recht hätte, ohne sogenannte Misere durchzukommen!"

„So hab' ich es nicht gemeint, ich fühle nur, daß ich ein anderer Mensch sein werde, sobald ich in meinem Element bin."

„Gut, so eile dich, hineinzukommen! Du weißt, daß du von mir jede Hilfe verlangen kannst, Privatunterricht, was du nur willst! Du sagst, du kannst nicht; die andern können doch und sind auch nicht lauter Lumina mundi. Daß du kein sehr guter Mathematiker sein kannst, glaub' ich ja von jeher, denn sonst wärst du kein so schlechter; daß du aber nicht das Nötigste solltest bewältigen können, das will mir nicht ein. Ich glaube doch auch, du arbeitest nicht mit dem rechten Geist, nicht mit Sammlung; wenn du eine oder anderthalb Stunden musiziert hast, so ist dir der Kopf voll Musik, und die Stereometrie muß natürlich zu kurz kommen. Ich erwarte nun von dir, daß du im nächsten Vierteljahr an Schultagen keine Saite anrührst und keine Taste!"

„Vater —!" rief Heiner entsetzt und war ganz blaß.

„Dein Erschrecken", fuhr der Vater fort, „beweist, daß ich recht habe, d a ß die Musik bei dir zuviel Raum einnimmt, für jetzt wenigstens. Es kommt nur auf den Versuch an, nach einigen Tagen geht es gut, und am Ende bist du froh daran."

„Aber Vater!" sprach Heiner mit ängstlichem, seltsam kindlichem Ton und Blick. „Es ist ja ganz anders! Ich bin aufmerksam in der Schule, und dann, wenn ich heimkomme, so müde, daß ich nichts lernen könnte; hab' ich dann eine Stunde gegeigt oder Klavier gespielt, so bin ich wieder frisch wie ausgeschlafen. Glaub' mir doch, Vater, es ist kein Zeitverlust, im Gegenteil! Ohne Musik kann ich nicht sein, das sag' ich frei; aber mein Lernen ist darum noch nie zu kurz gekommen. O Vater, Vater, verlang' das nicht von mir! Es ist mir gerade, als sollte ich unter den Rezipienten der Luftpumpe sitzen! Ohne Luft kann ich nicht leben. — — Ohne Musik? — Ohne Musik?" setzte er noch klagend und kopfschüttelnd hinzu.

Da haben wir's! dachte der Vater; genau wie seinerzeit bei mir! und war von der Zweckmäßigkeit seines Verlangens nun erst recht überzeugt. Er bedachte nicht, daß sein Musizieren Passion gewesen war, als Passion hatte ausarten und wuchern können und auch wieder als Passion sich hatte abtun lassen; daß hier dagegen die Musik der eigentliche Lebenstrieb war und überdies ein schöpferischer Trieb, für welchen Ausspannung und Ruhe, Abwechslung und Gegengewicht Gesundheitsbedingungen sind und sich unwillkürlich erfüllen, und daß ja Heiners musikalisches Treiben nie hastig oder maßlos gewesen war. Er nickte bedächtig mit dem Kopf und sprach:

„Vorhin meintest du, die Schulmisere zerfresse dir oft die Lust und Stimmung zum Musizieren; ich geb es zu, bin aber überzeugt, daß dir ebenso die Musikmisere die Lernlust zerfrißt. Nehmen wir also auch das umgekehrte Mittel, helfen wir auf dieser Seite durch Weglassen der Musik, wie wir auf der andern, hoffentlich recht bald, durch Weglassen der Schule helfen werden! — Wir wollen nun aber nicht weiter darüber reden! Ich glaube, das ist der rechte Weg!"

Heiner setzte sich blaß auf einen Stuhl an der Wand und sagte nichts.

Nach einer Pause trat der Vater hinzu, faßte ihn mit der Hand am Kinn, hob ihm das Gesicht empor und fragte mit weicher Stimme:

„Heinrich, kannst du denken, ich wollte dich quälen? — Nur helfen möcht' ich dir!"

Der Bursch sah ihn trostlos und abwesend an und schüttelte mechanisch den Kopf. Nein, das dachte er nicht, er dachte überhaupt nichts als: keine Musik, keine Musik!, und er fühlte zum erstenmal in seinem Leben die Teilnahme seines Vaters nicht und fühlte nur etwas Fremdes ihn zwingen.

Abends kam Notwang, der schon tagelang den Freund bestürmt hatte, mit ihm in die Ferien zu fahren, und bat ihn nochmals, wenigstens zu den Feiertagen hinaufzukommen; aber ob er ihn auch mit den schönsten Plänen lockte und ob Eltern und Schwester mit zureden halfen, Heiner hatte schon die Tage her stets in einer seltsamen Scheu abgelehnt und blieb dabei. Notwangs Heimat war ihm aus dessen Erzählungen so vertraut wie des Odysseus Palast auf Ithaka, wie Robinsons Insel, wie Dornröschens Schloß — — aber was sollte er dort?! Er wußte sich selbst nicht zu sagen, warum er denn nicht hin sollte, er fühlte nur ein bängliches, ahnungsvolles Widerstreben, schützte seine schlechte Stimmung und die Notwendigkeit der Arbeit vor und schlug ab.

Zehntes Kapitel

Die Ferien mit ihren frischen, sonnigen Frühlingstagen, mit ihrer von den Schatten der Zukunft getrübten Freiheit waren bald in Wehmut oder in Trotz verschwärmt, verträumt, vergrübelt, abgeschritten in Wald und Feld unterm Vogelsang oder im engen Zimmer mit Geigenspiel, beim Regenklatschen und Heulen und Rütteln des Windes. Manchmal überkam den jungen Menschen ein schwächender Mißmut, daß er an die Wand oder in einen Stuhl sank, lange vor sich hinstarrte und sich endlich seufzend wieder aufraffte:

„Irgendwie muß es ja ein Ende nehmen!"

Das Zusammensein mit der Familie vermied er, da es ihm schwer ward, seine Gedrücktheit zu verbergen, und ihm die krampfhafte Lustigkeit, die er in diesem Bestreben häufig erzwang, wehe tat.

Die Mutter, die seine Absonderung sogleich fühlte, kam nun öfter auf sein Zimmer, indem sie ihm etwas Wäsche brachte oder irgend etwas nachsah oder fragte. Sie setzte sich dann wohl ein paar Minuten in den Lehnstuhl an seinen Tisch und hörte ihm zu, indem ihre Augen seinen Bewegungen, seinem Hin- und Herschreiten folgten; er aber hütete sich dann geflissentlich, sein Spiel abzubrechen: seine Mutter an seinem Tisch, in seinem Sorgenstuhl sitzen zu sehen, rührte ihn so seltsam, daß er sich kaum enthalten konnte, in Tränen auszubrechen.

Diese Schule! dachte sie. Wozu muß man nur all die Dinge lernen, die einen nicht kümmern! Ich kenne doch viele gescheite und gelehrte Männer und hab' noch nie einen etwas mit Mathematik anstellen sehen! Aber es war einmal so, sie konnte es ja nicht ändern. Und lernen soll der Mensch doch etwas. Einer ihrer Brüder hatte auch schlecht gelernt, hatte nicht gewollt, man hatte ihn mit allen Mitteln zwingen müssen, und es war schließlich doch gut geworden. Wie oft hatte er später gesagt: „Ich danke Gott, daß man mich gezwungen hat!" Daß aber Heiner sich sein Mißgeschick so zu Herzen nahm, machte ihr Kummer und Sorge, das schien ihr nicht ganz richtig, das trieb sie mit dem Wunsche, zu helfen, zu ihm, und dann saß sie selber hilflos da und dachte wohl: Warum werden sie auch so groß, daß man sie nicht mehr ans Herz nehmen und einwiegen kann! War sie endlich still wieder hinausgegangen, dann stöhnte der Junge heiß auf, eine Wut gegen sich selbst packte ihn, und er kratzte darauflos, daß das Kolophonium stäubte, die Haare vom Bogen rissen und die Geige kreischend durch das Haus schrie.

Sobald die Schule begonnen, hielt er von selbst des Vaters Verbot ein, und in den ersten paar Tagen wurde es ihm nicht so schwer; ja, mit leiser Bitterkeit dachte er: Es geht wahrhaftig alles! Am vierten Tage aber ertappte er sich plötzlich dabei, daß er, statt die Lösung einer Gleichung zu betreiben, die Buchstaben als Noten las und, ohne sich dessen bewußt zu sein, schon eine ganze Seite des Buches abgesummt hatte.

„Heiliges Gewitter!" rief er lachend, „ist das ein Stuß!" konnte sich aber doch nicht enthalten, die Seite nun noch einmal mit Bewußtsein daraufhin anzusehen, ob denn unter den langweiligen Buchstaben irgendwo eine musikalische Verbindung verborgen sei. Bald aber war es ihm nicht mehr zum Lachen über diesen Stuß, da er merkte, daß es ihm unmöglich sei, seine Gedanken an den mathematischen Wert der Buchstaben zu heften, daß ihm vielmehr die einfältigste Buchstabenfolge eine musikalische Erinnerung auslöste oder ein Motiv beschwor, das nun in ihm zu arbeiten und zu klingen begann. Er nahm das Geschichtsbuch, aber da klang es von Kriegstrompeten und Minneliedern! Jeder Versuch mißlang, und es blieb ihm nichts übrig, als sich zurückzulehnen, die Augen zuzumachen und vor sich hin zu summen, bis er müde war.

Als es an den nächsten Tagen nicht anders werden wollte, überlegte er, den Zwang der Natur wohl begreifend, ob er nicht seinem Vater Vorstellungen machen sollte, erkannte aber alsbald, daß diese Erscheinung und ihre Unüberwindlichkeit unbeweisbar sei, daß der Vater, selbst wenn er sie im guten Glauben hinnähme, doch nur sagen würde, geradeso oder ähnlich sei es ihm seinerzeit auch ergangen, er habe es aber bezwungen — und daß gar nichts geändert würde. Er ließ es also, wie es war, bestrebte sich nur, die musikalischen Anfechtungen in die Erholungszeit zu leiten, nahm, wenn er spazieren ging, irgendein primitives Instrumentchen, eine Okarina oder Mundharmonika, mit sich und blies in einem unbelauschten Winkel des Waldes darauflos. War damit nicht ganz, so war doch ein bißchen geholfen, und im übrigen schuf er sich einen Lernzwang, indem er Notwangs Hilfe oder Mitarbeit häufiger annahm, als er sonst getan haben würde. Dieser begriff den Wert und Zweck der Musikenthaltung zwar nicht, ging aber mit einigen bedauernden Worten drüber weg, da er fühlte, wie schwer dem Freunde die Entsagung sein müßte. Daß ein Verbot des Vaters bestehe, wußte er nicht.

Eine Reihe kalter, regenstürmischer Tage machten Heiner die Erholung im Freien unmöglich. Infolge der Entbehrung unlustig und unmutig, ging er in seiner Stube hin und her, blätterte hier in einem Buch und legte es wieder weg, schaute dort ein Bild an, rückte an der Kuckucksuhr, obschon sie ganz gerade hing, reihte die Tabakspfeifen am Wandbrettchen der Länge nach — als ob er das Inventar aufnehmen wollte, ließ er kein Ding unberührt und keine Schublade ungeöffnet: dabei kam ihm ein Schlüssel in die Hand, der an der Seitenwand des Bücherbretts im Schatten hing und auf einem Messingschildchen die Bezeichnung „Notenkammer" trug. Er betrachtete ihn erstaunt und entsann sich, daß er ihn vor Zeiten einige Male benutzt, um in den vom Großvater herrührenden Noten zu stöbern, und eben wohl nicht mehr in das Schlüsselkästchen zurückgebracht hatte.

Ohne weitere Absicht, nur aus müßiger Neugier, ging er nach hinten in den Seitenflügel des Dachgeschosses, das vorne seine Mansarde enthielt, und dachte: Im August sind es zwei Jahre! und in der ganzen Zeit hat kein Mensch das Kämmerchen betreten; wie seltsam! Und vor mir vielleicht auch Jahre und Jahre lang nicht; seltsam! Und mit einem Gefühl, als werde er nun etwas Seltenes, ganz Absonderliches zu sehen bekommen, schloß er die Lattentür, die ebenso wie der ganze Lattenverschlag innen mit Sackleinen ausgehängt war, auf und trat in die kleine, noch nicht drei Meter im Geviert umfassende Kammer. Es saß aber keine alte Hexe mit der Spindel drin, und die Gespenster, die in dem trüben Licht der verregneten, im Winde giegsenden Dachluke erschienen, waren ringsherum gereihte schwere Kisten und Körbe voll Noten, Stöße, die ordentlich aufeinander und auf die Kisten gestapelt waren, nicht einmal stark mit Ruß bedeckt, und in der Mitte einen genügenden Raum freiließen. Still, schwer, mit dem scheinbaren Ernst der Dinge, die der Ewigkeit anheimgegeben sind, wie die Särge in einer Gruft, standen die Kisten da und im Winkel des freien Platzes ein kleines Stühlchen von grünlichem, hartem Holz, wie manchmal an einem Grab ein Bänkchen steht.

Dem Burschen wurde nun doch noch seltsamer zumut:

nicht vergessen und vernachlässigt, dem Ruß, Moder und dem Geschlecht der Mäuse überlassen, sondern wohlgeordnet, über alle Tätigkeit und Beunruhigung erhaben sah es hier aus. Der Sturm fuhr heulend und keuchend übers Dach, klatschte den Regen auf die Ziegel und gegen die Dachluke; in windstillen Augenblicken klopfte der Tropfenfall mit leisem Tönen, rann hörbar waschend hinab, von Ziegel zu Ziegel klingend in die Dachrinne — für diese Särge war es nicht anders, als wenn Schneelast die Dachluke verfinsterte oder die Sonne im blauen Himmel drüber hinzog, und die paar Jahre waren nicht mehr als ein pochender Regentropfen. Auf dem Stühlchen zwischen ihnen hockte die Welt, nach der die eingeschlossenen Geister vergebens verlangt hatten, und war ebenso still wie sie.

Heiner schloß die Tür, lehnte sich, die Arme kreuzend, gegen sie und schaute noch einmal den grauen Raum an, und plötzlich sah er das heitere, freie, geistvolle Gesicht seines Großvaters, wie es drunten über dem Klavier aus dem Bild herausblickte. Es leuchtete mehr aus den Augen als Güte, es sprach mehr aus dem Kopfe, aus der Miene des bejahrten Mannes, als der Enkel sich schon klarmachen konnte; aber ein Gefühl von Sicherheit, von unstörbarem Gleichgewicht wehte ihn an im Schauen des Bildes; er mußte plötzlich schwer atmen und denken: Wie er wohl war in meinem Alter?

Doch andere Gedanken verdrängten diesen wieder. Als Geiger war der Großvater in jungen Jahren durch die Welt gereist, hatte dann jahrzehntelang den Taktstock geschwungen — das innigste Glück, der Schwerpunkt, s e i n Hauptwert seines Lebens, der Lichtquell, der seine leuchtenden Augen nährte, der lag vielleicht hier in den staubigen Kisten verschüttet, in Bücher und Bündel verpackt, noch so, wie die freudige Arbeitshand vor Jahrzehnten sie verschnürt hatte. Vielleicht hat nie ein Herz außer dem des Großvaters bei den hierhinein verwunschenen

Klängen gepocht, vielleicht, wer weiß, sind sie gar nicht so stark, daß noch ein anderes als des Erzeugers Herz von ihnen durchpocht werden kann, und doch schwebte durch sie ein starkes Leben in sicherem, heiterem Gleichgewichte! — — und doch, der eigentlichste Wert, die Summe, der Rest dieses starken, harmonischen Lebens ein Haufen vielleicht totgeborener Noten! Wer weiß — !

Diese Grübeleien machten ihm Schmerzen. Er war noch zu jung, als daß er die Schönheit einer durch langes, schweres Leben sich rein und frei, stark und heiter entwickelnden Persönlichkeit genugsam gefühlt und geschätzt, daß er eingesehen hätte, es treibe oft in der einfachen Lebensführung ein echterer, wirksamerer Kunstwert als in den bedeutendsten Opern und Bildern, und es könnte der unbewußte, unvermerkt ansteckende Einfluß, den das alltägliche Leben seines Großvaters auf seine Umgebung hatte, zurückstrahlend diesen selbst mit einer Lebensruhe und Lebensbefriedigung erfüllt haben, mit dem sicheren Gefühl endloser Weiterwirkung der guten Kraft, wie es auch der lauteste Ruhm nicht geben kann: — Heiner sah hier nur die Dokumente vergeblicher Lebensarbeit, immer neuer Enttäuschungen, und mußte zweifelnd an die Arbeiten denken, die still in seiner Schublade lagen, und an alle, die im Laufe der Jahre noch hinzukommen mochten.

Er setzte sich auf das Stühlchen und schüttelte schwer den Kopf. Die Gedanken kamen und gingen, ohne daß er mit ihnen fertig geworden wäre.

Wie er aber auf dem niederen Stühlchen hin und her rückte, um bequemer zu sitzen, fiel ihm ein, daß er selbst es damals aus einer anderen Dachkammer herbeigeholt habe. Er sah sich nun nochmals genauer um und mußte über seine Annahme, es sei in diesen Jahren niemand im Kämmerchen gewesen, selbst lachen: als ob eine Hausfrau wie seine Mutter ein paar Jahre an einer Tür vorbeiginge, ohne einmal zu öffnen! Es würde anders hier aussehen, wenn nicht ab und zu gereinigt worden wäre. Mutter hatte wohl den Schlüssel in dem Glauben, Heiner benütze ihn ab und zu, der Einfachheit wegen wieder in sein Zimmer gehängt. Das ist wahrhaftig wie eine Fügung! dachte er, wer weiß, wann ich sonst wieder hierhergeraten wäre!

Er öffnete einen alten, mit irgendeinem abgeschabten Fell überzogenen, mit Messingnägeln beschlagenen Reisekoffer und sah nach, was er enthielt: ein Paket Operntexte mit seltsam romantischen Titeln von verschollenen Dichtern, von Schreiberhand säuberlich abgeschrieben, vom Großvater mit Bleistift durchgearbeitet, verkürzt und verändert; manchmal war eine ganze Seite Verse durchgestrichen und vom Großvater durch eigene ersetzt. Dann kamen einige schwere Bände Opernpartituren, Partitur und Stimmen einer Orchestermusik „Zu Goethes Totenfeier 1832", ein Stoß Lieder, zum Teil vierstimmig und in altmodischen Schlüsseln geschrieben, darunter ein Heft mit der Überschrift „An Sophie", seine Frau, und begonnen auf einer Konzertreise, die er mit seinem Orchester nach England machte; zum Teil mochte er die Texte selbst verfaßt haben, ernste, fast geistliche Lieder, auch aus ernsten Stunden der Folgezeit: bei zweien stand der Vermerk „Nach ihrer Entbindung" und des Kindes Namen, über einem andern „Tod ihrer Mutter"; den Schluß des Heftes aber bildete der lateinische Gesang „Jesu benigne".

Heiner zitterte, als er sich mit diesem Heft auf das Stühlchen zurücksetzte, fast war ihm, als verletze er ein Geheimnis, besonders aber regte ihn die Freude auf, seinen Großvater, dessen eigenstes Leben in ihm weiterzutreiben schien, nun Herz an Herzen kennenzulernen. Er summte einige Lieder, die für voce und cembalo geschrieben waren, vor sich hin — ob sie schön oder verfehlt, trivial oder neu und eigen waren, empfand er nicht; aufgeregt und begierig, wie man einen Großvater, den man zum ersten Male sähe, würde erzählen hören, so las und summte er die Lieder durch, und wenn er mit einem fertig war, starrte er in die Ecke, und das Erlebnis, das ihm der Großvater eben vorgetragen, ward in seinem eigenen, jungklopfenden Herzen neu und warb in seiner Phantasie um neuen Ausdruck.

In der Spannung dieses Wechsels gehalten, vergaß er sich gänzlich und schrak erst empor, als ein plötzliches, grelles Licht die Kammer erhellte: der Regen hatte aufgehört, die sinkende Sonne war heiß hindurchgebrochen und strahlte blendend von einer hellen Wolke in die Dachluke herunter.

Heiner sollte längst bei der Arbeit sein, er packte flink die Noten in den Koffer, brachte alles in Ordnung und ging. Wohl ward es ihm noch eine Viertelstunde lang schwer, den Bann abzuschütteln; er war aber durch dies Erlebnis so erfrischt und beglückt, daß er dann alles mit einer lange vermißten Lust angriff.

Sooft schlechtes Wetter war, zog er sich nun auf die Notenkammer zurück, und es war ihm, als habe er die Welt verlassen, sobald er die spinnwebfarbig verhangene Lattentür von innen schloß. Er las in der Menge von Opern, Oratorien, Symphonien, Quartetten, Messen, Motetten, Kantaten, und fast noch mehr, als er las, träumte er Musik. Manchmal dachte er: Warum kommt mir nun nie das Verlangen, aufzuschreiben, was mir durch den Kopf geht? Zeit dazu hätte ich ja nicht, aber ich könnte doch den Wunsch haben! Und das brachte ihn einmal auf die Bemerkung, welch unendliche Mittel und geschmeidige Lebensfähigkeit der Geist habe. Mein Körper, dachte er, könnte keine paar Tage von der bloßen Vorstellung der Nahrung leben; mein Geist verlangt nichts so nötig wie Musik, und doch, da er den Klang nicht haben kann, begnügt er sich mit der Vorstellung des Klanges, schult sich auf den wachen Traum ein und scheint wenig zu entbehren, wird vielleicht dadurch nur um so feiner und lebendiger! Was gibt schließlich so eine schwingende Saite?! Sie ist Surrogat wie das Wort, das nicht halb so innig ausgesprochen werden kann, wie es gefühlt ist. Was würden wir einander für Musik machen, wenn wir keine Augen und Ohren, Hände und Stimmen dazu nötig hätten!

Einmal wurde er mit Schrecken aus seiner Versunkenheit geweckt. Er wurde vom Vater gerufen, und wie er auffuhr und lauschte, hörte er jenen die Treppe heraufkommen, in des Sohnes Mansarde und wieder heraus- und hinabgehen. Heiner bebte am ganzen Leibe und hielt sich still, bis nichts mehr zu vernehmen war; dann packte er die Noten weg, sank aber mit der plötzlichen Frage: „Warum hab' ich nicht geantwortet?" wieder auf das Stühlchen. Er stöhnte und empfand mit einer noch nie gefühlten Scham die Heimlichkeit seines Tuns. Dann stand er, sich gewaltsam fassend, auf und murmelte:

„Ja, so ist's nun! und nicht zu ändern! Wenn ich es sage — ich verschlimmere nur alles. Irgendeinen Ausfluß muß es haben!"

Er ging hinab und fragte nach des Vaters Begehren, der gar nicht weiter forschte, wo er gewesen sei.

Dies Vertrauen war eine neue Demütigung, unter der sich Heiners Herz peinvoll wand, und wäre er nicht nach einigen Worten wieder entlassen worden, hätte er noch eine Minute unter des Vaters Augen bleiben müssen, so wäre er wohl doch nicht imstande gewesen, zu schweigen.

Einige Tage versuchte er nun, dem Kämmerchen fern zu bleiben; aber es tat nicht gut, und so trieb er es wie bisher weiter.

Die Zeit verging, und mit der Sommerhitze kamen auch die Wochen, wo die Professoren nichts lieber in der Hand haben als ihre Notenbüchlein und, gleichwie die Hühner die unverdauten Körner aus dem Miste picken, jede schlechte Antwort aufspießen; — wo es hin und wieder einmal einem Schüler zu heiß wird, daß er in einer Art

Sonnenstich den luftigen mütterlichen Trockenspeicher aufsucht und zwischen den kühl und wohlig fächelnden Hemden und Sommerkleidern sein eigen irdisch Kleid an einen Balken hängt.

Heiner wußte, daß für diesmal nichts mehr zu retten war, doch arbeitete er in der Gewohnheit der Pflichterfüllung weiter. Wenn er sich im Wald erging, wo der Vogelsang schon stiller geworden war, wo es nur hier und da aus den Nestern piepste und schrie und die Alten hastig durch die Büsche streiften, wo der durchglühte Humus und die reifenden Beeren dufteten, da vergaß er Schule und Musik und sich selbst, da kam oft eine seltsame Verhaltenheit und Stille in sein Denken und Fühlen, daß ihm nachher war, als hätte er auf dem ganzen Spaziergang geschlafen. Doch ging er nun seltener hinaus, saß lieber in der Notenkammer, mochte es da auch drückend sein wie in einem Heißluftbad. Die Musik aber ward immer mehr von Grübelei verdrängt: was mußte der Schulschluß bringen? Was mußte ihm aber folgen? Derselbe Kampf, dieselbe Not? — Jetzt gingen seine einstigen Klassengenossen vom Gymnasium ab, er mußte noch zwei Jahre sitzen, nein drei, denn die Oberprima würde gewiß wieder zwei Jahre kosten! Wie sollte er das ertragen?! Konnte, durfte das sein? Hatte er keinen Ausweg? — Wohl träumte er sich manchmal eine halbe Stunde lang hinaus in die Freiheit, aufs Konservatorium, zu irgendeinem Lehrer, in zweckmäßige, begeisterte Arbeit! Aber den Weg hinaus fand er nicht, der blieb immer ein unberechenbarer Sprung. Wie war sein Vater zu überzeugen, umzustimmen? Das war und blieb die Hauptfrage; denn nur mit gütlichen Mitteln griff er sie an, Trotz gegen des Vaters Willen, Gewaltmittel waren ihm so fremd, daß er sie, wenn sie sich ihm etwa aus andern Beispielen darboten, ohne auch nur in der Phantasie mit ihnen zu spielen, beiseite schob.

Eines Tages sah er in seinem aufgeregten Grübeln eine

ganz undeutliche Möglichkeit, die er sofort versuchte. Er ging nach der Wohnung des Mathematikprofessors, die am Westend in einer sonnigen Straße lag; langsam und verweilend wegen der großen Hitze stieg er die schmale Treppe empor, die bis zum ersten Stock von Stein, dann von Holz war. An der Glastür des zweiten Stockes fand er neben der Schelle die Karte seines Lehrers und hörte zugleich innen auf dem Gang ein Geräusch. Die Meinung, man habe ihn schon gehört und komme, ihn einzulassen, vereinigte sich mit einer leidigen Befangenheit, und er wartete einige Augenblicke; als aber niemand erschien, riß er am Schellenzug. Ganz entfernt, durch Wände hindurch, hörte er läuten und dann eine Frauenstimme rufen:

„Helmuth, mach auf! Hörst?"

Nun wurde es im Gang wieder laut, unter Gerumpel und Gepolter kamen kleine Füße näher, und nachdem die Türfalle einige Male geschnappt hatte, aber der Hand wohl wieder entglitten war, ging die Türe auf, prallte jedoch an dem Innenstehenden ab und wäre wieder zugeschnappt, wenn nicht Heiner rasch den Fuß in die Spalte geschoben hätte. Nun rollte und rumpelte es wieder, eine kleine Hand mit einem nur noch halbmondförmigen Stück Butterbrot griff um die Tür herum, schob sie zurück, und in dem dunklen, nur durch die Glastür erleuchteten Gang stand ein weißköpfiges Bübchen von vier oder fünf Jahren in blaugestreiftem Leinenanzug, ohne Strümpf' und Schuh', im rechten, fettglänzenden Händchen sein Butterbrot, im linken Arm ein Wachstuchsteckenpferd mit vorstehenden Glasaugen und butterbeschmierter Schnauze; am Bein aber hatte der Kleine einen Schubkarren voll Bau- und Spielklötzen festgebunden, der bei jedem Schritt rumpelte und rollte und Klötze verlor. Als Heiner „Guten Tag" sagte, nahm das Knäblein rasch das Butterbrot in die linke Hand und gab ihm die rechte.

„Wie heißt du?" fragte Heiner, indem er dem Kleinen

über das weißliche Haar strich, um seine fett gewordene Hand abzuwischen.

„Friedrich Karl Wilhelm Otto Helmuth, und du?"

Heinrich kam sich diesem Heldennamenreichtum gegenüber so arm vor, daß er lächelnd sagte:

„Ich heiße nur Heinrich. Ist dein Vater zu Hause?"

„Der Papa ist dort drin!" erwiderte der Kleine und wies auf eine Tür.

Heiner suchte in seinen Taschen, fand aber nichts, das er dem Buben hätte schenken können; so tätschelte er ihm bloß die Wange und wandte sich nach der gewiesenen Richtung. Beim nächsten Schritt in dem dunklen Gang aber stolperte er über einen Bauklotz und schleuderte ausgleitend einen anderen gegen jene Zimmertür, daß sie dröhnte und drinnen die Stimme des Professors brüllte:

„Still, Helmuth, oder ich helf dir!"

Der Schüler mußte trotz einem plötzlichen Herzklopfen lächeln, ging nun aber rasch auf die Tür zu, klopfte und trat, nachdem es in ganz anderm Tone „Herein" geheißen, in das sonnenhelle Zimmer. Vom Schreibtisch am Fenster erhob sich der Professor und blieb überrascht oder geniert stehen, so daß er für die geblendeten Augen des Eintretenden sich von dem alten goldlichtdurchschossenen Fensterrouleau nur als ein schwarzer Schatten abhob. Es widerstrebte dem Schüler, mit einer Entschuldigung auf die Nebengeräusche seines Erscheinens zurückzukommen, und er bat einfach um einige Minuten Gehör. Der Lehrer trat mit einer gewissen Hast von seinem Stuhle weg, bot ihn dem Schüler an und setzte sich ihm gegenüber an die andere Seite des Tisches. Als Heiner sich auf das künstlich eingedrückte, in Sternform durchlöcherte Sitzbrett des Sessels niederließ, stieg seine Hoffnung, er fing mutig an und fragte, ob er denn wieder sitzenbleiben müsse. Der Lehrer nahm das Notizbuch vom Schreibtisch, las die ausschlaggebenden Notizen ab, zog das Mittel und sagte:

„Sie sehen, daß ein ‚Genügend' beim besten Willen nicht möglich ist."

Das hatte Heiner gewußt. Er legte nun dar, daß er nicht ein Universitätsstudium ergreifen, sondern Musiker werden wolle, daß der Vater seine Zustimmung von der Absolvierung des Gymnasiums abhängig gemacht habe und er selbst sich, wie wohl auch die Lehrer zugeben könnten, nach Kräften um dieses Ziel bemühe. Ein Jahr habe er schon zugesetzt, nun stehe ihm noch eins zuzusetzen bevor, in Oberprima dann vielleicht wieder eins, und er werde so im ganzen drei Jahre seiner Lebensarbeit zu entziehen gezwungen sein, nur um in einem Fache, das ihm doch nie lebendig werden könnte, durch beharrliches, mechanisches Lernen und Repetieren für einen Moment eine genügende Leistungshöhe zu erzielen.

Da der junge Mensch nicht fortfuhr, sondern plötzlich versonnen beiseite auf das Rouleau starrte, das auf vergilbtem Kaliko in blauem Druck eine Rheinlandschaft mit geschlängeltem Strom, kühner Burg auf steilem Bergkegel und unverhältnismäßig großen Bäumen zeigte und gerade an den dunkelsten Stellen durch Brüche und Löchlein diamantklares Licht hindurchblitzen ließ — so argwöhnte der Professor, der Knabe habe aus Scham nicht den Mut, auf den Kern der Sache zu kommen, und da er sich etwas darauf zugute tat, ein streng gerechter Richter zu sein und sich durch keine Rücksichten je das Urteil trüben zu lassen, so juckte es den guten Mann wohl, dem Schüler und sich selbst eine Probe zu geben, und indem er zuerst den dunklen Rundbart abstrich, dann über die Stirn und das schon gelichtete Haupthaar fuhr, sprach er nachsinnend:

„Ich verstehe ja gewiß — das ist ja sehr empfindlich für Sie! — Aber, Lindner, was ist da zu wollen?" Er zuckte dabei mitleidig langsam die Achseln, sah den Schüler mit krampfhaft festem Blicke grauer Augen an, als sage er: Die Gedanken, die du denkst, sind mir auch nicht einmal zu argwöhnen möglich, so rein bin ich! und schlug schließlich auf das Notizbuch, das er noch in der Hand hatte, als sage er: Dagegen ist nichts zu wollen!

Heiner war verstummt, weil er nichts weiter zu sagen hatte; denn er war nicht mit einem bestimmten Plane gekommen, sondern nur mit der verzweifelten Hoffnung, hier müßte eigentlich das Verständnis zu Hause sein, hier müßte eigentlich sein Vertrauen sachkundigen Beistand finden, und so wurde er nun durch jene verlogene Gebärde des Bedauerns doppelt gereizt; ihm ging es ans Leben, und der da wollte ihm Komödie spielen! Er vergaß Schüler und Lehrer, seine Augen blitzten unter der zusammengezogenen Stirn, er schüttelte die vorgestreckte Hand mit wegwerfender Gebärde und erwiderte:

„Und in diesem Buch haben Sie mehr als einen Mitschüler, der nicht ein Zehntel meines Fleißes aufbringt und nicht halb soviel weiß wie ich, genügend zensiert."

„Was?" brüllte der Mann in jenem hohlen Tone dazwischen, den er vor kurzem gegen seinen Buben gebraucht hatte, und stand mit teigfarbenem Gesicht auf. Auch Heiner fuhr empor und sah überrascht dem Lehrer ins zornige Auge, schaute dann, überlegend, was er gesprochen, die Rouleaulandschaft an, die goldig durchleuchteten grünblauen Berge, die blaugelben Wellen, die silbernen Punkte und Striche der Löcher, wandte sich dann mit beschämtem Lächeln wieder zu jenem, der auch überrascht stand und nichts sagen mochte, und sagte kopfschüttelnd:

„Sie mißtrauen mir, Herr Professor, Sie beargwöhnen mich — das ist nicht nötig. Sie meinen, ich hätte Ihnen Ungerechtigkeit vorwerfen oder zumuten wollen; das liegt mir fern. Ich meinte natürlich jene Schüler, die ein genügend wetterfestes Gewissen haben, um ihren Schwächen durch allerhand Schliche aufzuhelfen."

„Wer zum Beispiel?" fragte der Lehrer in einiger Verwirrung.

Heiner schüttelte lächelnd den Kopf; die Verdächtigung machte ihn ganz ruhig und kühl, denn sie zeigte ihm, daß er fehlgegangen sei. „Ich sage ja, Sie beargwöhnen mich, und darum will ich Sie auch gar nicht weiter mit meiner Angelegenheit belästigen."

„O bitte!" sprach der Professor etwas befangen, „ein Mißverständnis kommt ja vor — reden Sie nur!" —

„Ich danke Ihnen. Ich will nur noch sagen, in welcher Meinung ich mich zu Ihnen wagte; ich möchte keinen falschen Eindruck hinterlassen. Ich dachte", sprach er schwerfällig und stockend, „es sei einem Lehrer, der mit einer Zahl über das Wohl und Wehe eines Schülers entscheidet, auch wertvoll, über so einen Schüler und seine Sorgen mehr zu erfahren, als gerade auf der Schulbank laut werden darf, weil es doch noch eine feinere Waage gibt als so ein Notizbuch, und weil — weil es noch andere Wege gibt —"

Ehe er weitersprechen konnte, rief der Mathematiker mit zunehmender Stimme:

„Ich verzichte auf Ihre Belehrungen. Jetzt können Sie reden, in der Schule kriegt man nie eine Antwort von Ihnen! Lebenszweck — um den Schulzweck handelt es sich! Können oder Nichtskönnen! Eingebildetes, anmaßendes Geschwätz! In meinem Leben ist mir das noch nicht vorgekommen!" Er war bei so brüllender Stimmkraft angekommen, daß ihm die Stimme umschlug.

Heiner betrachtete die sonnige Rouleaulandschaft, den Rhein und Drachenfels, und erst als der zornige Mann verstummt war, wandte er sich zu ihm und sagte:

„Es tut mir sehr leid, daß ich Sie so aufgeregt habe, verzeihen Sie, Herr Professor! — — Man wehrt sich halt seiner Haut!" setzte er wie im Selbstgespräch und achselzuckend hinzu, verbeugte sich und ging zur Tür.

Der Professor, dem die ernste Gefaßtheit des jungen Menschen nun doch auch ein seltsam ernstes Gefühl erweckte, machte hastig ein paar Schritte auf ihn zu, streckte die Hand nach ihm und schien etwas sagen zu wollen; Heinrich aber kehrte sich nicht mehr daran und ging.

Als er auf den dunklen Gang hinaustrat, stand in der gegenüberliegenden, zu den hinteren Zimmern führenden Tür eine junge frische Frau im gebauschten Sommerkleid mit einem runden Kind auf dem Arm, das an seinem Händchen lutschte. Die Neugierige blieb ungeniert stehen, sah den Jüngling an, und als er grüßte, lächelte sie mitschülerhaft, zog mit fragendem Blick die schwachen Brauen empor und wandte ihm mit bezeichnendem Ruck des blondumwirrten Kopfes das Ohr zu. Er mußte auch lächeln, nickte ihr grüßend wie einer alten Bekannten zu und trat näher. Er hatte nichts zu sagen; aber wie man im Winde draußen gern einmal hinter einem schützenden Baum oder Busche haltmacht, so tat es ihm wohl, bei ihr zu stehen. Er fühlte gar nicht, wie hübsch sie war mit ihren naiv neugierigen blauen Augen und dem schwatzlustig halbgeöffneten Mund, er sah das schöne gesunde Kind an, das ihn, ohne zu fremdeln, mit großen Augen anstarrte und langsam am Daumen lutschte.

„Was hat es wieder gegeben?" flüsterte sie eifrig, indem sie das Kind bequemer nahm.

„Ah!" antwortete er und sah ihr bitter lächelnd in die jungen Augen. „— Zahlen, Zahlen! Wissen Sie, es gibt so böse Zahlen!"

Mitleidig erschreckt riß sie die Augen auf, hob dann die Hand, alle fünf Finger spreizend, und fragte, den Krauskopf aufs linke Ohr neigend:

„Hm?"

Scherzhaft mit der Hand abwehrend, erwiderte er:

„Oh — viere genügen schon!"

„— nicht! wollen Sie sagen?!" fiel sie mit wichtigem Ernst ein.

„Stimmt!" sagte er; sie aber lachte mit innigem Vergnügen an ihrem Witz und zeigte ihre prächtigen, starken Zähne; Heiner lachte behaglich mit.

„Wie heißen Sie denn?" fragte sie.

„Raten Sie!" antwortete er gemütlich.

„Rat, rate, was ist das,
's ist kein Fuchs und 's ist kein Has' —"

leierte sie; „ja, was ist's denn dann für ein Tier? Zeigen Sie mal!" Sie runzelte die Stirn und sah ihn kritisch an:

„Ein Birkener ist's nicht, ein Büchener auch nicht, ein Forler wieder nicht! ein Pappeler — ist's beinahe! am Ende ist's gar ein Lindner!?"

„Richtig kuriert!" lachte er.

„Gelt aber!" rief sie stolz, als hätte sie etwas Schwieriges geleistet.

Er wollte ihr gerade sagen, sie sei „des Gescheitles Dicke", da klangen starke, heulende Klarinettentöne aus des Professors Zimmer; überrascht schaute er um, denn er hatte gar nicht mehr an diese Nähe gedacht, und doppelt überraschte ihn, daß die Frau nun fragte:

„Haben Sie ihn geärgert?"

„Wieso?"

„Ha, wenn er wild ist, bläst er immer so, je wilder, desto gefühlvoller! Hören Sie nur! — Zu Nacht zu kochen brauche ich heute schon nicht, das seh' ich kommen."

Heiner horchte einen Augenblick, wie der Bläser Mendelssohns Lied „Auf Flügeln des Gesanges" heulend und querulierend unendlich breitzog, dann brummte er ungeduldig:

„Du heiliger Strohsackzipfel!", grüßte lächelnd die heitere Frau, tätschelte dem Daumenlutscher auf ihrem Arm die dicken Backen und floh, von den kläglichen Tönen verfolgt, die Treppe hinab.

Auch ein Musikalischer! dachte er. Ein schlechter Musikant! Ein saumäßig schlechter Musikant, also wär's ein ganz guter Mensch nach dem Sprichwort! Und nun dachte er an seine Unterredung mit ihm und schämte sich. Es quälte ihn, daß er sich einem so grob mißverstehenden und argwöhnischen Menschen hatte anvertrauen, daß er hier Beistand gegen den eigenen Vater hatte suchen wollen und daß er sich nicht einmal unzweideutig hatte aussprechen können; es war ihm fast, als ziehe er da nackt über die Straße, er schüttelte sich einige Male heftig, mit dem zornigen Entschluß, diese Gedanken fortzuschleudern; als sie aber immer wiederkamen, hielt er sie fest und sagte:

„Was ist's denn? Ich habe mich geirrt, sonst wär' ich nicht hingegangen! Er hat sich geirrt! — Strich darunter! Er schämt sich und macht darum schlechte Musik — ich schäme mich und mache keine schlechte Musik, also bin ich im Vorteil! Was will ich mehr?! — Ach ja, was will ich mehr!" Und nun dachte er heimwandelnd an seine Musik und seine Aussichten und fühlte sich plötzlich abgespannt und todmüde.

Als er dann mit dem unwillkürlichen Seufzer:

„Ach ja! Ich kenne mich halt nicht mehr aus!" in seine Stube trat, fand er den Notwang dasitzen, der ihn nun fragend groß anschaute. Da berichtete er mit kurzen Worten seinen unüberlegten Gang. Notwang schüttelte den Kopf und sagte vor sich hin:

„Bist du ein Kind! Hättest du mir ein Wort davon gesagt, ich hätte dir den Ausfall buchstäblich prophezeit. Er wird in der Konferenz nun darlegen, daß du, von der Mathematik abgesehen, schon wegen bedauerlicher Neigung zur Unredlichkeit und wegen Mangels an moralischem Gefühl nicht für Oberprima reif seist! — Und nicht einmal herausgegeben hast du ihm, wie er's verdient! ‚Verzeihen Sie, Herr Professor, aber da mein Vater nicht Staatsminister noch Ministerialrat ist, meine gymnasiale Karriere sich also nicht ganz von selbst nach Wunsch zu regeln prädestiniert ist, so glaubte ich, halt selbst mal ein

Wörtchen dazugeben zu müssen!' Wenn du wenigstens so geantwortet hättest! Aber du wirfst deine besten Chancen weg."

„Warum soll ich den Mann beleidigen? Jeder, wie er's versteht!"

„Warum? — weil das deine beste Aussicht war! weil sie dich dann aus der Anstalt gewimmelt hätten! weil du dann frei gewesen wärst!"

Heiner schüttelte wieder den Kopf.

„Ja, du schüttelst wieder den Kopf", fuhr Notwang fort, „und hast leider Gottes und des Satans ganz recht damit; denn gewimmelt werden und dergleichen stimmt allerdings nicht zu dir; aber ich sage dir, es ist schwer für meine schöne Seele, dir zuzusehen. Mir ist oft, als müßte ich dich unter die Joppe nehmen, wie einen neuen Strohhut im Regen! Wie willst du denn mit solchen Naivitäten und Zartheiten durchs Leben kommen?! — Aber rächen werd' ich mich an diesem vertrockneten Logarithmus da. Wenn ich dem von morgen an eine Arbeit abliefere und eine einzige Frage richtig beantworte, dann hab' ich noch nie einem das Maul angehängt. Und wenn er mir dann eine schlechtere Note gibt als an Ostern, so gehe ich zum Direx, verlange in der Konferenz schriftlich und mündlich geprüft zu werden, und will diesen Formelritter blamieren, daß ihn noch die Erdschollen auf seinem Sarg auslachen sollen!"

„Na, mach' keinen Unsinn!" wehrte Heiner ungläubig ab; der Freund aber rieb sich die Hände und rief:

„Das wird gemacht! Das wird gemacht! Hoffentlich fällt er darauf rein!"

Elftes Kapitel

Die übrigen Wochen vergingen langsam für Heiner, der immer dasselbe vor sich sah, ohne sich dareinfinden zu können, der langsam immer tiefer in stille Trostlosigkeit versank und immer weniger an einen Ausweg glaubte.

Ein paar Tage vor Schulschluß fragte ihn sein Vater nach Tisch, als sie gerade allein im Zimmer waren:

„Nun, wie steht's? Wie sind die Aussichten?"

„Schlecht! Ich werde halt wieder nicht promoviert", antwortete der Sohn.

Der Vater sah ihn betrübt an, schüttelte langsam den Kopf und schritt stumm hin und her. Heiner empfand das sorgenvolle Mitgefühl seines Vaters und sprach nach einer Pause, in der Hoffnung, dieser Augenblick sei für eine Lösung günstig:

„Vater, mir ist, als könnt' ich auf dem Gymnasium nicht mehr viel holen, außer eben dem Abiturientenzeugnis, das ich nicht nötig habe; das aber würde gewiß noch drei Jahre kosten, eine Ewigkeit! eine Ewigkeit! Kein Mensch könnte verschwenderischer mit seinen Jahren umgehen!"

Der Vater blieb stehen und sagte kopfschüttelnd:

„Verschwendung? Verschwendung?! Lieber Sohn, der Wert der Arbeit und des Jahres liegt nicht im unmittelbaren äußeren Erfolg, sondern in dem, was durch die Arbeit und die Erfahrung an dir, deinem seelischen Teil und

Charakter gereift und gefördert wird. Die künstlerische Reifung setzt eine menschliche Reife voraus, die aber kann dir nicht auf dem Klavierstuhl oder am Notenpult kommen, sondern nur im Kampfe deines Willens mit dem des Schicksals, mit der Notwendigkeit, mit der Härte des Lebens — wie du sagen willst. Für dich mit deiner Neigung, dich abzuschließen, dich einzukapseln und nur auf das dir Wesensverwandte einzugehen, ist vielleicht nichts besser als diese harte Zucht der Gymnasialzeit, und in diesem Betracht scheint es mir kurzsichtig, die Zahl der Jahre anschlagen zu wollen!"

So richtig diese Bemerkung sein mochte, sie war allzusehr aus abstrakter Erfahrung gemacht, allzusehr von außen her; und ein Kreis ist für den Außenstehenden eben kein Kreis, sondern ein Oval, und so berechnete der Vater nicht, ob sein Sohn vielleicht in einem Zustande sei, wo die laufenden Erfahrungen nichts mehr zu reifen fänden. Heiner selbst aber w u ß t e zwar wohl, daß er noch kein fertiger, ausgereifter Mensch war und sein konnte, er f ü h l t e sich aber nach seinen Kräften und Umständen durchaus reif und konnte des Vaters Meinung nicht annehmen; sie fiel ihm schwer aufs Herz, und erst nach einer Weile erwiderte er:

„Täglich stundenlang Mathematik, morgens und abends Mathematik, die mir nie etwas nützen wird, die mir stets fremd bleiben und vier Wochen nach dem Abiturium in Grund und Boden hinein vergessen sein wird — ist das keine Verschwendung?! Die Musik aber, auf die ich mein ganzes Leben bauen möchte, die soll ich unterdrücken, als wenn sie etwas Schlechtes wäre!" — Er schwieg unsicher, und da er, bei seiner Heimlichkeit angekommen, sich schuldig fühlte, so legte er sich das ernste Schweigen des Vaters ungünstig aus und, um die Übermacht seiner Veranlagung zu betonen und vielleicht noch wirksam zu machen, zum Teil, um sein Gewissen zu befreien, zum

Teil aber auch nur, weil er gerade so geschwächt war, daß er es nicht festhalten konnte, gestand er, wie er, um den störenden Einfluß der verhaltenen Musik zu beseitigen, gezwungen war, ihr auf den Spaziergängen und in der Dachkammer auch ohne Geige und Klavier ihr Recht zu geben, und daß er sich nur auf diese Weise für die Schularbeit einen freien Kopf habe schaffen können.

Der Vater hatte ihn ausreden lassen, blieb nun stehen, sah ihn ein paarmal kurz und scharf an und überlegend auf die Seite und sagte dann in ungewöhnlich gedämpftem Ton:

„Und das sagst du mir jetzt erst? Heiner, Heiner, das hätt' ich nicht von dir erwartet!"

„Verzeih mir, Vater, es ging ja nicht anders! Glaub mir doch, ich hätte meine Pflicht nicht tun können ohne diese Ableitung, es war das einzige Mittel!"

„Laß das jetzt!" sprach der Vater in demselben stillen und kühlen Tone wie vorher. „Ich muß mir erst beibringen, daß du mich hintergangen hast! Es ist das erstemal, soviel ich weiß. Das macht mir Mühe, Heinrich." Er sah ihn noch einmal an, als wollte er etwas sagen, dann verließ er plötzlich das Zimmer.

Heiner war zusammengezuckt bei dieser schweren, harten Auffassung, sprang nach der Tür, um dem Vater nachzueilen, öffnete sie aber nicht, blieb stehen und fragte sich selbst, was er denn sagen wollte oder könnte. Er könnte wieder um Verzeihung bitten; aber wie er seine Heimlichkeit nicht absichtlich gehalten, sondern, von den Umständen in die Enge getrieben, harmlos und unbewußt begonnen, dann von dem Tag an, wo ihn der Vater rief, halb aus Hilflosigkeit, halb aus Klugheit und nur in guter Absicht fortgesetzt, so konnte er sie auch jetzt nur von Herzen bedauern, aber nicht als eine Unredlichkeit empfinden; sie war ihm in seiner Verwirrung entrissen worden, wie den Opfern der Inquisition auf der Folter Bekenntnisse von

Verbrechen erpreßt wurden, an die sie nie auch nur gedacht hatten. Was ihn nun quälte und auch nicht mehr zu ruhigem Atem kommen ließ, war die schmerzliche Enttäuschung seines Vaters, das Mißtrauen, das in diesem aufgewachsen war und nun nicht nur die Zukunft durchwuchern, sondern vielleicht sogar die klare, ungetrübte Vergangenheit überspinnen würde!

Dieser Schmerz überwältigte alle Mächte der Gewohnheit, des Pflichtgefühls, des Arbeitsverlangens, Heiner tat nichts, saß und ging im Zimmer umher, wehrte sich gegen seine Gedanken und erlag ihnen immer aufs neue.

Als sein Freund kam, bat er ihn, wieder zu gehen, da er in Gedanken und keiner Gesellschaft fähig sei.

Manchmal blieb er, um sich abzulenken, vor dem Bücherbrett stehen, nahm das und jenes Buch, blätterte, suchte etwas, das ihn sonst erschüttert und über ihn emporgerissen hatte — alles war lahm und bedeutete nichts. Auch das Neue Testament zog er heraus und fing von vorn an, die Kapitelüberschriften und da und dort eine Stelle zu lesen, ob ihm denn vielleicht hier etwas gesagt würde. Als er im Lukas zur Geschichte vom zwölfjährigen Jesus im Tempel kam und zu dem Vers: „Und sie verstanden das Wort nicht, das er mit ihnen redete", da mußte er weinen und warf sich aufs Bett. Und lange dachte er über diese Stelle nach. Dann griff er wieder zum Evangelium, blätterte und las weiter, auf dem Bett liegend. Im Anfang des Johannes stieß er auf die Hochzeit von Kana und begann zu lesen; aber schon beim vierten Vers: „Jesus spricht zu ihr: Weib, was habe ich mit dir zu schaffen!" fuhr er auf, schrie in Schmerzen:

„Das ist gelogen!" und warf das Büchlein an die Wand. Und er fand keinen Trost. Nur erschien es ihm unmöglich, daß sein Vater bei der harten Meinung bleiben könnte, und er erwartete manchmal bange, daß jener im nächsten Moment ihn rufen würde. Aber es geschah nicht.

Als er bei Tisch wieder mit dem Vater zusammentraf, war dieser unbefangen wie sonst, nur ließ er manchmal seine Augen schwer auf dem Sohne ruhen; dann erhob Heiner stets auch die seinigen und bohrte sie mit heißem, schmerzlich festem Blick in die des Vaters und beschwor ihn stumm: Denke nicht schlecht von mir, Vater!

So war es auch am nächsten Tage, an dem Heiner aus seiner Trostlosigkeit manchmal plötzlich auftauchte und seltsame Possen trieb: alberne Kommersbuchlieder, denen er nie die geringste Acht gegeben hatte, las er mit lauter, pathetischer Stimme; er öffnete das Türchen zum Werk seiner Kuckucksuhr und ließ, mit Hilfe des Regulierungsdrückers am Schlagwerk, zweimal zwölf Stunden abschlagen und kuckucken; er stellte sich an sein Mansardenfenster, und wenn jemand auf dem gegenüberliegenden Fußsteig vorbeiging, machte er „Bßt, bßt!" trat zurück und freute sich, wenn die Person stehenblieb und sich nach allen Seiten umschaute. Hinterher aber überkam ihn sein Leid nur um so zehrender.

Am späten Vormittag des dritten Tages sollte Schlußakt in der Schule sein. Heiner hatte erst spät in der Nacht Schlaf gefunden, aber um so fester und tiefer geschlafen und fand sich morgens in einer ruhigen, gegen alles freundlichen, gelassenen Stimmung. Beim Frühstück beteiligte er sich harmlos am Gespräch und sagte einmal ganz unbefangen:

„Heute ist also Schlußakt, und zwar der neunte! Heute gehen sie ab, meine früheren Kameraden, heute werden sie muli, Maulesel. Weißt du, Stephele, warum sie nun Maulesel sind? — Weil es heißt: ‚Das Maultier sucht im Nebel seinen Weg!' Heute nacht aber wird ein Nebel um sie sein, wie im Anfang der Genesis."

Der Vater senkte stirnrunzelnd den Kopf.

Nachher ging der Bursch, um sich die Zeit bis zur Schulfeier zu vertreiben, im Garten auf und ab, sah die Blumen an und lauschte den Vögeln. Manchmal zog ihm frischleuchtend, klar und leicht wie ein Spiegelbild auf einer Bachwelle ein Tag seiner Kindheit durch das Herz, ohne daß er ihn zu halten suchte, und mit Wonne genoß er die kühle, feuchte Luft durch alle Poren.

Dann überkam ihn die Musik mit lange nicht gespürter Kraft, ohne sich zu bedenken, ging er freudig erregt hinauf und setzte sich an das Klavier. Der Vater drunten in seinem Arbeitszimmer hörte ihn mit Erstaunen, und da er noch durch Heiners Scherze am Kaffeetisch, die in solcher Stimmung neu waren und wohl aus Trotz kommen mochten, gereizt war, begab er sich hinauf ins Klavierzimmer. Heiner ließ sich nicht stören und spielte weiter; er hatte keine Noten vor sich. Der Vater blieb widerstrebend doch stehen und hörte zu. Es waren lebendige Töne aus freier Brust, ernst, klar und stark, wie der ferne Amboß von Schmiedehämmern tönt, wie Posthornklang und Pferdegewieher in den frischen Morgen hinaus.

Als er geendet, blieb er sitzen, ohne aufzusehen. Das verdroß den Vater aufs neue, ihm war es die Widerspenstigkeit eines Sohnes, der sich plötzlich mit plumpem Trotz der väterlichen Führung entreißen will; was er in den letzten Tagen an Heiner erlebt hatte, stimmte nicht mehr zu dem Bild, das er all die Jahre her von ihm gehabt; er sträubte sich wohl gegen das, was ihn betrübte, vermochte aber doch nicht, es auf eine lautere Quelle in dem jungen Menschen zurückzuführen. Seine ihn selbst peinigende Unsicherheit, ja fast Ratlosigkeit dieser Wandlung gegenüber wurde nun aber noch durch die offenbare Gleichgültigkeit Heiners so empört, daß er, um so schroffer in seine väterliche Respektstellung hinaufgetrieben, mit künstlicher Kälte sprach:

„Das soll wohl heißen: Ich mach' mir gar nichts aus euren Wünschen und Sorgen!"

„Nein, Vater!" erwiderte Heiner ruhig und bescheiden,

„verzeih, ich mußte wieder einmal spielen! Es ist so lange her! Es kam so rasch über mich, ich konnte es nicht bezwingen."

„Zum Beweise, daß du dich nicht bezwingen kannst, hätte das Zeugnis, das du mir heute heimbringen wirst, genügt!"

Heiner fühlte sich mit einem Male müde; in diesen Schulfragen hatte er ja schon so lange alle Beweis- und Überzeugungskraft verbraucht, er antwortete nichts.

„Du sagst ruhig: ‚Ich kann mich nicht bezwingen', als sei damit alles erledigt. Wenn dir das bißchen Zwang für dieses Ziel zuviel ist, wie willst du all den Selbstzwang aufbringen, der zum selbständigen, rechten Leben nötig ist!"

Heiner zuckte mit schwerem Seufzer die Achseln und sagte tonlos:

„Ich weiß nicht."

Dies ging dem Vater zu Herzen, und er sprach:

„Heinrich, glaubst du nicht, daß ich mir schwere, bittere Sorgen um dich mache? Meinst du, ich sei leichten Herzens hart gegen mein eigen Fleisch und Blut?! Aber was soll werden, wenn ich es nicht bin?"

„Nein, Vater, das mein' ich nicht und hab' es auch nie gemeint; aber — es tut doch weh. Verzeih mir und glaube mir, daß ich dir niemals in irgend etwas habe zuleide leben wollen!" Er war zu ihm hingetreten, konnte sich nun aber nicht mehr beherrschen und stürzte, nachdem er hastig des Vaters Hand ergriffen und geküßt hatte, zur Tür hinaus.

Der Vater schaute erschrocken nach der Tür, wo Heiner verschwunden war, schüttelte den Kopf und schüttelte ihn immer wieder, ging hin und her und sagte zu sich:

Es ist ja keine Kleinigkeit für ihn, es muß ihm ja fürchterlich sein! Und ich muß ihn sanfter anfassen, damit er zunächst einmal wieder ruhiger wird und man vernünftig reden kann. Ich muß ihn entschieden sanfter anfassen! —

Weiß Gott, leichter, alle Prozesse der Welt zu führen, als einen jungen Menschen zu behandeln!

Nach einiger Zeit suchte er den Sohn, der war aber schon fortgegangen.

Heiner wollte in den Wald, sich irgendwo niederwerfen, das Gesicht ins Moos drücken und die Zeit über sich dahingehen lassen, wie man in der Wüste den Sandsturm über sich dahinfegen läßt. Als er aber vor dem Hause auf und ab schaute und die liebe, alte Straße mit ihren lieben, alten, kleinen, behaglichen, blitzblanken Häusern halb in der Sonne, halb im Schatten daliegen, als er in einiger Entfernung einen Hausknecht in weißer, wehender Schürze und blauweiß gestreifter Jacke eifrig die ehrwürdigen Messingbeschläge, Türgriffe und Schellenzüge blankputzen, da und dort an Parterrefenstern die Säume der schon niedergelassenen Markisen im Winde spielen sah und an die kühle Dämmerung der Zimmer dahinter dachte, da leuchtete mit einem Schlage seine freie, klare Morgenstimmung wieder in ihm auf. Er blieb noch stehen und lächelte freundlich die Straße an.

Schräg gegenüber ging das Einfahrtstor auf, ein Soldat führte ein schlankes, weißes Rößlein heraus, und gleich darauf kam ein kleiner, runder Infanteriehauptmann, stieg auf einen neben dem Torpfeiler eigens hierzu angefügten, hohen und breiten steinernen Tritt und stand einen Augenblick da wie ein Heiliger auf seinem Postament; da hatte der Bursch auch schon das Tier wieder ans Haus herangeführt, der dicke Herr nahm die Zügel, tat einen versuchenden Ruck, als wollte er den Schimmel umreißen, und hob sich langsam und schwer in den Sattel. Er ließ sich vom Diener noch den ledigen Steigbügel an den rechten Fuß schieben, dann richtete er sich stramm auf, streckte die Beine steif vom Pferd ab und erwiderte mit freundlicher Höflichkeit Heiners Gruß.

Heiner dachte, wie manchmal er als Schulbub von dem

liebenswürdigen Herrn auf den Schimmel gehoben worden war und die halbe Straße hin oder im Hofe herum hatte reiten dürfen, besonders im Jahr nach dem Feldzug, als er eine Dragoneruniform mit richtigen, männlich gebauten Hosen mit Stegen dran vom Christkind bekommen hatte, stolz ein eisernes Kreuz und einen vergoldeten Friedenskreuzer auf der Brust trug und den Schleppsäbel rasseln ließ.

Er schritt hinter dem Davonreitenden die Straße hinab, hatte nun aber kein Verlangen mehr nach dem Wald, sondern ging in die Stadt, in die belebteren Straßen und Plätze. Da kamen Leute, bestaubt und mit halbwelken Blumen in der Hand, von frühen Spaziergängen oder vom Milchtrinken heim, andere eilten mit dem Badezeug zur Bahn, um an den Rhein zu fahren, sonnverbrannte, bestaubte Militärkolonnen marschierten heim zur Kaserne, vor allem aber erquickte ihn das Marktgewühl, die hellfarbig und luftig gekleideten Frauen und Mädchen, die fühlbare, allgemeine Lust an den prangenden Früchten und Blumen des Sommers. Er dachte nur an das, was er sah.

Schließlich gesellte sich ein Schulkamerad zu ihm, und es war Zeit, ins Gymnasium zu gehen. Einmal sagte der andere zu ihm:

„Dir wird's auch nicht ganz extra zumut sein! Schimpft dein Alter arg, wenn du wieder hocken bleibst?" und dem Heiner fiel zum ersten Male auf, daß er niemals das allgemein übliche Schuldbewußtsein des Schülers, der ein schlechtes Zeugnis heimbringt, gehabt habe, und er dachte: Es ist die verkehrte Welt!

Als in der Aula Gesang, Reden und Vorträge vorüber waren und die Exekution begann, drängte sich Heiner durch die Menge hindurch, verließ den Saal und wartete auf seinem Platze im Schulzimmer das Zurückkommen der Klasse und die Verteilung der Zeugnisse ab.

Der Professor fragte sofort, wie er am Katheder stand:

„Lindner, waren Sie unwohl?"

„Nein!"

„Sie haben doch die Aula verlassen und sind nicht mehr zurückgekommen!"

„Ich mochte das nicht mehr mit anhören."

Irgendeiner lachte kurz auf, als wollte er sagen: Auch nicht übel! Der Professor machte ein böses Gesicht und rief:

„Was?! — Ja, was fällt denn Ihnen ein! — Und das sagen Sie mir so ganz unverfroren?!"

„Ich kann nur sagen, wie es ist!" antwortete Heiner ruhig.

„Immer schöner! Sie führen sich ja zum Schluß noch nett auf! Sie haben es mit Ihrem Zeugnis gerade noch nötig, unverschämt zu werden. Wäre nicht Schulschluß, so kämen Sie mir nicht so durch; ich mag mich aber nicht noch mit Ihnen aufhalten. Hier" — er durchsuchte die Zeugnishefte, „hier haben Sie Ihr sauberes Zeugnis, das ist schon Strafe genug! und verlassen Sie sofort das Lokal! Da!" Geringschätzig warf er ihm über die Köpfe der andern das Heft zu.

Heiner blickte ihn kurz und ernst an, fing das Heft nicht auf, ließ es fallen, wohin es fiel, und verließ, ohne ein Wort zu sagen, die Klasse.

„Werner!" befahl der Professor einem Schüler, „rufen Sie den Lindner zurück, er soll sein Zeugnis mitnehmen!"

Werner ging, kam zurück und war verlegen.

„Nun? Haben Sie ihn nicht mehr eingeholt?"

„Doch —"

„Na, und? Halten Sie uns nicht auf!"

Mit verlegenem Lächeln sprach Werner:

„Lindner sagte — — auf diesen Ton könnte er nicht eingehen, hat er gesagt und ist die Treppe hinunter."

Der Lehrer blickte grimmig über die Klasse hin: es wurde mäuschenstill, die meisten verbissen gesenkten Kopfes ihr Behagen, einige brave Büblein schauten mit tadelloser Andacht und Ergebenheit den Herrn an. Einer aber lachte breit und zufrieden hinaus, und zwar diesmal Karl Notwang.

„Schweigen Sie!" herrschte der Professor ihn an. „Heben Sie Lindners Zeugnisheft auf und geben Sie es mir!"

Notwang rührte sich nicht.

„Nun? Hören Sie nicht? Wird's bald?"

Notwang rührte sich immer noch nicht.

„Notwang! Wollen Sie meinem Befehl Folge leisten oder nicht?"

„Nein, Herr Professor, auch ich nicht!"

Der Lehrer ward ganz weiß im Gesicht, biß die Zähne aufeinander, daß die Kinnladen aus den Backen heraustraten, und sagte in künstlich gleichgültigem Tone:

„Bei Ihnen braucht einen das ja nicht zu wundern, Sie kennt man ja. Sie werden aber auch schon noch dran denken!"

Dann wandte er sich mit mildem, bedauerndem Tone an einen Schüler, den er beim Vornamen zu nennen liebte, der das Heft denn auch holte und mit behutsamer Ehrerbietung dem Professor brachte, während durch einige Bänke ein böswilliges, höhnisches Brummen wanderte. Der Lehrer aber hielt es für politisch, jetzt nichts mehr zu hören, und erledigte die Entlassung mit indignierter Einsilbigkeit.

Heiner hatte gezittert, als er die Treppe hinabschritt, aber mit Bedacht seinen Schritt gemäßigt, damit man ihn etwa noch einholen könnte und es nicht aussähe, als sei er feig davongelaufen.

Wozu war das jetzt noch? dachte er dann. Ich habe dem Manne doch niemals bösen Willen gezeigt oder frech geantwortet. Kann so einer nicht auch einmal eine kleine Übertretung nachfühlen? Muß er gleich an Unverschämtheit und Bosheit denken? — Übrigens hätt' ich auch gleich ganz wegbleiben können! Wozu denn das noch?! Der Karle Notwang wird nun auch einmal seine Freude an mir haben, obschon ich es wahrhaftig nicht so gemeint habe wie er; übrigens weiß er das. Die andern freilich werden denken, da ich ja doch nichts mehr verderben kann, hätt' ich es nun auch einmal riskiert und meine Wut ausgelassen. Na — meinetwegen!

Heiner wollte nun in den Wald und den ganzen Kram vergessen. Es war aber Mittag, und da er gegen seine Gewohnheit um zehn Uhr nichts genossen hatte, so hungerte ihn; er suchte ein Hökerweib, kaufte sich Pflaumen und Birnen und bei einem Bäcker Laugenbrezeln und lenkte vors Tor hinaus dem Walde zu. Auf dem Weg begegneten ihm kleinere und größere Schüler mit Zeugnissen in den Händen, weinende, sich streitende und schimpfende, vergnügte und solche, die vor sich hinpfiffen.

So müßt' ich nun auch dahinwandeln! dachte er.

Im Walde suchte er sich abseits von den Wegen einen niedrigen, etwas waagrechten Ast, auf den er sich setzte. Er aß und las dazu die Zeitung, worein die Brezeln geschlagen waren, ein Stück einer illustrierten Sonntagsbeilage: erst eine Beschreibung des Ameisenbären, eine biographische Notiz zu einem Porträt des ermordeten Kaisers Alexander II. von Rußland, ein sentimentales Gedicht von Robert Prutz, eine Anzahl Anekdoten und Witze, und dann löste er auch noch das Bilderrätsel.

Nachdem er satt war, steckte er die übrige Brezel und ein paar Birnen in die Tasche und zog die Mundharmonika heraus, setzte sie aber gleich wieder vom Munde, ging tiefer in den Wald hinein und wollte nach einiger Zeit gerade eine breite Waldstraße überschreiten, da hörte er eine Stimme und einen langsam heranrollenden Wagen, zuckte zurück und blieb im Gebüsche stehen: in dem Wagen saß Helene neben ihrer Tante.

Gestern war sie angekommen, hatte einen Besuch in

Heiners Elternhaus gemacht und ihm, der nicht zu Hause war, viele Grüße sagen lassen und sie käme heut nachmittag wieder.

Sie saß bequem in dem langsam durch den grünen Gewölbgang einherziehenden Wagen; sie war ganz licht gekleidet, ihr Sonnenschirmchen hatte sie hinter sich zurücksinken lassen und schaute unter einem mäßig großen Strohhut hervor versonnen ins Weite, während ihre Hände eine Rose zerpflückten. Keines sprach. Als hätte der Wagen nicht Lenker noch Insassen, als wären die Pferde irgendwo mit ihm weggelaufen und schlenderten mit ihm weiter, solange sie Weg fänden, so kam er verträumt heran, mit dumpfem, schleppendem Hufschlag, leisem Klirren und Klatschen des Riemenwerks, trägem Rumpeln und Kreischen der Räder.

Gerade als er vor Heiner vorbeiging, sagte die Tante:

„Muß das sein, daß du diese schöne Rose zerrupfst, Mädel?"

Helene drehte erstaunt den Kopf zur Tante, so daß Heiner gerade in ihre großen, versonnenen Augen sehen konnte, dann schaute sie die Rose in ihrer Hand an, sagte:

„Ach je! Das hab' ich ja gar nicht gemerkt!" warf den Rest zum Wagen hinaus und klopfte die Blätter vom Kleid. Dann zog der Wagen wieder still fort.

Heiner trat etwas vor und sah den Wagen mit den Sonnenschirmen, dem hellen und dem dunklen, langsam kleiner werden und endlich verschwinden.

In starrer Bangigkeit hatte er nachgeschaut, nun drückte ihn das Herz, daß er sich ganz kraftlos fühlte. Er trat zurück, warf sich, wo er vorhin gestanden, zu Boden und preßte das Gesicht in die Hände; ein paarmal stieß er stöhnend ihren Namen hervor, dann lag er wieder still, und nur sein Körper zuckte hin und wieder. Endlich erhob er sich langsam, schaute mit bleicher, finsterer Miene nochmals die Straße entlang und murmelte:

„So ist's nun — so! Du dort, ich hier! Und bist noch an mir vorübergefahren; und dein Herz hat dir nicht gebebt wie eine Wünschelrute! Und nichts hat dir zugeraunt im Näherkommen: Warm — heiß — lichterloh! und im Entfernen: Heiß — warm — lau — kalt! — Wenn du wüßtest, daß du an mir vorbeigefahren bist —! — Ah, sei froh, daß du es nicht weißt und mich nicht mehr gesehen hast! Ich wenigstens bin froh. Leb' wohl, leb' wohl, Schatz!" Nun kamen ihm die Tränen, er schlug sich wieder in den Wald und lief blindlings daraufIos.

„Ein armer Teufel bin ich schon!" murmelte er schluchzend. „Wie es kommt, weiß Gott! Zu viel Sonne für das Pflänzlein oder zu viel Regen oder zu viel Mist! Buchenspinner, Kartoffelkäfer, Reblaus — kurz:

Tu ne quaesieris, scire nefas, — — —
quem tibi finem di dederint!

sondern reiche stoisch deinen Arm hin, laß dir dein rosiges Blut abzapfen und lächle auf irgendeine Art!"

Er kam an den Militärweg zum Exerzierplatz, ein Trupp Soldaten zog stäubend und singend einher:

„s' ist alles dunkel, s' ist alles trübe,
weil mein Schatz mir untreu ist.
Ich hab's geglaubt, sie liebet's mich!
aber nein, aber neine!
aber nein, aber neine!
aber nein, aber nein, sie hasset's mich!"

Fremde Augen scheuend, blieb Heiner im Walde stehen und hörte zu:

„Was nützet's mich ein schöner Garten,
wenn andre drin spazierengehn
und pflücken's mir die Röslein ab,

daran ich meine,
daran ich meine,
daran ich meine Freude hab'."

Der Trupp war herangekommen, nebenher schritt ein junger Leutnant, den Säbel bequem unter dem Arm, und schaute, mit schräg gehaltenem Kopf, lächelnd auf den Weg, ein früherer Kamerad Heiners, der von Obersekunda abgegangen war.

„Was nützet's mich ein schönes Mädchen,
wenn andre mit spazierengehn
und küssen's ihr die Schönheit ab,
daran ich meine,
daran ich meine,
daran ich meine Freude hab'."

So verklang das Lied mit den Schritten der Soldaten. Dem Heiner war es bei dem wohlgemuten, marschmäßigen Absingen der schnurrigen Melodie des traurigen Liedes wohl geworden, so daß er schließlich lächelte.

„Das war nun nett von dir, lieber Kamerad!" murmelte er, „ich hab' dich auch immer gern gehabt, seit du eines von diesen frischen, appetitlichen, vergnügten jungen Leutnäntchen geworden bist!"

Mit wehmütigem Behagen, das eben gehörte Lied summend, schritt er den Weg hin, bog nach einiger Zeit wieder in den Wald ab, nahm die Harmonika an den Mund und blies, im munteren Marschtempo durchs Grün streifend, die Melodie und hatte sein Vergnügen daran, wie sie auf diesen flüsternd orgelhaften Tönen nun erst recht barock klang. Das Lied wollte ihm nicht mehr aus dem Kopf.

Endlich aber wurde er schläfrig, legte sich nieder und fühlte im Halbschlaf den Klang und Takt des Liedes durch den ganzen Körper, ja, sein Puls schien ihm danach zu gehen.

Darüber schlief er allmählich tief ein.

Dann träumte er wüste, wirr durcheinandertreibende Träume; schließlich aber stand er aufatmend auf einem dünn bewaldeten Hügel und schaute durch eine Lichtung in das Gold der untergehenden Sonne, das durch die schwarzen Bäume eines fernen Hügels über das schattige Flußtal herüberblitzte. Und wie er so sein Auge zwang, die scharfen Strahlen auszuhalten, und sich wunderte, daß er noch nicht geblendet sei, wehte durch jenen schwarzen Wald von der Sonne her, manchmal im Winde wirbelnd, ein goldig flimmerndes Kastanienblatt. Das war Helene. Es kam endlich so heftig auf ihn zu, daß er schon vorher den Drang der Luft spürte und beklommen ward, und als es bei ihm war, packte es ihn und riß ihn, ohne im Fluge anzuhalten, vom Boden weg und durch die Bäume, die schattengleich vorbeistoben, mit fort ins Freie, eisern ihn umschließend. Erst fürchtete er, sie möchte ihn fallen lassen, und suchte sich an sie anzuklammern, da war nichts, wo er sich hätte festhalten können. Bald aber fühlte er sich selbst leicht und sicher in der Luft, spürte den Griff nicht mehr und fing an, mit ihr zu plaudern. Sie antwortete singend in einer ihm ganz unbekannten Sprache, die er gleichwohl verstand, und sagte einmal:

„So können wir fliegen, soweit wir wollen, ans Ende kommen wir doch. Warum hast du mir nicht gesagt, daß du mich magst? Nun hab' ich mich so gehärmt! Ich bin doch ein Mädchen."

Bald darauf aber ließ sie ihn gleiten und schien schneller in den blauen Himmel emporzufliegen, einer großen, weißen Wolke entgegen, auf der sich goldene Pinien langsam in die Himmelsbläue wiegten. Das sah er noch mit einem letzten, schmerzlichen Blick, dann sank er, trostlos und müdegeweint wie ein Kind, in die Tiefe. Er hatte kein Gewand mehr an und fühlte die Luft kühl, körperlich und feucht wie Wasser, seinen Leib umspülen, wunderte sich über das Wellenspiel und -glänzen und wie er doch nicht naß würde. Er sank und kam hinab auf einen runden Rasenplatz, dessen weiches Grün von wilden Astern, Zeitlosen und Margeriten durchwirkt und rings von einer dreifachen Birkenreihe umgeben war. Die Birken waren hoch und schlank, und das herbstliche Laub der schmalen Kronen hing wie goldene Girlanden um die silbernen Säulen der Stämme hernieder; wie eine Kuppel von blaßblaudurchsichtigem Edelstein wölbte sich der Himmel darüber, und die Sonne glänzte als Schlußstein von der Mitte des Gewölbes herab. Hier landete er und sah sich selbst drüben am Rande des Platzes stehen in einem leuchtenden Mantel von blauer, gewässerter Seide, mit einem Thyrsos den Takt schlagen und zugleich ohne Instrumente, ohne den Mund aufzutun, die Musik ausströmen, nach der auf dem Rasen Mädchen in weißen und Jünglinge in rubinroten Gewändern den Reigen tanzten. Manchmal wirbelte ein Wölkchen goldener Birkenblätter um den Musikanten herab, daß er wie von großen Leuchtkäfern umschwärmt war. So stand sein Ebenbild drüben; hüben aber reihte er sich in das junge Volk ein, tanzte in kindlicher Wonne mit und hielt zugleich jenen drüben im Auge, ob es nicht Täuschung sei. Als er nun so nahe drüben vorbeitanzte, daß er jenen mit ausgestrecktem Arme hätte berühren können, ward ihm angst; denn er sah ihn so fremd und gelassen an wie jeden andern, auch war die Musik, die von ihm ausging, so sonderbar und mit keiner Stimme und mit keinem Instrumente zu vergleichen. Seine Erregung aber schwand im Entfernen, und als er wieder am entgegengesetzten Ende war, dachte er: Wie kann ich dort stehen und hier tanzen? Träum' ich denn? Ich muß doch einmal noch näher hintanzen. Im Näherkommen aber fiel ihn wieder das Bangen an, er hielt sich zurück und fragte das schwarzlockige Mädchen an seiner Hand:

„Sag', wer ist's, der dort steht und Musik macht?"

Sie blickte ihn groß und auffordernd an, als wollte sie sagen: Kennst du mich denn nicht?! lächelte mit ihren Grübchenwangen und rief:

„Ei, wer denn! — ich doch!"

Er hatte sie angeschaut. Wie er sich nun aber wieder nach dem Ebenbild umschaute, da f ü h l t e er auf einmal sich selbst dort stehen, mit dem Thyrsos klingend den Takt schlagen und sich im Odem der ausströmenden Musik wonnig erbeben und dachte, den Reigen überschauend: Wo bin ich nun? Da ist keiner, der mir gleicht, ich habe vorhin doch geträumt! Aber schau', wie schön sie schweben, ohne Härte und Schwere nach meinem Liede, und wie keiner sein eigen ist! Die Bäume sogar durchbebt es, und alles ist dasselbe!

Indem er so dachte, schwoll die Wonne in seinem Herzen, und das Lied brauste mächtig wie der Sturm aus ihm und trieb ihn selbst in die Höhe; im Niederschauen sah er die smaragdgrüne Wiese im goldenen Birkenkranz, überschwärmt von den roten und weißen Gestalten, kleiner werden, dann war wieder nichts weiter um ihn als die weichen, kühlen, wasserähnlichen Luftwellen, die den Klang seines Liedes nach allen Seiten forttrugen, ihn selbst aber damit einlullten, so daß er entschlief.

Als er wieder erwachte, sah er ein Eiland mit breitem, gelbem Strand und silbergrüner Höhe sich aus den blauen Fluten heben und hörte eine Frauenstimme ein eintönig klagendes Lied übers Wasser heraussingen, so daß nicht nur die Wellen, sondern auch allerhand Fische, Vögel und fabelhafte Seetiere auf das Ufer zujagten, er selbst mitten darin. Wie ein Seelöwe mit halbem Leibe auf den Strand fahrend, schaute er auf: da ruhte ein paar Schritte weiter oben im Sande, auf einem Mantel von stumpfem Grün, der am Rande mit goldenen Streifen durchwirkt war, auf den linken Ellenbogen aufgestützt, Ariadne; um die Hüften hatte sie in dünnen Falten einen schwarzseidenen

Schleier geschlungen, der ihr bis zu den elfenbeinfarbigen Knöcheln floß. Ein langhaariges, weißes Kätzchen trippelte, schweifschlagend und sich reibend, um ihren aufgestützten Arm und schlenkerte ab und zu ein Bein, als sei es ins Wasser getreten. Ariadne aber sang, in die Ferne blikkend, und einförmig wie ihr Lied stieg und sank ihre Brust.

Er erhob sich aus dem Wasser, trat zu ihr und sagte:

„Helene!" denn sie schien es ihm aus der Ferne zu sein; nun aber in der Nähe und, als sie ihn anblickte, schien sie es nicht: dunkelbraun wellte sich ihr das Haar um die schmalen, blassen Wangen und über die schlankschönen Schultern hinab, schwarzblau glänzte ihr großes, trauriges Auge, und ihre Haut hatte den weichen, gelblichgrauen Schimmer des weißen Samts. Sie hörte auf zu singen, ihr trauriges Auge leuchtete in seinem Anblick still auf, sie streckte ihm langsam die Hand hin, sagte:

„Kommst du? Komm!" und zog ihn zu sich. Ihre Hand war weich und kühl wie die Flut, aus der er kam, und ängstlich verwirrt kniete er vor ihr nieder, die ihm nun doch Helene zu sein schien. Sie strich ihm mit der Hand übers Haar und die Wange, daß es kühl durch seinen Leib schauerte, versuchte zu lächeln und sagte mit klangloser, schmeichelnder Stimme:

„Kommst du endlich! Ich wußte ja, daß du mich liebst und kommen würdest auf meinen Ruf, aber es hat mich getötet. Du bist so blaß, es hat auch dir das Herz verzehrt."

Da wurde ihm unendlich weh, er schluchzte auf und dachte: Was hab' ich getan! Was hab' ich getan!

Sie aber setzte sich aufrecht, brach mit der Linken einen Finger von der Rechten, schob ihn ihm in den Mund und lächelte glücklich. Da aß er ihn und wurde hungrig und sah nach ihrer Hand, aus der kein Blut floß; Finger um Finger brach sie von der Hand und Stück um Stück vom Arm bis zur Schulter, er aß willenlos und bang, und ihr

Gesicht leuchtete immer mehr auf. Sie sprach mit dankbarem Lächeln:

„Nun hab' ich noch mein Herz, das mußt du dir selber herausbrechen, nimm, es ist ja dein!"

Er schüttelte den Kopf, brach weinend zusammen, drückte das Gesicht auf ihre Knie und blieb liegen.

Das Meer brauste laut auf, der Wind rauschte in der Seide ihres Schleiers, ihre Hand spielte in seinen Locken, und mit wohllautender Stimme sang sie ein inniges Lied, das ihm wohlbekannt schien, aber es hatte keine Worte, und er besann sich vergebens darauf. Dann fühlte er ihre beiden Hände kühl an seinen Wangen, sie wandte sein Gesicht zu sich empor, er erstaunte nicht darüber, daß sie wieder beide Arme hatte, ihre Augen senkten sich tief ineinander, und er dachte: Wer bist du? Wer bist du mir? Da lächelte sie geheimnisvoll und verheißungsvoll, beugte sich herab und küßte ihn weich auf die Stirn. Der Kuß war kalt wie Marmor und rieselte ihm durch den ganzen Leib, und in seligem Wohlbehagen fühlte er sein Bewußtsein schwinden.

Er fuhr erwachend auf, starrte nachsinnend vor sich hin und spürte wieder den kühlen Fleck auf der Stirn; er streifte mit dem Finger darüber hin und wischte einen großen Tropfen Wassers ab. Er sah empor und sah über der Lücke des Buchengrüns eine zerflossene, weiße Wolke, hielt die Hand hinaus, bekam aber keinen Tropfen mehr.

„Also der einzige Tropfen vielleicht, den die Wolke fallen läßt, muß durch diese grüne Kluft herunter auf meine Stirn fallen und mich wecken!" sagte er und setzte nach einer Pause hinzu: „Und wenn mich meine Wolke fallen läßt, wen mag ich wohl treffen?"

Dann dachte er lange seinen Träumen nach und sagte endlich: „Schlafen! — vielleicht auch träumen! Gewiß! Vielleicht aber auch erst recht wachen, ‚wenn unser sterblich Teil wir abgeschüttelt'!"

Er stand auf, schaute sich um und konnte sich nicht erinnern, von welcher Seite er gekommen sei, da der Boden flach und gleichmäßig von Buchenstangen bestanden war; er mußte sich nach der Sonne orientieren, seine Uhr zeigte etwas mehr als drei Uhr. Nun nahm er sich vor, in bestimmter Richtung draufloszuwandern, bis er aus dem Wald käme oder durch irgend etwas abgelenkt würde, einen tüchtigen, ermüdenden Marsch, wie er schon lange keinen mehr gemacht.

Im Gehen aber dachte er wieder an seinen Traum und sann der seltsamen Musik nach. Die menschliche Stimme hat am wenigsten stofflichen und nachahmbaren Klang, doch jene Töne waren noch anders; die Stimmen der Vögel kann man noch mit Instrumenten vergleichen, jene Musik aber nicht! Er vertiefte sich so in die Erinnerung, daß ihm einzelne Wendungen wiederkamen, setzte sich kaum bewußt auf einem Baume nieder und bemühte sich, auf der Okarina, immer wiederholend, die Traummusik zusammenzubringen: oft fehlten ihm mitten drin nur wenige Takte: versuchte er aber, sie phantasierend zu ersetzen, so kam ihm dies so kläglich und banal vor, daß er ärgerlich den Kopf schüttelte und durch immer neues Wiederholen die Erinnerung doch noch hervorzulocken suchte.

„Da sieht man's wieder", sagte er, „wie die geistige Anlage und Kraft durch das Bewußtsein unseres sterblichen Teiles verkümmert wird: das ist einfach empörend!" Er ließ aber nicht nach.

Durch Geräusch und Geflüster wurde er gestört und sah in geringer Entfernung Kinder stehen und nach ihm hersehen. Er rief sie herbei, ein braunes, geschmeidiges Mägdlein von dreizehn, vierzehn Jahren, einen derben Buben von etwa zehn und eine Kleine von sechs bis sieben Jahren mit Körben und irdenen Töpfen. Zögernd und sich nacheinander umschauend, kamen sie heran. Er fragte sie nach allem möglichen. Sie waren Arbeiterkinder, dem

Vater hatte die Fräse die halbe Handbreite durchgeschnitten, die Hand hatte ihm abgenommen werden müssen und wollte gar nicht verheilen, es währte schon lange; die Mutter ging seitdem auf Arbeit, obgleich sie noch einen Säugling hatte, und die Kinder mußten nun auf irgendeine Weise auch einen Kreuzer verdienen; die Älteste kochte und besorgte das Kleinste, jetzt hatte sie es der Nachbarin gegeben, um auch Beeren zu suchen. Auf seine Frage, ob sie auch tüchtig Beeren gegessen hätten, sagten sie nein, nur ganz überreife oder gedrückte. Er kaufte ihnen zwei Töpfe voll ab und bestimmte, daß die zwei kleineren Geschwister den einen, das Mägdlein mit ihm den andern äße. Das Kleinste griff sofort zu, die beiden größeren sahen zögernd die Beeren an, das Mädchen sagte, sie habe keinen Hunger, er, lieber wolle er seinen Teil verkaufen, zog dabei die Kleinste an der Schulter zurück und raunte:

„Du! nit!"

„Gut!" erwiderte Heiner, „ich schenke euch also die beiden Töpfe voll. Jetzt will ich sie aber noch einmal kaufen!" und gab ihnen zum zweitenmal den Preis. Der Knabe nahm freudig das Geld an, während die ältere Schwester abwehrte und meinte, das sei nichts; sie mußte sich aber darein finden. Nun ergriff Heiner die Töpfe, setzte sich mit ihnen unter einen Baum, rief die Kinder, ließ sie die Hände hinhalten, schüttete jedem ein Häuflein Beeren hinein und sagte:

„Jetzt hab' ich euch von der Gasse in meinen Garten gerufen und gebe euch Beeren zu essen, jedem ein Tellerlein voll. Esset! Will sehen, wer am ersten fertig ist!"

Die zwei Kleinen stopften hinein, was in den Mund ging, und ließen in der Hast manche daneben rollen; die Ältere aber pickte mit zwei Fingern Beere für Beere auf und meinte, so schmecke es besser. Er selbst aß auch mit. Dieses Spiel wiederholte er, bis die Töpfe leer waren;

dann ging er mit ihnen einen Beerenplatz suchen, half ihnen, die geleerten Töpfe wieder füllen.

Dem Mägdlein tat vom Suchen das Kreuz weh, es reckte sich häufig mit schmerzlicher Gebärde, da hieß Heiner sie ein wenig sitzen, verteilte ihnen die drei übrigen Birnen, brach die Brezel in vier Teile, deren er selbst einen aß, und sie saßen eine kleine Weile essend und plaudernd. Als aber die beiden Kleineren anfingen, sich mit den Birnenstielen, die sie immer wieder haschten, zu bewerfen, rief Heiner, nun habe er ihnen geholfen, sie sollten ihm dafür auch einen Gefallen tun und ihm ein Lied singen. Da sie ja schon lange genug mit ihm zusammen waren, drehten und zierten sie sich nicht mehr viel: die Kleinste sang, indem sie oft falsche Worte sagte und manchmal überhaupt aussetzte, der Bub schrie mit dröhnender, unwiderstehlicher Schulbubenstimme, die Schwester sang mit weichem, kleinem Ton und überwand die Scheu nicht ganz, obschon Heiner etwas abseits saß und auf der Okarina begleitete. So wurde das Lied vom armen Häslein:

„Gestern abend ging ich aus,
Ging wohl in den Wald hinaus —"

ganz abgesungen. Auch ein paar Reigenlieder mußten sie zum besten geben, und es ward dem jungen Menschen seltsam wohl zumute, wie er die drei Kinder dort den kleinen Ringelreihen schreiten sah, singen hörte und dazu blies; es schien ihm auch nicht rechte Wirklichkeit zu sein. Nun war nichts Erregtes mehr in ihm, Erinnerungen aus seiner Kinder- und Spielzeit kamen und gingen, schön und glücklich, ohne Wehmut zu hinterlassen, wie man schöne Bilder ansieht und weitergeht: man kann sie ja jeder Zeit wiedersehen, und wäre es nur im Geiste.

Dann verteilte er den Kindern noch den Inhalt seiner Börse und schickte sie heim. Sitzenbleibend sah er ihnen nach, wie sie sich zusammendrängend und einander ihre

Schätze weisend abzogen; noch einmal blieb das Kleinste stehen und winkte ihm, dann auch die beiden andern und riefen:

„Danke schön!"

Dann verschwanden sie, und er hörte nur noch ein Weilchen ihre Stimmen. Darauf wurde es ganz still im Walde.

Er blieb sitzen und horchte, die Stille nahm ihn ein, er vergaß alles und wartete, schwer und langsam atmend. Endlich sagte er mit schwankender Stimme:

„Jetzt könnt' es eigentlich genug sein!" Der seltsame Hall seiner Stimme tat ihm weh, er ward unsicher und fühlte plötzlich einen unbestimmten Mangel. Er stand auf.

„Nein! Gehen wir noch ein Stücklein!" und merkte im Schreiten, daß er zitterte. Eine schmerzliche Bangigkeit faßte ihn und Sehnsucht nach einem Menschenherzen, nach Ruhe; dabei wurden seine Gedanken immer unruhiger und fuhren hastig hin und her: seine Dachkammer, Vaters Härte und Mißtrauen, Notwang, Helene, sein Traum, der Kaffeetisch im Garten, an dem sie zu Hause, auch Helene, jetzt sitzen mochten, die Mathematik, seine Mutter, das liebe Mutterherz, der Wald, der Wald, die Stille, die irgend etwas mit ihm vorhatte —!

Er kam in eiligen Lauf und schlug die Richtung nach dem Wildpark ein. Nicht so viele Bäume! Große, lichtstehende Eichen, Hirsche, Rehe, der weiße Hirsch! Ob Karl Notwang wohl schon heimgefahren war? Mußte nicht hier in der Nähe seine Schmiede sein? Er hatte ihm ja den Platz einmal genau beschrieben! Vielleicht war Notwang dort!

Und anstatt vollends zum Parke zu gehen, suchte er nun, Notwangs einstigen Beschreibungen folgend, ein großes Stück Waldes ab, indem er Richtungspunkte festhielt und in parallelen Zügen hin und her ging. Das war ein schweres Stück Arbeit! Und er vergaß alles darüber.

Manchmal täuschte er sich, wenn er schwachgetretenen Pfädchen folgte, und hatte Mühe, sich wieder zurechtzufinden.

Endlich sah er eine Handvoll Mandelschalen am Boden liegen und war nun sicher, in der Nähe zu sein; denn Notwang hatte hin und wieder plötzliche Gier auf Mandeln und Nüsse und aß dann den ganzen Tag nichts als sie und etwas Brot. Es dauerte nicht mehr lange, und er stand vor einer gleich am Boden sich teilenden, dreifachen Tanne, mit tief herablangenden Ästen, rings von Laubholz umgeben. Im Dreieck und so voneinander entfernt stiegen die Stämme empor, daß durch einen, zwischen ihrer zwei hineingeklemmten Prügel ein leidlicher Sitz mit Rücklehne herzurichten war. Ringsherum war der Boden vertreten und bedeckt mit Nuß-, Mandel- und Birnenschalen, Kirschen- und Pflaumensteinen, Zigarettenstumpen, ganz klein zerrissenem Papier, welken Rosen und sonstigen Zeichen eines sonderbaren Biwaks, was alles Heiner mit lächelnder Neugier musterte. Als er den im Gebüsch versteckten Prügel gefunden, den Sitz hergestellt und versucht hatte, schaute er über sich zwischen den drei Stämmen empor und entdeckte in einiger Höhe einen eingeschlagenen Pflock, der zur Erleichterung des Aufstiegs diente.

Er kletterte sofort hinauf und kam zu einem guten Aste, von dem die Zweige und Unebenheiten abgeschnitten waren, offenbar der Dachkammer des Dichters. Der Platz war gerade so hoch, daß des Sitzenden Auge auf der einen Seite über die Wipfelwellen des gleichmäßigen, nur selten von einem andern Baum überragten Buchenwaldes hinstreifen konnte. Schön war es, durch die dunklen Tannenäste über das grüne Meer hinzuschauen, das doch den Blick begrenzte, und in den blauen Himmel mit seinen Sommerwölklein!

Als sich Heiner dann in der nächsten Nähe umsah, entdeckte er am Nachbarstamm im Winkel unter einem starken Ast in zwei Drahtschlingen ein zusammengerolltes Büchlein, das aber trotz dieser geschützten Lage die gelben Spuren und Runzeln mancher Durchnäßtheit trug: Hölderlins Gedichte. Er schlug auf, hatte aber keinen Sinn zum Lesen, doch fand er noch eine unbenutzte Postkarte darin, auf die Notwang einen Gedichtanfang gekritzelt hatte:

Noli me tangere!

Das Reinste bin ich auf der schönen Erde
und Gottes Hauch geht ungetrübt durch mich
und weht dir zu aus jeglicher Gebärde;
darum: rührst du mich an, befleckst du dich!

Eine weitere halbe Strophe war so dicht überkritzelt, daß kein Buchstabe mehr zu erkennen war. Heiner las die Verse ein paarmal, blätterte dann wieder im Hölderlin und murmelte:

„Was ich von ihm kenne, ist allerdings so!"

Notwang hatte aber bei den Versen nicht Hölderlin im Sinne gehabt.

Heiner blieb sitzen, dachte an seinen kräftigen, wehrhaft frechen, unverwundbaren Freund und dessen Schwärmerei für den armen, in seiner Blüte zerstörten Hölderlin und erquickte sich an dem Gedanken, daß so das Verschiedenste durch- und ineinander lebt und wirkt, dadurch noch über die grausamen Kräfte triumphiert und alles Zeitliche zunichte macht.

Die Sonne stand schon niedrig und spielte ein warm rieselndes Goldlicht über die ihr zugekehrten Wölbungen der Wipfelwogen, während die abgekehrten, aus einem rauchähnlich sie überstreichenden Sonnenlichtdunst, in stillen, grünen Schatten absanken; so spielte es herrlich über das weite, grüne Meer, nur da und dort glühte das rote Geäst einer überragenden Forle aus ihrem dunklen Nadelwerk auf.

Heiner dachte: Wie ist die Erde so schön! und fühlte plötzlich nach dem Elternhaus und allen Lieben ein zehrendes Heimweh, dem er nicht widerstehen konnte; er steckte das Büchlein in seine Tasche, stieg hinab und machte sich eilig auf den Heimweg. Innige Freude und Erwartung pochten in ihm, Bäume und Straße und Sonnenglanz und die Wolken am Himmel waren so schön, als hätte er sie noch nie gesehen, und sein Fuß flog so leicht über den Boden der Stadt zu.

Als er aber an die ersten Häuser kam, die Straße zum Gymnasium hin, das Eckhaus seiner heimischen Straße und die Leute sah, mußte er stehenbleiben: alles, was von ihm gewichen war, sank mit plötzlicher Wucht auf ihn, daß er kaum atmen konnte; und der sich den langen Nachmittag so schuldlos und frei gefühlt, sich so leicht und spielend bewegt, das Verschiedenartigste klar und heiter empfunden und in sich lebendig gemacht, dem die Überwindung und ihr Geistesfrieden seit langem einmal wieder sein eigentliches Leben hatte aufblühen lassen, der sah sich hier nun wieder als gequältes Schülerlein durch die öden Gassen schleichen, gedrückt, ausgehungert, um sein gottgegebenes Teil betrogen, sah sich in trübes, zweideutiges Verhalten, in elende Heimlichkeit, der er ja nicht gewachsen war, hineingedrängt, fühlte sich mißkannt, beargwöhnt, mißachtet von seinem eigenen Vater und schwach, so schwach gegen all dies —. Ein Schrecken und Abscheu schüttelte ihn, er riß sich gewaltsam herum, stammelte:

„Um Gottes willen nicht!" und lief wieder zur Stadt hinaus.

Unter den Bäumen aufatmend, hielt er in einem plötzlichen Einfall an, nahm die Postkarte mit dem Vers aus dem Büchlein, adressierte, schrieb unter die Strophe:

„Leb' wohl, mein lieber Freund! und vergiß nicht, daß auch wir dem Asklepios einen Hahn schulden!

Versschmiede . . . Heiner."

Bedachtsam ausschauend, ob er auch keinem von den Seinigen begegne, ging er zum nächsten Briefkasten und kehrte dann hastig in den Wald zurück.

„Gott sei Dank!" sagte er. „Was hätte ich beinahe getan im Taumel! Nun — ich wär' ja morgen schon wieder zu mir gekommen!"

„Aber so ist's besser! Ja, der Geist ist willig, aber das Fleisch ist schwach — und intrigiert in der liebenswürdigsten Maske gegen ihn."

Er lief lange umher und beruhigte sich, während es langsam dunkel ward.

Einmal kam ihn der Jammer um die Eltern hart an. Die arme Mutter! Aber was half da! Würde es natürlicher sein, wenn ihn ein Ziegel erschlüge oder der Typhus wegraffte? Ist Gottes Wille im Ziegel und im Typhus — warum nicht auch in mir?! Wäre es für sie nicht zehnmal schlimmer, ansehen zu müssen, wie mir nach und nach alle Räder über den lebendigen Leib gehen?! Vielleicht träumt sie heute nacht, wie wohl mir ist!

Der Wald war still und dunkel, der Mond schien nicht; wenn Heiner im Gehen aufsah, so trieben die Sterne wie Feuerfunken über den Lücken des Waldes dahin. Manchmal raschelte es auf dem Boden oder im Gezweig, manchmal tönte ein verlorenes Zwitschern, ein kurzes Singen oder ein seufzerähnliches Piepsen, oft war kein Laut als das Geräusch seiner Schritte. Ab und zu blieb er stehen, um dem unbekannten Ruf eines Tieres in der Ferne zu lauschen, und dachte: Der Notwang wüßte, was das ist!

Einmal kam er zu einer geräumigen Lichtung, in der nur ein paar vergessene, vereinzelte Bäume ihre schwarze Gestalt mit stillem, schwerem Ernst in den sternhellen Himmel reckten; zwischen dem Gestrüpp des Bodens leuchtete es da und dort bleich auf, als seien Sterne aus ihrer Höhe herabgefallen und schimmerten mit ersterbendem Scheine noch ein Weilchen weiter. Befangen und behutsam wollte er die Stätte umschreiten, da rauschte plötzlich etwas mit kreischigem Schrei über seinem Kopfe dahin, daß er zusammenschrak und stille hielt. Ein Vogel von der Größe eines schweren Huhnes, mit struppigem, haubigem Kopf und etwa von grauer Farbe, umkreiste mit wellenförmig ruckweisem Fluge die Lichtung, hin und wieder einen unwirschen Schrei ausstoßend; klar schwamm der Schatten durch die Helle des Himmels, ging dann im Dunkel des gegenüberliegenden Waldrandes auf, nur noch am Flügelrauschen oder Schrei bestimmbar, kam näher und stob wieder über den Stillstehenden hinweg.

Gebannt sah und hörte Heiner zu und voll seltsamer Erwartung, wie wenn er einer heimlichen Feier heimlich beiwohnte.

Und bald, als seien sie nur durch das Eindringen des fremden Wesens gestört und zurückgescheucht worden, tauchte da und dort noch ein Vogel aus dem Schatten und schwang sich mit demselben unwirschen Schrei in die Runde: bald ruderten in hastigem Bogen hintereinander einige Vögel durch die Sternenhelle, bald brausten hüben oder drüben am dunkeln Waldrand die Flügel und gellten die Rufe; fernher aber, immer aus derselben Stelle des Waldes drüben, ertönte einzeln, in bemessenen Abständen, derselbe Schrei.

Heiner starrte hinaus, er folgte nicht mehr den Flügen, blickte nach nichts, aber er sah und fühlte alles zumal: das lebendige Flimmern der Himmelslichter, das blasse, tote Schimmern der über den Platz verstreuten Leuchten, die trotzig aus der Lichtung aufgereckten Schatten der Bäume, das sausende Auftauchen, Kreisen und Verschwinden der kreischenden Schatten, den gleichmäßigen Schrei aus dem Walde, seinen eigenen Bann und die peinigende Hetzjagd seiner Gedanken, die nach dem Sinn dieses Schauspiels suchten.

Mit einem Male tauchten die Schatten nicht mehr aus

der schwarzen Waldwand auf, und jeder Laut war erstorben; der ungebärdige Kampf dieser seltsamen Wesen, der toten Nacht das Leben abzuringen, war von der toten Nacht verschlungen, die Sterne zitterten am Himmel, als wollten sie fallen, die blassen Lichter am Grund glommen leblos weiter, die Schatten der Bäume standen in unheimlicher Starrheit.

Heinrich horchte noch in die Stille, dann trat er leis wie von einer Leiche zurück in den Wald, aus dem er gekommen war.

Feierlich erregt schritt er weiterhin noch lange auf einem breiten Weg zwischen den Säulen des jungen Buchenschlages hin und her, bis er im Weitergehen von einem warmen Hauche geweckt wurde; die Wärme kam aus dem tiefen Schatten eines alten mächtigen Baumes, unter dessen dichtem, weit herabreichendem Schirme sie noch vom Tage her sitzengeblieben war. Heiner trat unwillkürlich unter den Baum wie in ein warmes Gemach, legte sich nieder, und bald schläferte die Wärme ihn ein.

Letztes Kapitel

Zu derselben Stunde saß in Heiners Zimmer bei flakkerndem Kerzenlichte Karl Notwang im Lehnstuhl und wartete auf jenen, obschon er überzeugt war, daß er umsonst warte. Er hatte nachmittags den Freund besuchen wollen und hinterlassen, dieser könnte ihn bis zum Abendzuge, mit dem er heimreisen wollte, in seiner Wohnung treffen; als Heiner sich aber weder dort noch auf der Bahn einstellte, nickte Notwang ernst mit dem Kopf, gab sein Gepäck ab und ging zurück in das Lindnersche Haus.

Helene war da, und alle warteten mit unterdrückter Unruhe. Ab und zu erinnerten Vater oder Mutter oder Stephanie daran, daß man sich nicht wundern dürfe, da es ja von jeher Heinrichs Art gewesen sei, wenn ihn etwas besonders erregt habe, fortzulaufen, einen halben oder ganzen Tag auszubleiben und dann zu ihrem Erstaunen vollständig beruhigt und heiter heimzukommen. Notwang antwortete nichts und dachte: Ja, schwätzt nur! Wenn ihr das glaubtet, würdet ihr es euch nicht so oft wiederholen! Hin und wieder beobachtete er Helene, von der er noch kaum etwas wußte; sie saß still da mit großen, abwesenden Augen und fuhr manchmal plötzlich empor und lauschte.

Als er einmal mit dem Vater allein war, blickte Notwang diesen finster an und sagte rauh:

„Machen Sie sich nur nichts weis, Heiner kommt nicht zurück!"

Herr Lindner erschrak und fragte:

„Wieso? Wissen Sie etwas?"

„Nein! von Heiner aus wenigstens nicht; aber von mir aus, ich fühl's! Er hätte die Rüpelhaftigkeit des Professors heute mittag nicht so stilvoll refüsiert, wenn er nicht mit dem ganzen Krempel fertiggewesen wäre!"

Der Vater runzelte die Stirn, seines Sohnes Widersetzlichkeit gefiel ihm nicht; indessen hatte er den Schrecken verwunden, dachte nicht so schlimm von der Sache und fragte:

„Ja, meinen Sie, Heiner würde nicht mehr in die Schule wollen?"

Notwang stieß ein kurzes Lachen heraus und erwiderte:

„Gewiß nicht mehr! — Ich an seiner Stelle wäre schon vor zwei Jahren davongelaufen. Er kann ja sofort in jede Kapelle eintreten, er kann sich ja in jeder Stadt mit Leichtigkeit durchbringen! Wenn ich ihn nicht kennte, würde ich sagen: Ich begreife nicht, daß er das nicht längst getan hat!" Es lag ihm auf der Zunge, zu sagen: Aber aus demselben Grunde wird er es wohl auch jetzt nicht tun! er verschluckte es jedoch.

Herr Lindner ging schwer nachdenkend hin und her.

Nach einer Pause brach Notwang mit gereizter Heftigkeit los:

„Was soll das überhaupt! Den Heiner auf diese fürchterliche Gymnasialfolter zu spannen! Habt ihr nicht genug in Stadt und Land, die sich den Beruf ausknobeln oder mit Hälmchen ziehen lassen, aus denen ihr machen könnt, was ihr wollt, ohne Widerstand, einen Schuster oder einen Bierbrauer oder einen Ministerialrat, je nachdem ihr Geld und Konnexionen daran zu wenden habt! Wenn nun einmal ein Kind kommt, dem sein Beruf aus allen Poren dringt, weil ihm Gott selbst ihn ganz unmittelbar mit seinem Blute gab, dann laßt in Dreiteufelsnamen die Finger davon und bedenkt, daß dieses Kind der Natur und den ewigen Gesetzen, kurz, dem Herrgott näher steht als ihr! Daß ihr es aus der Flugbahn, in die Gott es warf, nicht herausdrängen könnt, ja nicht einmal aufhalten könnt, ohne daß es zugrunde geht! — Sie können mich übrigens hinausschmeißen, sobald es Ihnen zuviel wird."

„Ihr Ton ist ja nicht sehr lieblich!" erwiderte Herr Lindner. „Indessen, Sie sind um meinen Sohn außer sich. — Was Ihre Behauptungen betrifft, so sind sie ja ganz schön; nur ist nicht alles so sicher, wie Sie meinen. Ich war auch nicht von jeher so skeptisch und zuwartend, wie ich jetzt bin; ich war auch jung, ließ mich vom Augenblick betören und glaubte fest, seine Herrlichkeit müßte als untrübbarer Himmel das ganze Land überwölben. Auch ich habe das Besondere zum Allgemeinen geträumt und auf keine kühlere Erfahrung hören wollen; aber langsam hat mir das Leben diese Sehnsucht nach der besonderen und absonderlichen Allgemeinheit abgewöhnt und mich die vorhandene gewöhnliche Allgemeinheit schätzen und lieben gelehrt, so daß ich nun übergenug Besonderes in ihr sehe. Und heute dünkt mich, am feinsten, schönsten und besondersten hebe sich gerade der von ihr ab, der in ihr aufzugehen begehrt und am innigsten mit ihr zu harmonieren scheint. Vielleicht ist das kein guter Geschmack; aber es ist nun einmal meiner, und aus ihm heraus muß ich urteilen. Sehen Sie, als Student und auch in den folgenden Jahren kannte ich manchen Altersgenossen, von dem alle überzeugt waren, er müßte ein großer Philosoph, Künstler, Reformator, Entdecker neuer Welten werden — wo sind sie? Von manchen habe ich nie mehr gehört, obgleich ich mich gelegentlich erkundigte. Es ist ja möglich, daß einer von ihnen übermorgen plötzlich als reifes, verschwenderisches Genie aus der Versenkung taucht, das ist möglich; denn gut Ding will Weile haben! Aber eben, weil gut Ding Weile haben will, drum haben es die meisten notorisch zu nicht viel gebracht! Große Männer wollten sie sein, berühmt mit fünfundzwanzig Jahren! Sie hatten nicht die Kraft und Ruhe, ein langsam reifendes Talent die ganze nötige Weile hindurch vertrauend und geduldig in die Sonne zu halten, wie ein Apfelbaum seine Krone, und sich den Teufel um ihre kleinen Schmerzen und Entbehrungen zu kümmern. In uns Menschen liegt ja meistens Besseres verschlossen oder verschüttet, als wir in Taten oder Werken zutage fördern. Es fehlt unserer Kraft an Zähigkeit, unserem Willen an Stolz, und das Kostbarste lassen wir unsren Launen und Bequemlichkeiten zum Opfer fallen. Das einzige, was ich meinem Sohne mitgeben kann, ist Zucht und harte Gewohnheit; damit kann er auskommen in jeder Not! Übrigens, von allen Möglichkeiten und Unmöglichkeiten abgesehen — wie soll ich mein Kind anders erziehen als nach meinen Erfahrungen und Grundsätzen, meinem Wissen und Glauben!?"

„Sie vergessen die Hauptsache: — und nach dem bequemen üblichen Schema! Also vorneweg, um einen Schlingel handelt es sich nicht, sondern um Heiner. Seine Erziehung hat Ihnen gewiß nicht Sorge gemacht, sondern nur die Schule, und das ist Ihr Verdienst. Gott sagt zu Heiner: Du sollst mir singen, sollst mir die schweren Herzen auf der Erde leicht machen und die leichten schwer! Und Sie sagen: Nein, du mußt mir mit Logarithmen rechnen und Gleichungen mit mehreren Unbekannten lösen! — Von der Vermessenheit abgesehen, hat das irgend Verstand? Sie verlangen doch auch nicht von jeder Amsel, sie soll den Göpel ziehen. — Ist Heiner jemals letz herumgegangen?! Was wollen Sie denn da noch mit Zucht? Er hat sie ja von Natur. Wenn sein Wesen aber Schaden genommen, eine Trübung erlitten hätte bei solcher Mißhandlung

— wär's ein Wunder? Wer dürft's ihm verargen?! Müssen Sie nicht wissen, seit er lebt, daß sein Charakter vom feinsten, klarsten, sprödesten Kristall ist! Wenn Heiner sagt: ‚Ich kann nicht!' so hat er schon mehr getan, als zu verantworten ist! Beim ersten Blick in seine Augen hab' ich mich schuldig gefühlt und hab' gewußt, daß dieser Mensch kein unwahres Wort denkt! — Der Teufel hole euch alle mit eurem besten Wissen und Gewissen, wenn ihr nicht einen Funken von Gefühl habt für die Unantastbarkeit der reinen Natur!"

Notwang brach in Schluchzen aus vor Wut und Jammer, rannte zur Tür hinaus und stieg hinauf in Heiners Zimmer. Es dauerte lange, bis er sich durch leidenschaftliche Reden, Verwünschungen und Zornestränen das Herz erleichtert und etwas beruhigt hatte; dann ging er hinunter, erklärte, er werde auf Heiners Zimmer sitzenbleiben und warten, und wenn es die ganze Nacht sei, lehnte Bett und jede Bequemlichkeit rauh ab und stieg wieder hinauf.

Stunden verrannen, die Kerze brannte nieder; er fand im Nachttisch eine frische. Er saß ruhig, starrte in die Flamme, und was er je erlebt, nachhaltig gefühlt und gedacht hatte, das quoll empor aus der Tiefe seines Herzens, färbte sich neu und ward durchglüht von der Glut dieses Schmerzes und Verlustes.

Um Mitternacht hörte er Heiners Vater, dem ein Knacken der Treppe die Heimkunft des Sohnes bedeuten wollte, unten durch den Gang und die Stiege heraufkommen; Notwang blies sein Licht aus.

Herr Lindner öffnete leise die Tür, leuchtete in die Stube, sah nach dem Bett und nach dem Dasitzenden und zog sich behutsam mit einem schweren Seufzer wieder zurück.

Notwang hatte ihm durch den Spalt der Lider in sein vom Licht bestrahltes, blasses Gesicht gesehen, das erst von Spannung belebt, dann die verstörende Enttäuschung zeigte, und hatte schonungslos gedacht: Ja, schau' nur! Hättest früher nach dem Rechten gesehen! — Er zündete das Licht nicht mehr an und schlief endlich ein.

Heiner erwachte, als es schon Tag wurde. Die Vögel ließen sich hören, und von den hellgrauen Buchenstämmchen, auf die sein Blick unter dem Baume durch fiel, glänzte ein mißliches, scheeles, kaltes Licht. Es dauerte einige Zeit, bis er sich seiner und seiner Umgebung bewußt war, dann sagte er:

„Also immer noch?"

Er trat aus seinem Schlafgemach hervor und taumelte, seinen zerschlagenen Körper reckend, den Weg hin, fremd und teilnahmslos. Erinnerungen wollten langsam kommen, er drängte alles zurück und dachte nur: Eine Straße und ein bißchen Wasser, die Ohren zu netzen!

Nach einiger Zeit kam er auf eine breite Waldstraße mit Telegraphenstangen, erkannte sie und suchte nach Gras. Es war etwas betaut, er schnitt sich einen Büschel ab, pinselte sich damit die Augen und besonders die Ohren und sagte:

„Ah, ist das eine Wohltat! So fühlt man sich erst wieder als Mensch!"

Dann ging er zu einer Telegraphenstange, setzte sich an ihr nieder und dachte bei ihrem Surren und Brummen, daß er als Kind einmal an so einer eingeschlafen und von einem Bauern heimgetragen worden sei. Das erfreute ihn.

Diesmal bin ich schwerer zu tragen! dachte er, zog das Gedichtbüchlein von Hölderlin heraus, schrieb seinen Namen nebst Adresse darauf und schlug es wahllos auf. Sein Auge blieb an einer Strophe haften, die mit Bleistift angestrichen war; er las:

O Begeisterung, so finden
wir in dir ein selig Grab,
tief in deine Wogen schwinden

still frohlockend wir hinab,
bis der Hore Ruf wir hören
und, mit neuem Stolz erwacht,
wie die Sterne wiederkehren
in des Lebens kurze Nacht.

Er jauchzte vor Glück und las es noch einmal laut und rief:

„Gott, ist das schön!" und in dem flüssigen Wohllaut schwelgend, lernte er es auswendig. Als er es konnte, machte er die Augen zu und sprach es, benommen lächelnd, noch einmal, indem er mit Bedacht jeden Vokal rein klingen ließ.

„Das w a r jetzt doch noch etwas!" flüsterte er, indem er die Blätter des Büchleins rasch durch die Finger gleiten ließ; er sah noch manche angestrichene Stelle, machte aber zu und sagte:

„Nein, das langt!"

Nun holte er seine Okarina hervor und fragte: „Jetzt was? Was Schönes!" und spielte eins seiner liebsten Lieder: „Mein Schatz, der ist auf die Wanderschaft hin" von Weber, und es entzündete ihn wieder so, daß er sich nur schwer enthielt, es zu wiederholen.

Wie er noch den Klängen nachlauschte, hörte er ferne Stimmen seltsam laut die Waldstraße hergellen.

„Marktweiber! Die kommen wie gerufen!" sagte er, steckte rasch das Instrument ein, zog den Revolver und setzte ihn an die Stirn.

„Nein!" hauchte er, sich schüttelnd, „das ist scheußlich!"

Er schoß sich ins Herz und sank vornüber.

Das Krachen des Schusses erregte die Vögel ringsum im Wald, und lauter, inbrünstiger tönte ihr Gesang durch die folgende Stille.

Die Marktweiber hatten den Schuß auf einen Jäger gedeutet, und die nächst Vorbeikommende schrie entsetzt auf, als sie den Menschen daliegen sah. Sie ließen ihre Wägelchen stehen und umringten ihn. Eine faßte sich ein Herz und richtete ihn auf.

„Er lacht schier gar!" flüsterte eine, und eine andere schrie, die Hände entsetzt zusammenschlagend:

„Je! das ist ja 's Lindners ihrer, wo ich schon ewig Butter und Eier hinbring'! Von so klein kenn' ich ihn! Je, je, je!"

Sie sprachen hin und her, und jene entschied endlich:

„Nein, nichts Polizei! Wolltet ihr zuerst von so einem ausgeviselt werden?! Das tu' ich schon seiner Mutter nicht an! Her! in mein Wägele nehm' ich ihn!"

Sie verteilte ihre Körbe und den Eimer auf die Fuhrwerke der andern, und behutsam hoben sie dann den Leichnam, legten ihn, so gut es ging, ihn zurechtbiegend, in das kleine Gefährt und deckten ihn mit Schürzen sorgfältig zu, daß nichts zu sehen war. Eine riß einen Buchenzweig ab und warf ihn obendrauf, dann zogen sie schweigsam rasch der Stadt zu.

Nur selten sagte die oder jene:

„Gott im Himmel, so jung, so jung! Wie kann man auch! So eine Sünd'!"

Und nur sobald sie in der Stadt an Leuten vorbeikamen, fingen sie laut an zu schwatzen, um gleich wieder zu verstummen.

So langte die Kolonne vor dem Hause an.

Herr Lindner, der sich schließlich in den Kleidern auf das Bett geworfen hatte, fuhr bei dem zaghaften Klang der Glocke auf und schoß nach vorn an das Fenster: da standen die Weiber mit ihren Wägelein, starrten empor, und die eine winkte ihm stumm. Er flog mit bebenden Gliedern die Treppe hinab und öffnete das Tor. Die Frau zog das Wägelchen herein, eine andere schob, die übrigen blieben an der Tür stehen. Er winkte sie herein, und das Tor ward geschlossen.

Die Eierfrau sagte:

„Ach, Herr Lindner, draußen im Wald auf der Chaussee —"

Er schob zögernd eine Schürze beiseite, und dann stützte er sich auf das Geländer des Gefährtes; da lag sein Sohn, zusammengekrümmt, blaß, mit starrem Auge. Der Mann stöhnte und zuckte, dann richtete er sich auf und sagte zu der Frau:

„Kommen Sie später wieder!" Er gab ihr die Hand und sprach mit bittendem Blick über alle: „Sprechen Sie nicht davon! Ich danke Ihnen!" und gab jeder die Hand.

Sodann nahm er den Sohn in die Arme und trug ihn, während die Frauen sich langsam und still entfernten, die Treppe hinauf. Oft mußte er anhalten und sich wieder aufraffen. Er wollte in Heiners Zimmer; als er auf dem letzten Absatz war, mußte er daran denken, daß er den Buben schon einmal die Treppe emporgetragen und wie dessen Herz so stürmisch dabei gepocht habe: da brach er mit ihm zusammen.

Vom Geräusch dieses Falles aufgeweckt, trat Notwang aus der Stube und schaute, einen Augenblick oben stehenbleibend, bestürzt hinab, dann eilte er die Stufen hinunter und sah in die starren, abwesenden Augen seines Freundes, er drückte sie ihm zu und empfand nun sein Lächeln, und dies befreite ihn. Er blickte auf den gebrochen daneben knienden Vater, sagte:

„Ich will ihn hinauftragen!" und tat es.

Der Vater kam schwer nach, und als der Tote auf dem Bette lag, faßte er ihn an der Stirn und fing an, ihm den Rock aufzuknöpfen, ließ aber wieder ab und sank auf ihn.

Da nahm Notwang seinen Hut und schlich hinaus. Als er die Treppe hinabstieg, öffnete Heiners Mutter die Glastür und fragte:

„Ist Heiner — gekommen?" und flüsterte es so schmerzlich gefaßt, als wüßte sie alles.

„Heiner?" erwiderte Notwang, „Heiner nicht!"

Sie legte die Hand an die Brust und schaute einen Moment mit glänzenden Augen hinweg in eine Ferne, dann sprach sie, schwer aufatmend:

„So will ich hinaufgehen, er wird mich brauchen!"

Der Jüngling ergriff ihre Hand, drückte einen heftigen Kuß darauf und sagte:

„Er lächelt. Wann werden wir's wieder mögen!" Und da übermannte es ihn, und er stürzte fort.

—